GW00598771

LE BONHEUR D'ÊTRE SOI

MOUSSA NABATI

Le Bonheur d'être soi

FAYARD

ISBN : 978-2-253-08482-2 – 1re publication LGF

À ma femme,
à mes enfants.

« Un trésor à Ispahan »

Un habitant d'Ispahan avait gaspillé tout son héritage et se trouvait dans le dénuement. Une nuit il fit un rêve : une voix lui disait qu'il existait dans la ville de Bagdad un trésor caché à un certain endroit. À son réveil, il partit aussitôt pour Bagdad. Arrivé là-bas, sans argent, il se résolut à mendier, mais il eut honte de le faire avant que la nuit soit tombée.

Comme il errait dans les rues, il fut saisi par une patrouille qui le prit pour un voleur et le roua de coups sans qu'il ait pu s'expliquer. Il y parvint enfin et raconta son rêve avec un tel accent de sincérité qu'il convainquit le lieutenant de police.

Celui-ci s'écria : « Je vois que tu n'es pas un voleur, que tu es un brave homme, mais comment as-tu pu être assez stupide pour entreprendre un si long voyage en te fondant sur un songe ? Moi, j'ai rêvé bien souvent d'un trésor caché à Ispahan dans une petite maison blanche, dans telle rue, appartenant à Untel, mais je ne me suis pas mis en route pour autant. »

Or la maison dont il parlait était celle du voyageur. Ce dernier, rendant grâce à Dieu que la cause de sa fortune fût sa propre erreur, retourna à Ispahan où il trouva le trésor enfoui dans sa propre maison.

Ce conte venu d'ailleurs et du lointain nous indique d'emblée la démarche : le bonheur-trésor est là, à nos pieds, ici et maintenant, chez nous, en nous.

Introduction

Nathalie est une très jolie femme de 35 ans. Elle a tout pour être heureuse. Pourtant elle se montre toujours insatisfaite d'elle-même et de ce qu'elle fait. L'année dernière elle a quitté l'homme avec qui elle vivait depuis dix-huit ans. « Je n'avais rien de particulier à lui reprocher. Seulement, je n'étais pas heureuse avec lui. Je m'ennuyais et me sentais seule, même en sa compagnie. C'est mon plus vieil ami d'enfance. Il est très gentil mais je n'éprouve pas de complicité, je ne me sens pas en sécurité avec lui. Avant, il s'absentait souvent pour ses déplacements professionnels. Je ne supportais pas d'être seule. J'ai longuement insisté pour qu'il change de métier. Il a accepté, mais quelques mois plus tard je me sentais à nouveau seule, même quand il était là. J'en ai conclu que je ne l'aimais pas assez. Alors je l'ai quitté. »

La solitude constitue un thème central dans la vie de Nathalie. « Quand j'étais petite, je parlais seule avec mes poupées pendant des heures, ou avec mon chat. Je le prenais sur moi, je le caressais, je lui racontais tout ce que je faisais, lui confiais mes chagrins et mes petits plaisirs. Mes parents, agriculteurs, très absorbés par le travail à la ferme, n'étaient pas souvent là. On se débrouillait seuls. On était déjà tous en pyjama dans nos lits quand ils rentraient le soir. »

Pourquoi Nathalie a-t-elle si peur de la solitude ? Que ressent-elle ? « *Une étrange sensation de mal-être, un vide intérieur, comme si je n'existais pas. Comme une petite fille, j'ai constamment besoin de la présence de quelqu'un. Je n'ai peur de rien de précis, ni de personne, mais j'ai besoin qu'on me parle, qu'on me regarde, qu'on me touche, qu'on me rassure. Je ne peux pas vivre si je ne suis pas entourée. La présence physique des autres est vitale pour moi. Quand je fais l'amour, je prends bien plus de plaisir à être touchée, caressée, serrée dans les bras que dans l'acte sexuel lui-même. J'ignore ce que c'est que l'orgasme. À la maison, je laisse toujours la télé ou la radio allumée, même si je ne la regarde pas ou ne l'écoute pas. Je me sens entourée comme cela !* »

Nathalie a cherché, sans l'avoir décidé délibérément, à lutter contre ces douloureuses sensations de vide intérieur et de solitude en pratiquant toutes sortes de sports et d'activités. Elle a toujours été une femme hyperactive, dynamique. « *Il faudrait que je sois tout le temps occupée pour ne pas penser. Mes amis proches m'appellent "bulldozer". Quelque chose me pousse à foncer, à faire tout à fond, jusqu'à l'épuisement parfois. Je peux nager une heure d'affilée sans m'arrêter, rouler 60 kilomètres à vélo sans interruption. Je me sens mieux après. J'adore aussi pratiquer le parapente et le ski. J'ai toujours été "casse-cou" dans les sports pour montrer que je suis forte, aussi fonceuse et courageuse qu'un garçon. Quand je n'ai aucun programme, je me mets à faire du ménage, toute la journée pratiquement, sans me reposer. Certains week-ends, parfois le soir, je rends visite aux enfants malades hospitalisés. Ça me fait du bien de m'occuper des autres, de soulager ceux qui souffrent. Ça me permet de me sentir utile, mais surtout ça me rassure. Je me dis que je suis vivante, moi, jeune et en bonne santé.* »

Étrange, Nathalie a tout pour être heureuse, mais elle ne l'est pas ! Elle est jeune, belle, intelligente et en bonne santé. Elle occupe un poste intéressant – cadre dans une grande banque –, ne souffre d'aucun problème d'argent, vit avec un homme adorable qui a même, pour lui faire plaisir, changé d'emploi... Aucun résultat ! Il y a quelques années, Nathalie, trouvant sa poitrine un peu trop petite comparée à celle de sa mère, de sa sœur et de certaines copines, qu'elle trouvait plus généreuse, s'est soumise à une opération de chirurgie esthétique. Cela s'est traduit par une augmentation du volume de ses seins grâce à une prothèse mammaire, « pour me sentir une vraie femme ». Cette opération réussie a pourtant échoué à rendre Nathalie heureuse ! Il va sans dire que la jeune femme, gagnant bien sa vie, étant de nature plutôt dépensière, n'hésite pas à s'acheter des « fringues » ou à changer épisodiquement la décoration de son appartement, où elle dit se sentir bien. Elle a décidé l'an dernier, pour se débarrasser de ses sentiments pénibles d'ennui et de solitude, de transformer sa vie de fond en comble dans l'espoir de trouver enfin le bonheur. « J'ai eu l'idée de tout plaquer, en changeant carrément de vie, en repartant de zéro. » Nathalie a donc non seulement quitté l'homme avec qui elle vivait depuis dix-huit ans, mais elle a aussi demandé sa mutation dans une autre ville, « plus vivante, plus dynamique, où je pourrais faire des rencontres, m'amuser et profiter des spectacles. J'adore le ballet et le cinéma ».

Miraculeusement, tout lui a réussi à merveille. Il s'agissait là d'une gageure, de projets capricieux dont nul n'aurait pu garantir la réalisation. Faudrait-il croire que Nathalie jouit des bonnes grâces de son ange gardien ?

Elle a trouvé rapidement un beau logement et obtenu son transfert dans la succursale de son choix. Elle a enfin réussi à rencontrer, sur Internet, un homme bien sous tous rapports, qu'elle fréquente depuis neuf mois et avec qui elle « se sent bien ».

Curieusement, six mois plus tard, le château de cartes s'écroule à nouveau. Tous ces efforts s'avèrent insuffisants pour rendre Nathalie heureuse. Elle se trouve même de mal en pis, « dans un cul-de-sac, sans issue » : mal-être intérieur, ennui, vide et solitude encore plus profonde. Parallèlement, son hyperactivité s'accentue.

Mais pourquoi ? Qu'est-ce qui rend Nathalie si malheureuse ?

L'hyperactivité et l'excitation constituent les symptômes les plus révélateurs de la dépression infantile précoce, la DIP. Elles sont mises en avant pour aider le sujet à lutter contre une mort psychique. L'agitation et l'abondance sont invariablement destinées à camoufler et à remplir son vide et sa pauvreté internes. Mais, paradoxalement, au lieu d'apaiser le sujet, elles l'empêchent d'être lui-même en entravant la libre circulation de son énergie vitale. Pris dans la toile d'araignée de la surenchère, plus il se débat et plus le bonheur s'éloigne. Au fond, ce n'est point Nathalie qui souffre, qui craint la solitude, le vide et l'ennui, mais bien son enfant intérieur, la petite fille qu'elle fut, qu'elle reste encore aujourd'hui et qui l'envahit, lui interdisant d'être elle-même, adulte et autonome, pour ressentir le bonheur. Nathalie ne peut donc vivre en son nom propre, penser, regarder, ressentir, choisir avec sa tête, ses yeux, son cœur et son corps de femme adulte. Ce n'est pas elle qui est malheureuse, mais son enfant intérieur. Pourquoi cela ?

Dans la fratrie, Nathalie se situe entre deux sœurs aînées et un jeune frère. Elle est donc la troisième et dernière des filles. « Après la naissance de mes deux sœurs, mes parents, surtout ma mère, souhaitaient vivement un petit garçon. Elle a déclaré avant son accouchement pour moi : *"Si ce n'est pas un garçon, je ne veux même pas la voir."* Lorsque je suis née, elle a donc refusé de me regarder, de me toucher, de me prendre dans ses bras et de me nourrir, pendant toute une semaine.

« J'ignorais tout cela jusqu'il y a peu. Ma mère est extrêmement sévère et rigide. Cela ne m'étonnerait pas d'elle. Lorsqu'elle a décidé quelque chose, il est impossible de lui faire changer d'avis. Pour cette raison, elle n'avait même pas choisi de prénom de fille pour moi. Face à l'insistance de la sage-femme, elle a lancé : *"Appelez-la comme vous voudrez, ça m'est égal !"* Les infirmiers ont consulté le calendrier. C'était un 27 juillet, le jour de la sainte Nathalie, on m'a donc appelée Nathalie ! Je me suis dit plus tard que, comme elle voulait que je sois un garçon, elle m'a faite à moitié, avec une petite poitrine. Je l'ai déçue, ma mère. Elle n'a jamais été fière de moi. Quand j'étais petite elle ne me prenait pas beaucoup dans ses bras, encore moins après la naissance de mon petit frère. Par contre, lui, il était traité comme un petit prince, adoré, chouchouté, pourri, gâté. Il avait droit à tout et moi à rien. J'étais très jalouse. »

Ce récit éclaire, en partie, la signification des sentiments de vide, de solitude et d'ennui chez Nathalie, synonymes de détresse et d'abandon, voire de mort, en raison de la non-reconnaissance dans le désir et le cœur maternels. Il renvoie aussi à l'absence concrète d'enveloppement corporel, de regard et de toucher à la suite de l'expulsion hors de la matrice maternelle. Carencée en sève narcissique, Nathalie était un enfant mort-né ! Cela explique son hyperactivité anxieuse et agitée : fuir la non-vie, l'inexistence, la mort, s'assurer d'exister, d'être vivante et entière dans un corps réel. Cela indique aussi pourquoi Nathalie éprouve constamment le besoin stimulant de la présence physique des autres, substituts maternels. De même, en s'adonnant de manière addictive aux activités sportives, Nathalie tentait de s'imaginer qu'elle n'était pas une fille « faible et pleurnicheuse », mais une fonceuse, une battante, comme un garçon, pour plaire à sa mère.

Enfin, la petite Nathalie a dû se sentir très coupable, d'une part en ayant déçu sa mère et d'autre part en ayant subi son rejet, à l'aube de son existence, dans une contrée inconnue.

Dès lors, tout ce qu'elle a entrepris pour trouver le bonheur n'a abouti qu'à accentuer son mal-être. Mais en quoi le fait d'être née fille et non pas garçon a-t-il pu influer si fortement sur sa destinée ? N'exagérons-nous pas l'impact et l'importance de cette contingence, en dernier ressort banale et fréquente ?

« Mes grands-parents paternels avaient trois enfants, deux filles et un garçon, mon père, dont la naissance était extrêmement désirée. On l'a appelé Aimé ! Mes grands-parents maternels ont mis au monde six enfants, quatre filles d'abord, la dernière étant ma mère, et ensuite deux garçons. L'un d'eux est mort noyé à 3 ans. Il est tombé dans la rivière au cours d'une promenade, accompagné par ma mère. Elle a tout fait pour le repêcher, mais n'a pas réussi à le sauver. Le second garçon est décédé à 19 ans, fauché par un camion lors d'une permission pendant son service militaire. Ma mère ne m'avait encore jamais raconté tout cela. »

Le statut du mâle, du fils, ne semble donc pas neutre, anodin, dans l'histoire transgénérationnelle de Nathalie. Des deux côtés, paternel et maternel, cette place est idéalisée, hyperinvestie, mais également fragile, attaquée par l'animosité de la fatalité. Curieusement, le petit frère de Nathalie a, lui aussi, manqué de disparaître à trois reprises. Il a avalé à 2 ans du pain empoisonné destiné *aux souris. Il a failli tomber à 3 ans dans la fosse septique. Enfin, à 6 ans, jouant avec des allumettes, il a mis le feu à la chambre de sa mère. À chaque fois, il a été sauvé* in extremis *!*

Dans ce contexte, la mère de Nathalie cherchait peut-être, à travers son envie intense d'« avoir un garçon », à compenser la perte de ses deux frères pour apaiser sa culpabilité et sa dépression, en offrant un double remplaçant à sa mère. Nathalie se voyait destinée à combler ce manque, à incarner ces deux disparus, deux générations après !

Par conséquent, ce qui empêche Nathalie, ou plus exactement son enfant intérieur, de se sentir heureuse ne concerne nullement son statut de garçon ou de fille. Sa blessure narcissique provient de ce qu'elle n'est pas considérée pour ce qu'elle est vraiment, étant appelée, prise pour un autre, à occuper une place et à jouer un rôle qui ne sont pas les siens. Poussée par son enfant intérieur, elle a dilapidé son énergie vitale en tentant de vivre pour les autres, pour réincarner les garçons morts. Ce n'est jamais l'adulte qui est malheureux mais en lui son enfant intérieur, telle la poupée gigogne.

Ainsi le bonheur de Nathalie se voyait-il entravé, bloqué de l'intérieur. Tous ses efforts, toutes ses entreprises sur le plan de la réalité extérieure (chirurgie esthétique, changement de ville, de travail, de partenaire, pratique addictive des sports, etc.), loin de contribuer à son bonheur, n'avaient réussi qu'à élargir son vide intérieur, jour après jour. Rien ni personne ne parvenait à la consoler, à lui prouver qu'elle existait, qu'elle était en vie, vivante, dans un corps réel et entier, non morcelé. C'est la raison pour laquelle elle ne s'était jamais autorisée à devenir mère, à porter une vie dans son ventre.

Elle ne pouvait donc goûter au bonheur, avec légèreté et insouciance, en profitant de tout ce qu'elle avait dans le moment présent, dans la mesure où elle était épinglée à son passé, sous l'emprise de la culpabilité et de la dépression infantile précoce. Elle avait tout pour être heureuse, mais elle n'était rien, pas elle-même, consciente de son histoire et en paix avec elle. Seules la prise de conscience de son roman familial, la découverte du sens de la place aliénée qu'elle était appelée à occuper lui ont permis de se déclouer, de se libérer de son passé, pour devenir elle-même, la femme adulte qu'elle est, vivante et entière, dans un corps réel, affranchie de la DIP et de la culpabilité d'avoir souffert. « Dommage que je n'aie pas fait ma crise plus tôt, comme cela j'aurais été heureuse plus longtemps. Je me sens quelqu'un d'autre, moi-même, maintenant. Je suis devenue une femme ! »

Qu'est-ce que le bonheur ?

Quelle définition psychologique du bonheur proposer, suffisamment dégagée des considérations philosophiques, morales et religieuses, spéculatives et abstraites ?

Le bonheur ne se situe pas, nous l'avons vu avec Nathalie, dans la réalité extérieure. Il ne se réduit pas à la satisfaction de ses vœux, désirs et besoins en l'absence de tout décalage entre la réalité et son idéal. Il ne suffit pas d'avoir tout, richesse, beauté, jeunesse et santé, pour se donner le droit d'être heureux, si l'on n'est pas soi. Enfin, le bonheur ne renvoie à aucun manque réel, de quelque chose ou de quelqu'un, ni à une quelconque méconnaissance qu'il serait possible de pallier concrètement grâce à des recettes, exercices, savoir-faire ou régimes.

Évidemment, il n'est nullement interdit, bien au contraire, d'améliorer ses conditions matérielles de vie, d'habiter son corps, d'en prendre soin et de le chérir. Cependant, le corps, à l'opposé du credo de la religion moderne de consommation, ne pourrait s'ériger en la seule source, en l'unique espace de bonheur, hâtivement confondu avec le plaisir et l'agréable, le bien-être et le confort physiques.

Le bonheur vient de nous-mêmes. Il représente une disposition, une aptitude interne psychique. Il prend son origine dans cette extraordinaire mais si simple sensation d'exister, dans cette ineffable certitude d'être vivant et entier dans un corps réel. Il se trouve dans le plaisir de vivre, dans le désir et l'« en-vie » d'exister, vivant parmi les vivants, et non dans les plaisirs de la vie.

Que signifie être soi ?

Être soi ne consiste nullement, comme on le croit, à faire « ce dont on a envie », librement, affranchi de tout devoir, de toute limite et de tout sentiment de culpabilité, sans tenir compte de la volonté d'autrui. Cela ne signifie pas non plus, en se plaçant au centre du monde, sans attache ni souverain, se couper de ses origines, de ses ancêtres, de son pays, de sa religion, bref, de tout ce qu'on n'aurait pas délibérément choisi.

Paradoxalement, c'est lorsque le sujet se croit le plus libre, incapable de contrôle et de patience, qu'il est le moins autonome psychiquement, le plus prisonnier de sa toute-puissance pulsionnelle, des normes collectives et de la publicité. La liberté excessive invalide et diminue l'autonomie psychique.

Être soi veut dire s'aimer, s'accepter, se respecter tel qu'on est, dans son corps, son âge et son sexe, en jouissant notamment d'un psychisme séparé, différencié, autonome, dégagé des confusions d'identités, de places et de fonctions ainsi que des dépendances parasitaires. Lorsqu'on est soi, on ne se trouve ni enclavé par, ni inclus dans le psychisme des autres, bien qu'étant en lien et en échange avec eux, dans le respect de la différence et de la distance.

Être soi signifie pouvoir ressentir, penser, choisir, désirer, décider, s'exprimer en son propre nom, pour son compte propre et de sa vraie place, en étant conscient des enjeux et de ses responsabilités. Mais comment le soi se met-il en place ? Qu'est-ce qui favorise ou entrave son heureuse évolution ? Il se construit au sein du triangle père-mère-enfant à l'aide de deux ingrédients majeurs, l'amour et l'autorité. Le premier lui fournit l'énergie et la seconde l'agence, le régit en lui donnant un sens et en l'inscrivant dans un cadre, des repères et des limites. L'arbre, tout en plongeant ses racines dans la terre mère nourricière, s'élève vers le soleil, symbole par excellence de la fonction paternelle. Le soi s'élabore, sculpté par de multiples processus de différenciation lui permettant de prendre forme et contour en sortant du chaos. Lorsque l'enfant grandit dans un tel triangle, sa libido parvient à circuler naturellement, d'une manière libre et fluide, tel le sang propulsé dans les veines depuis le cœur, à travers la totalité de son psychisme, comme un fleuve irriguant les plantes du jardin intérieur sans en oublier aucune.

C'est bien cette libre circulation de l'énergie vitale, à distance des excès nuisibles de « trop » et de « peu », qui procure le bonheur, ce sentiment subjectif et singulier, à nul autre comparable, d'être soi, vivant et entier.

À l'inverse, la difficulté pour la libido de circuler librement et de façon fluide à travers les divers étages et pièces de la maison/soi trouble la certitude et la sécurité d'être vivant et entier dans un corps réel, et se traduit par l'éloignement du bonheur. Le gros rocher, le seul vrai obstacle importunant cette circulation, provient de la culpabilité et de la dépression infantile précoce (DIP). Celles-ci apparaissent essentiellement dans trois situations.

L'enfant se voit parfois personnellement victime, en toute innocence, d'une maltraitance, d'un rejet, d'un désamour, d'un abus sexuel. Il assiste, à d'autres moments, en toute impuissance, à la souffrance de ses proches : maladie, dépression, décès, divorce. Enfin, en troisième lieu, branché sur l'inconscient de ses parents et donc relié à leurs enfants intérieurs, il accède au « disque dur » de l'héritage transgénérationnel. Il sait, par exemple, sans en avoir conscience, si ses parents l'aiment pour lui-même dans la gratuité du « désir » ou s'ils ont « besoin » de lui pour « rafistoler » leur union lézardée, remplacer un enfant rappelé au ciel prématurément ou encore les aimer eux, leur prodiguer l'amour dont ils ont été frustrés dans leur propre enfance. Dans ces derniers cas, il se voit érigé en enfant thérapeute, chargé d'éponger la DIP de ses parents. Les parents n'élèvent donc pas leurs enfants, comme ils le croient, par ce qu'ils disent ou font consciemment, mais par ce qu'ils sont authentiquement, au-delà des apparences.

Ce désordre ne prédispose pas l'enfant à devenir lui-même, puisqu'il se voit très tôt délogé de sa place et fonction légitimes au sein du triangle.

Les trois situations évoquées s'apparentent en ce qu'elles plongent le petit dans un contexte de pénurie narcissique, de famine dont il se croit, bien que victime innocente, foncièrement coupable, comme si c'était de sa faute si ses parents ne l'aimaient pas ou ne s'aimaient plus ou n'avaient pas été aimés dans leur Ailleurs et Avant.

En raison de cette carence narcissique culpabilisante, la libido ne peut plus circuler librement, en abondance et de façon fluide partout à travers la maison/soi et le jardin intérieur. Certains arbres, certaines branches se trouvent ainsi délibidinalisés, rétrécis, éteints, cassés, inanimés, rachitiques, dévitalisés, morts ! La gestion libidinale, rationnée comme en temps de guerre, occasionne la dépression infantile précoce. Toute dépression renvoie invariablement à une mort symbolique, à l'existence des fantômes errants, des cadavres intérieurs laissés sans sépulture.

La libido, afin de circonscrire la DIP, mais également pour sauver les autres parties saines et vivantes du psychisme des risques de contamination, se voit contrainte de s'emballer, de s'emporter, de surenchérir, de s'exciter, en sombrant dans l'excès. Cela fait tomber en panne le thermostat régulateur. Dès lors, le sujet n'est plus porté par le « désir » tranquille, serein et gratuit, mais par le « besoin » tendu, crispé, impérieux et vital d'échapper toujours et partout à la mort psychique. Celle-ci apparaît sous les formes déguisées de l'ennui, de la solitude, du vide, de la monotonie, contre lesquels l'individu se mobilise dans le but de museler la DIP. Ainsi, il se met constamment en quête intense, addictive et dépendante d'objets, de personnes et de substances lui procurant la sensation d'être vivant, entier et réel : l'hyperactivité, la surconsommation, la sexualité effrénée, l'abus de médicaments, l'utilisation de drogues, licites ou illicites... Cette mutation du désir en besoin régressif, excessif, addictif, tel l'or changé en plomb ou le bon vin en vinaigre, contraint d'hyperdévelopper un seul pan de son identité plurielle au détriment de tous les autres, laissés en jachère. Par exemple, la femme, sacrifiant sa vie sentimentale et sexuelle, n'existera plus qu'à travers une maternité exagérée, tandis que l'homme immolera sur l'autel de la réussite sociale, de l'ambition et de la brillance toutes ses aspirations intérieures.

Il s'agit évidemment là d'un paradoxe troublant, dans la mesure où toute cette agitation anxieuse, motivée par la DIP, loin de produire le bonheur escompté, n'aboutit qu'à épuiser encore plus le Moi, en dilapidant le peu de vitalité qui lui reste, en brûlant son capital santé. Parfois, l'excitation et la surenchère du « toujours plus » l'acculent dans des voies perverses.

Enfin, pourquoi la promesse d'être soi se voit-elle récompensée par le bonheur ?

Être soi, c'est le grain, et le bonheur, la paille. En cultivant le premier, le sujet obtiendra aussi le second, quoi qu'il arrive, de surcroît.

S'il est lui-même dans sa fonction et place, vivant et entier, à distance de la culpabilité et de la DIP, il ne se trouvera plus dans des situations expiatoires et masochistes d'échec et d'autopunition. Il ne se sacrifiera plus aux autres, en refusant inconsciemment le bonheur, convaincu d'indignité et de non-mérite, ou tracassé à l'idée de voler celui des autres, en faisant ainsi leur malheur ! De même, il ne se verra plus contraint d'exister par procuration à travers les autres, en gaspillant son énergie vitale à quémander leur reconnaissance, leur regard, leur attention, leurs compliments, par la séduction exhibitionniste ou par l'imitation. Il sera porté, à travers toutes ses relations, par le désir gratuit, l'échange et la réciprocité : être ensemble, en donnant et en recevant. Il n'aura donc plus « besoin » de son conjoint, de son travail, de son enfant pour exister. Il ne les utilisera pas comme médicaments ou prothèses pour apaiser sa DIP, pour se sentir bon, utile et reconnu. Il pourra s'affirmer en exprimant, grâce à une bonne image et à la confiance en lui-même, ses désirs et croyances, sans masque, sans honte ni timidité. Il osera dire non et donner des limites sans se sentir coupable ou en danger.

Convaincu d'être vivant et entier grâce à la libre circulation de l'élan vital, il sera alors capable, face à la pulsion et aux influences extérieures insidieuses, de réflexion, d'esprit critique, de contrôle et de patience, en se donnant des limites ainsi qu'en supportant un minimum de contrariété, de frustration et de souffrance. Il saura résister de la sorte à tous les pervers cherchant à l'influencer, à le manipuler, en jouant sur sa corde émotionnelle et en titillant sa culpabilité.

La moindre difficulté ne lui apparaîtra plus comme une question de vie ou de mort, gravissime, dramatique, susceptible de le démolir et qu'il faudrait donc solutionner dans l'urgence. Il pourra goûter à une sensation nouvelle de paix, de richesse intérieure, de vérité et de sécurité, indépendamment de ses conditions réelles d'existence.

En résumé, l'adulte n'est jamais privé de bonheur parce qu'il lui manque quelque chose ou quelqu'un dans la réalité extérieure, contrairement au point de vue que l'idéologie de la surconsommation cherche à imposer aux consciences. Cette nouvelle religion ayant le corps pour seul objet de culte présente le bonheur comme une marchandise dans le seul dessein d'inciter à la consommation addictive d'objets ou de personnes. Elle a supplanté, au cours des dernières décennies, le tiers symbolique, la loi, cet ensemble de valeurs, de rites et de rituels qui cherchaient à transcender le corps grâce à la sublimation des pulsions. L'ambition du tiers symbolique ne consiste pas à réprimer le désir et le plaisir, mais à les rendre possibles, viables et vivables grâce au sacré, en se mettant dans l'entre-deux du Moi et de la pulsion pour protéger le premier de l'hégémonie omnivore de la seconde.

Dès lors, il ne servirait à rien, nous l'avons vu avec Nathalie, de s'épuiser à trouver des solutions extérieures à un problème intérieur, solutions qui, loin de favoriser le bonheur, ne feront que l'éloigner. Il est en revanche essentiel de repérer ce qui, depuis l'Ailleurs et Avant du passé, dans son intériorité, lui interdit, quoi qu'il fasse concrètement, d'accéder au vrai bonheur, qui est d'être soi – le grain et non pas la paille.

Le soleil brille tous les jours. Si on ne le voit pas, c'est qu'il est dissimulé par de gros nuages. La rivière coule sans interruption. Si elle se trouve sèche, c'est qu'un barrage empêche l'eau de passer. Il convient donc de dégager les nuages du ciel de l'âme et de détruire le barrage qui entrave la libre et fluide circulation libidinale. Seules la découverte et la compréhension de son histoire, à l'aide du génogramme, ou arbre généalogique, permettent de repérer les nœuds et les obstacles, afin de libérer l'enfant intérieur de la culpabilité et de la DIP et de pacifier sa relation avec son passé.

Les thérapies cognitivo-comportementales constituent, dans ce sens, une erreur de postulat. Elles confondent en effet l'adulte et l'enfant intérieur, le présent et le passé, le symptôme et l'origine, le fantasme et la réalité. À l'aide de procédés simplistes, inefficaces à long terme, fondés sur l'autosuggestion, elles réfutent le sens symbolique et l'origine inconsciente et historique du mal-être individuel, pris à la lettre. Le psychisme est présenté, somme toute, comme une mécanique, machinerie sans âme qu'il suffirait de dépanner en un rien de temps ! Rappelons-le : ce n'est jamais l'adulte qui est malheureux, mais l'enfant intérieur, affecté par la DIP et la culpabilité.

Le bonheur, tel le trésor d'Ispahan, se trouve en soi, chez soi, dans sa cave, comme le dit si bien le conte, et non pas sans cesse ailleurs, toujours repoussé plus loin. La cruche gît à tes pieds, remplie d'eau fraîche. Pourquoi parcours-tu le vaste monde à la recherche d'une seule goutte ?

Ce livre constitue la suite naturelle de mon précédent ouvrage, *La Dépression : une maladie ou une chance ?* Il reprend, en les développant davantage, nombre de concepts relatifs à cette nouvelle théorie de l'appareil psychique, fruit de plusieurs années de recherches.

Après la dépression, le bonheur !

PREMIÈRE PARTIE

LE BONHEUR DANS TOUS SES ÉTATS

Chapitre premier

Qu'est-ce que le bonheur ?

À chacun son bonheur

On pense beaucoup au bonheur. On a toujours et partout beaucoup pensé au bonheur. Ce petit mot, ô combien magique et séduisant, en sept lettres et en deux syllabes, d'emblée compréhensible par chacun, constitue l'aspiration la plus obsédante, la motivation secrète la plus stimulante de toutes les actions humaines.

Cependant, si le terme de « bonheur », comme ceux de « liberté » et d'« amour », renvoie à un sentiment d'emblée familier, toute tentative pour le définir de manière objective s'avère d'une redoutable complexité. Un mot est d'autant plus difficile à préciser qu'il a été idéalisé, c'est-à-dire surchargé d'affects, depuis des millénaires. Tous les mots qui nous parlent au cœur, nous enchantent et nous emballent, ceux qui agitent et remuent les foules, sont ceux qu'on a un mal fou à définir. Que de braves gens sont morts par amour pour ces mots dont ils ne comprenaient pas toujours le sens : la « patrie », la « justice », la « révolution », la « liberté » !... Ils ont le charme magique de signifier beaucoup mais sans dévoiler grand-chose. Peut-être même perdraient-ils tout leur pouvoir d'envoûtement si l'on réussissait à les disséquer pour en extraire le sens exact. Ils n'évoquent aucune réalité précise, mais des symboles.

Il existe une espèce de gêne, de pudeur, pour ne pas dire de mauvaise conscience, à se déclarer franchement heureux. Certains s'interdisent de l'avouer par crainte superstitieuse du mauvais œil, pour se protéger contre la jalousie des autres. Veulent-ils éviter ainsi de froisser leur entourage, qu'ils imaginent moins favorisé qu'eux par la vie ? Il semblerait qu'il soit bien plus aisé de nommer le malheur, de le définir, de le jauger, de l'exprimer, sans embarras, avec parfois une certaine condescendance, voire un zeste de jouissance ! Le malheur a étrangement meilleure presse que le bonheur. Depuis toujours il fait couler beaucoup plus d'encre, alors même que tout un chacun s'évertue à s'en éloigner avec force, à l'exorciser, à s'en prémunir. L'ambivalence humaine apparaît ici à son comble.

Il n'existe aucune définition objective du bonheur. Nul ne s'entend sur son contenu. Celui-ci dépend d'une multitude de facteurs. Il n'est jamais identique pour deux personnes. Il est tributaire de l'éducation qu'on a reçue, de son histoire dans le roman familial, du sexe, de l'âge, des croyances et des désirs de chacun. Il se définit enfin par référence au tiers symbolique, c'est-à-dire au système de valeurs et à la culture d'une société à une époque précise. Ce sont ces derniers qui façonnent l'idéal du bonheur en désignant les voies de sa concrétisation.

Le bonheur se réduit fadement pour certains à un état de non-malheur, de non-souffrance. Ceux-là cherchent à se persuader, par recours à un froid bilan comptable, que la somme de leurs satisfactions est supérieure à celle de leurs infortunes.

D'autres se consolent et s'ingénient à se croire heureux en comparant leur sort à celui, peu enviable, voire dramatique, de millions de malheureux, en proie à la famine, aux guerres, aux épidémies ou aux inondations. « On n'est donc pas si malheureux que ça », se disent-ils en absorbant toutes ces images déprimantes dont la télé les gave aux heures des repas familiaux.

Voici une petite histoire humoristique illustrant la relativité du bonheur.

Un pauvre paysan vient se plaindre auprès du curé de son village : « Ma vie est un enfer, mon père. Nous habitons, ma femme, ma belle-mère, nos huit enfants et moi-même, dans une petite pièce. Nous vivons les uns sur les autres. Notre souffrance est insupportable.

– Prends une de tes chèvres, dit le curé, garde-la dans la pièce avec vous et reviens me voir dans une semaine.

– Mais comment ferais-je, c'est impossible, il n'y a plus aucune place ! »

Néanmoins le pauvre paysan s'exécute. Il retourne voir le curé une semaine plus tard.

« C'est encore mille fois pire qu'avant, dit-il, et en plus la chèvre fait ses besoins partout. Notre vie est devenue un cauchemar !

– Prends ta seconde chèvre avec vous et reviens me voir dans une semaine. »

Le paysan pleure et proteste, mais il se résout finalement à obéir à la volonté du curé.

« Je suis désespéré, lui dit-il une semaine plus tard. Ma seule issue, c'est le suicide, mais la religion l'interdit.

– Maintenant, répond le curé, mets tes deux chèvres dehors et reviens me voir demain. »

Le pauvre paysan s'en va et retourne le lendemain à la paroisse : « Merci mon père. Vous êtes un grand sage. J'ai suivi vos conseils en mettant mes deux chèvres dehors. L'enfer s'est transformé en paradis. Je suis heureux maintenant. Ma maison est devenue grande, propre et agréable ! »

Hormis les deux définitions négatives du bonheur – la première fondée sur l'absence de malheur et la seconde sur la comparaison avec les plus malheureux –, il existe aussi le bonheur positif. Mais celui-ci, on vient de le souligner, se voit frappé d'emblée par une relativité absolue, aussi bien quant à son contenu précis que quant à ses possibles voies d'accès. En ce qui concerne ces dernières, la tradition en propose trois.

La première s'appelle le hasard, imprévu, imprévisible, défiant toute approche rationnelle, explicative. Il relève du mystère, de l'inintelligible, de l'incompréhensible. « C'est comme cela ! »

La seconde s'apparenterait à la chance. La différence entre le hasard et la chance tient au caractère tout à fait anonyme et accidentel du premier, susceptible de favoriser indifféremment tout un chacun, alors que la chance serait plus personnalisée. Elle ne sourit pas aveuglément, à n'importe qui, en frappant à sa porte sans distinction. Elle n'étreint que ses favoris, ses élus. Il n'est naturellement pas inconcevable, pour une personne donnée, de cumuler la chance et le hasard, dans la bonne ou la mauvaise perspective. Comme l'écrivait déjà Eugène Labiche, « le malchanceux, c'est celui à qui tout arrive, et le chanceux, celui qui arrive à tout ». L'homme heureux, béni des dieux, serait par conséquent celui né sous une bonne étoile, qui réussit, sans grand effort, tout ce qu'il entreprend, amour, fortune, santé, enfants, etc.

Pour certains, la chance constitue un don, une grâce naturelle, innée, octroyée peut-être pour récompenser le mérite des ancêtres. Pour d'autres, en revanche, elle est comme une force ou un fluide qu'il serait possible d'amadouer, d'acquérir. Cette conviction les pousse alors à s'attirer les puissances favorables et à éloigner le génie malin en portant des amulettes, en ingurgitant des potions magiques, en consultant des cartomanciennes ou leur thème astral avant de s'engager dans une entreprise amoureuse ou commerciale.

Toutes ces croyances, bien plus répandues qu'on ne le croit, attestent la pérennité de la mentalité primitive et superstitieuse chez l'homme moderne. Des millions de personnes consultent régulièrement leur signe zodiacal, cherchant à deviner si les astres seront bienveillants ou non à leur égard. Des milliards sont dépensés chaque jour dans les jeux de hasard par des individus nourrissant l'espoir de toucher le gros lot. Cette crédulité collective fait depuis longtemps la fortune et le bonheur des charlatans de tout poil.

Pour une troisième catégorie d'êtres humains, qui se veulent réalistes et donc réfractaires aux superstitions, le bonheur n'a rien à voir avec la complicité magique des dieux ou des astres, il ne se trouve pas dans une pochette-surprise, n'est pas offert sur un plateau d'argent ; il s'obtient, se mérite, se gagne, s'arrache par le travail, la persévérance et le courage.

Signalons enfin un dernier chemin emprunté par ceux qui se placent dans l'entre-deux de ces convictions opposées, qu'ils cherchent à réconcilier. D'après eux, il faudrait certes être né sous une bonne étoile, protégé par son ange gardien, mais cela est insuffisant si le sujet ne se prend pas lui-même en charge, s'il refuse de devenir acteur de son propre destin. « Aide-toi et le ciel t'aidera ! »

Penchons-nous à présent sur le contenu du bonheur, ses divers ingrédients constitutifs. Ceux-ci n'ont guère évolué depuis la nuit des temps. En voici une petite liste : la santé, l'amour, la sexualité, l'argent, la reconnaissance, la puissance, un couple uni, une bonne famille...

Toutefois, il ne serait possible de conclure au bonheur qu'à condition de pouvoir expérimenter et vivre toutes ces valeurs d'une façon solidaire, harmonieuse et durable, sans que manque aucune d'elles.

Cela signifie, en premier lieu, qu'il serait difficile pour un homme de se dire heureux, quand bien même il jouirait d'une santé parfaite et d'une richesse immense, s'il est privé de tout amour, rejeté de tous. De même pour un autre, à l'inverse fortuné et choyé en amour, mais se sachant victime d'une incurable maladie.

En second lieu, cette fois dans une perspective d'avenir, une femme ne manquant de rien dans le présent – richesse, santé, amour, enfants, etc. – ne pourra cependant se sentir heureuse si, du fait d'un don, elle est capable de prédire que son mari la trompera bientôt ou qu'elle perdra un enfant. Être heureux nécessite donc une certaine « inconnaissance » de l'avenir ou, au contraire, une projection confiante dans le futur, la sécurité de la permanence.

Cela dit, le contenu du bonheur varie radicalement d'une personne à une autre. Pour un prisonnier, il consiste à trouver la liberté, pour un aveugle la lumière, pour un amoureux sa bien-aimée, pour un malade la santé, pour un pauvre la richesse, pour un chômeur un emploi, pour un étudiant le succès aux examens.

Ainsi, chacun se croit malheureux en fonction du manque dont il souffre.

Beaucoup de personnes sont persuadées aussi que si elles ne sont pas heureuses, c'est précisément en raison d'une privation, d'un empêchement extérieur. Elles sont convaincues par conséquent que, pour reconquérir le bonheur, il suffirait d'agir pour transformer les choses afin qu'elles ne soient plus comme elles sont, mais autrement, et qu'elles correspondent ainsi à leurs vœux.

Cependant, contrairement à ces certitudes, le bonheur ne dépend pas d'un manque réel, dont le comblement garantirait la félicité dans la permanence. En effet, une fois que le prisonnier aura recouvré la liberté, l'amant enlacé sa bien-aimée, le pauvre gagné la fortune, le chômeur déniché une activité et l'aveugle retrouvé la lumière, eh bien, ils ne penseront plus au bonheur et même, un peu désenchantés, ils se mettront à caresser d'autres chimères, censées, comme les précédentes, combler d'autres manques qui ne tarderont pas à émerger. Ainsi, chacun entretient son idéal propre en cherchant à supprimer l'insuffisance qui, croit-il, entrave son bonheur.

De toute façon, le manque non seulement est incontournable, mais de plus il s'avère psychologiquement indispensable, comme nous le verrons plus loin.

Cela ne signifie pas cependant que le bonheur soit totalement indépendant des conditions matérielles ; simplement, il ne se réduit pas à elles. Serait-il possible néanmoins de trouver, face à cette relativité absolue qui entoure l'idée du bonheur, un repère solide et fiable, une règle, pour ne pas dire une loi ?

La voici : le bonheur consiste à réussir la correspondance, l'adéquation, le mariage entre sa réalité et son idéal.

Au fond, ce qui rend une personne malheureuse renvoie plutôt, non pas au manque réel dont elle croit souffrir, mais à l'écart, au décalage entre la réalité et le rêve, que le manque a pour seule fonction de faire remonter à la surface.

Françoise a 35 ans. Elle se dit déçue parce qu'elle ne réussit pas, malgré des années d'espoir et de traitement, à devenir enceinte pour satisfaire son désir de maternité. Cette épreuve ternit tout le ciel, par ailleurs bleu azur, de sa vie : un compagnon adorable, un travail intéressant, etc.

Geneviève a 43 ans. Elle se dit découragée parce qu'elle n'arrive pas à mettre au monde un... cinquième enfant ! Elle en a déjà eu quatre de son mariage précédent. Mais elle aurait tellement voulu en avoir un cinquième pour l'« offrir » à son nouveau compagnon, plus jeune qu'elle mais qui n'a pas eu encore la « chance d'être papa » !

Martine a 25 ans. Elle se dit très malheureuse parce qu'elle vient de découvrir qu'elle est enceinte, pour la première fois, « par accident ». Elle soutient n'avoir pour l'instant aucune envie de s'occuper d'un bébé, « des couches et des biberons », préférant se consacrer d'abord et surtout à sa carrière professionnelle. Martine voudrait se faire avorter, mais son compagnon, s'opposant à ce projet, menace de la quitter. Elle se dit donc déchirée, contrainte de choisir entre son travail et sa vie de femme et de mère.

Ce qui paraît identique dans ces trois exemples concerne le décalage, l'écart entre la réalité et l'idéal de chacune de ces femmes. Il ne s'agit à chaque fois ni de la même réalité, ni du même idéal, mais invariablement de la même tension entre eux.

Évidemment, ces réalités et ces idéaux sont personnels, parfaitement subjectifs. Il serait impossible à un observateur extérieur, prétendument « neutre », de les comparer avec objectivité. Aucune souffrance n'est plus légitime qu'une autre ou, à l'inverse, plus dérisoire, inéquitable.

L'idéal ne constitue naturellement qu'un vœu, une aspiration, un fantasme subjectif et nullement une norme ou un modèle valable pour tous. Chacun cajole et ressasse son rêve propre. Mais d'où vient-il ? Il s'abreuve en gros à trois sources principales. Il est nourri d'abord par la pulsion, la toute-puissance instinctive. Celle-ci, par essence sauvage, indomptable, méconnaît toute limite et toute morale. Elle incite le Moi à tout être, tout avoir, tout comprendre, tout savoir et tout prendre, l'autorisé comme l'interdit ; tous les fruits de l'Éden, y compris ceux de l'arbre de la connaissance du Bien et du Mal.

L'idéal est ensuite titillé, alimenté par les rêves secrets des parents, insufflés dès la petite enfance. Ils chargent en effet inconsciemment leur progéniture de réussir, de briller, d'exceller, pour leur compte et à leur place, là où ils auraient eux-mêmes échoué, pour panser leurs blessures d'amour-propre. Ils espèrent voir ainsi compensés, réparés, leur propre manque à être, leurs insuffisances et déboires personnels : « Tu deviendras médecin ma fille, tu seras avocat mon fils », etc.

L'idéal se voit enfin et surtout excité, voire enflammé, par la culture, les valeurs d'une société donnée. Nous sommes inconsciemment influencés, déterminés par les modes collectifs de penser, de sentir, de désirer et d'agir. La publicité et la propagande nous suggèrent, voire nous dictent, nombre de nos comportements. Nous nous conformons sans le savoir aux idéaux en vogue nous faisant miroiter le bonheur, par crainte de nous voir éjecter du système, par peur de déplaire, de ne pas être comme les autres. C'est la culture qui définit l'idée du bonheur en fixant son contenu et la voie pour y accéder.

Ainsi, l'idéal auquel chacun aspire lui est en grande partie inspiré, prescrit, par le trio composé de sa pulsion, des désirs secrets de ses parents et des normes de la société. L'homme désire mais il ne sait pas quoi. Le contenu lui échappe en partie, dicté par l'extérieur, même si le sujet croit en être le concepteur exclusif.

Il est donc essentiel de pouvoir prendre conscience de cette triple influence, de ces « autres » en soi, pour réussir à s'en dégager un tant soit peu, devenir soi-même en s'ouvrant à son intériorité.

Bien entendu, comme nous le verrons, ces empreintes ne sont pas, par essence, négatives, puisqu'elles s'avèrent en même temps constitutives de notre identité. Le danger provient de leur hégémonie due à notre ignorance et à notre apathie.

En ce qui concerne la réalité, celle-ci non plus, aussi paradoxal que cela puisse paraître, n'a rien de réel, d'objectif, dans la mesure où elle est perçue à travers le prisme déformant de l'idéal, du rêve inconscient, de l'imaginaire. François est un médecin de 55 ans. Il dit mener une existence terne et ennuyeuse, alors même qu'il aurait absolument tout pour être comblé : « une belle et gentille femme », des enfants « très bien », une superbe propriété, une voiture, de l'argent, des vacances, etc.

Beaucoup pourraient être jaloux de lui et de sa position, avoir envie d'échanger leur place avec la sienne. Toutefois, François est malheureux, persuadé d'avoir raté sa vie. Il souhaitait, depuis tout petit, devenir violoniste, mais il a dû « s'engager » dans la médecine à contrecœur, devant l'insistance de ses parents, « pour leur faire plaisir ».

Il dit être tout à faire conscient du ridicule de son amertume, mais cet aveu ne fait qu'intensifier sa culpabilité. À l'inverse, d'autres, aux prises avec des situations à l'évidence dramatiques, s'inquiètent de bagatelles. Il n'existe donc pas de hiérarchie objective, rationnelle des valeurs. Ce qui paraît « essentiel » à l'un ne l'est pas forcément pour un autre.

Élodie

Élodie, jeune femme de 36 ans, a subi l'an dernier une hystérectomie, « la totale », comme on dit, à la suite d'un cancer de l'ovaire découvert six mois auparavant. Elle s'est donc trouvée ménopausée à un âge anormalement prématuré, sans avoir eu d'enfant auparavant. Elle a suivi pendant six mois une chimiothérapie. L'opération et le traitement l'ont contrainte à quitter durant plus d'un an son poste d'informaticienne dans une grande chocolate-

rie. *Cette brève présentation suffirait à susciter d'emblée chez quiconque, sensible ou impassible, une certaine tristesse, une impression tragique de gâchis. Mais voici en quels termes Élodie relate son expérience :* « *Lorsque j'étais sous chimio, j'avais perdu tous mes cheveux. Je me rendais bien compte que dans la rue les passants me regardaient, mais sans trop oser, du coin de l'œil. Cela ne me dérangeait pas du tout, au contraire. Je me disais que ce n'était pas bien grave et que j'aurais sûrement l'excuse de la maladie, voire une certaine compassion. Cependant, lorsque je me suis mise à porter une perruque, j'ai été en revanche très gênée des regards posés sur moi. Je me sentais dévisagée, pénétrée, agressée. J'avais peur d'être mal jugée, qu'on me trouve moche, défraîchie, vieille, surtout à cause d'un vilain bouton sur ma joue dont je n'arrivais pas à me débarrasser.* »

Tout paraît donc relatif. Pour Élodie, contrairement à ce que l'on pourrait attendre, le tragique ne renvoie pas à la stérilité vide, bien qu'invisible, de son ventre, ni à son cancer fraîchement vaincu, peut-être provisoirement, mais au « *vilain petit bouton* », *visible celui-ci, sur le visage, submergeant, malgré son insignifiance, toute la conscience. Il n'existerait donc pas de tristesse ou de joie, de malheur ou de bonheur objectifs. Chacun rit et pleure en fonction du sens et de l'importance subjectifs qu'il accorde à ce qui l'atteint.*

Comme on le voit, il s'agit ici comme ailleurs d'une « réalité » au fond irréelle, imaginaire, fantasmatique. Elle est liée chez François, Élodie et les autres à la façon dont le sujet se juge et se regarde, en fonction de l'amour qu'il éprouve ou non à son propre égard. On vit le bonheur parce qu'on s'aime et parce qu'on est soi, quels que soient la réalité et ses manques probables.

Un autre exemple : la jeune fille anorexique qui, quel que soit son poids réel et incontestable sur la balance, se trouve « moche et grosse ». Là aussi elle souffre, au point de sombrer parfois dans la dépression, non pas parce qu'elle est grosse (souvent elle pèse en dessous de 40 kilos), mais parce qu'il existe chez elle un décalage, un vrai fossé, entre son idéal fantasmatique de mannequin, longiligne, filiforme et fantomatique, et son corps. Celui-ci, fondant comme la neige au soleil, devient objet de maltraitance et de haine non pas en raison d'une laideur ou d'une difformité quelconques, mais parce que la jeune fille, n'étant pas elle-même, ne s'aime pas. Elle ne se trouvera d'ailleurs nullement plus belle lorsqu'elle pèsera encore 10 kilos de moins. La problématique de l'anorexie mentale n'a rien à voir ni avec la nourriture ni avec le poids. Elle renvoie à la difficulté d'être soi, psychologiquement autonome, dans l'acceptation d'un corps et d'une jouissance de femme.

L'anorexie mentale de la jeune fille l'empêche de disposer de sa libido pour s'épanouir en femme adulte, la fait régresser au statut de la petite fille, plus exactement à celui de l'enfant asexué. Cela lui permet d'écarter le danger coupable d'abandonner ses parents pour qui elle incarne la seule raison de vie, la seule espérance, l'unique utilité dans l'existence. « Maman, papa, ne soyez pas tristes, je serai toujours votre petite fille. Je n'aimerai personne d'autre que vous, je serai tout le temps dépendante pour que vous puissiez vous sentir utiles en vous occupant de moi et surtout en restant l'un avec l'autre, ensemble ! »

Enfin, l'absence de bonheur chez certaines personnes âgées ne s'explique pas toujours, comme on le croit, par le poids des ans, la fatigue ou la diminution des performances physiques et mentales. Il serait inconcevable de vieillir et de vouloir rester jeune. Certains n'ont pu connaître l'extraordinaire chance de devenir vieux parce qu'ils sont tout simplement morts avant, fauchés par la faux, l'« inexorable égalisatrice » du dieu boiteux du temps, Saturne.

On assiste en revanche, lors de cette période, en raison de l'affaiblissement des mécanismes de défense, à la résurgence d'un état dépressif ancien, d'un deuil non accompli, énergiquement muselé jusque-là et tenu à distance. La vieillesse ne constitue pas une maladie, mais un moment de vérité dans le miroir, de bilan, d'inventaire, de check-up. « Qui suis-je ? Ai-je vraiment vécu par et pour moi ? Qu'ai-je fait de mon corps et de mon âme ? »

La vieillesse ne change pas la personne, ne la métamorphose pas en une autre, pire ou meilleure, mais la révèle, en faisant découvrir, grossis, tous ses traits de caractère, présents depuis toujours : l'angoisse, la gentillesse, l'optimisme ou le pessimisme, l'avarice ou la générosité. Aucun âge de la vie n'est supérieur à un autre. La vieillesse pourra donc être heureuse si le sujet a réussi à devenir lui-même, s'il a vécu pleinement les précédentes étapes de son existence, l'enfance, l'adolescence, l'âge adulte, sans rature ni blanc. La nostalgie et les regrets représentent la fixation sur un passé manqué, omis, sauté en son temps.

MARTHE

Marthe est une dame de 76 ans. Elle dit avoir tout pour être heureuse, mais ne pas l'être pour autant. « Je ne manque de rien, absolument de rien. Je suis veuve. Je vis seule, mais je me sens très entourée par ma famille et mes nombreuses amies. Je ne souffre pas de graves ennuis de santé. J'ai ma voiture que je conduis sans problème. Je vais où je veux. Je pars en vacances deux, trois fois par an avec ma sœur à l'étranger. Mais seulement, voilà, j'ai perdu le sommeil et l'appétit depuis plusieurs mois. Je suis angoissée. Je digère mal et je suis souvent constipée depuis que je n'ai pas le moral. Je me trouve un ventre énorme, avec un poids sur le diaphragme. Je n'ai jamais été malade. Si, une seule fois, j'avais 40 ans. Le médecin avait alors diagnostiqué une dépression. Moi, je crois que c'était dû au surmenage. Mon corps, mon ventre surtout, s'était couvert de plein de gros boutons. Je ne comprends pas ce qui m'arrive. Je ne trouve aucun motif de contrariété. Il est vrai que la vieillesse me travaille. Je me demande ce que je vais devenir, si je peux rester chez moi ou si je dois aller vivre dans une maison de retraite. »

Marthe décrit son défunt mari comme un être « bon et généreux ». « J'étais heureuse avec lui. Il dirigeait une pépinière importante. Il l'avait cédée pour partir à la retraite. Mais, quelques années après, elle a malencontreusement fait faillite et disparu. L'échec de cette succession a tué mon mari. Un cancer à l'estomac l'emporta en quelques semaines. Il était tellement attaché à son affaire ! »

Marthe n'a jamais eu d'enfant. Son mari était stérile et il ne s'est pas fait soigner. Marthe était tellement amoureuse qu'elle s'est totalement résignée à cette impossibilité. Pis encore, elle a complètement banni de son esprit le désir d'enfant et la douleur qui en résultait, comme pour ne pas contrarier, ne pas culpabiliser son mari. « Je n'ai pas vraiment souffert de n'avoir pas eu d'enfant. J'étais tellement heureuse et comblée avec lui. Les enfants et petits-enfants me manquent par moments, il est vrai, notamment pendant la période des fêtes de fin d'année, à Noël, quand je croise des gens déambulant avec plein de paquets dans les bras. Ce n'est pas de ma faute, c'est mon mari qui était stérile. »

Il est intéressant de souligner ici un touchant paradoxe. Le mari de Marthe était stérile, c'est-à-dire qu'il était *incapable de féconder par ses spermatozoïdes les graines/ ovules de sa femme pour la rendre enceinte. Cependant, d'un autre côté, tel un démiurge tout-puissant, il réalisait un prodigieux feu d'artifice, procréant, enfantant à profusion, durant des décennies, en faisant germer des centaines de milliers de graines, transformées en fleurs, en plantes et en arbres fruitiers.*

Il est curieux de remarquer aussi à quel point tous les maux en apparence physiologiques affectant Marthe et son défunt conjoint évoquent symboliquement l'impossible enfantement, l'aridité mortifère de leurs ventres : constipation, ventre énorme, poids sur le diaphragme, gros boutons sur le ventre, cancer à l'estomac...

Ainsi, Marthe n'a pas vraiment peur de la vieillesse et de la mort en tant que réalités inexorables. Elle craint plus fondamentalement une autre mort, psychique, intérieure, depuis longtemps là, relative à la non-réalisation de sa dimension de mère. Lorsque Marthe sera décédée, elle s'éteindra, comme une bougie, sans laisser de trace, comme si elle n'avait jamais existé. Elle disparaîtra sans descendant, sans héritier, sans personne pour recueillir son sang, déversé ainsi, perdu, avalé par la terre, couvert. C'est bien cette branche desséchée de son arbre, cette plante dépérie de son jardin, dissimulées jusquelà dans l'invisibilité de l'agitation quotidienne, qui s'imposent désormais si douloureusement à la visibilité de la conscience, sans défense, de la vieille dame.

Marthe a toujours vécu dans la maîtrise émotionnelle. La vie lui avait paru jusqu'ici comme « un voyage organisé tous frais payés ». Plus elle avance dans l'âge, plus la petite fille en elle a besoin qu'on la materne, qu'on l'encourage, qu'on la rassure, qu'on la protège, non pas, comme elle le croit, de la mort ou de la vieillesse, mais d'une nonvie, d'une maternité ratée, blanche, infécondée, improductive. La psychothérapie a permis à Marthe de ne plus

occulter sa vraie souffrance de n'avoir pas été « maman »,
de mieux la gérer, sans plus se laisser envahir par elle.

Il est certes parfaitement légitime de fantasmer et de
discourir sur la mort, d'un point de vue philosophique ou
religieux. Cependant, il paraît bien difficile d'en dire quoi
que ce soit sur le plan du vécu personnel étant donné
qu'il s'agit là d'un mystère, de l'inconnaissable par excellence. Aussi longtemps qu'une personne est vivante, il lui
est impossible d'en faire l'expérience, et dès qu'elle fran-
chit le pas son vécu devient à jamais incommunicable.

Dès lors, toutes les émotions ressenties et exprimées
relatives à la mort renvoient d'une façon métaphorique
à des aspects de soi, intérieurs, psychiques, à des pans
de l'identité plurielle non réalisés, non épanouis, avortés,
inachevés, morts, dévitalisés.

Les paradis terrestres

L'une des images les plus fréquemment utilisées pour
évoquer le bonheur, c'est le paradis. Nous touchons ici
à l'idée maîtresse, à la pierre angulaire de la question
du bonheur. Il conviendrait d'aborder désormais celle-ci,
comme on l'a vu, non pas en termes d'un manque réel à
combler, mais dans la perspective d'une absence de décalage entre l'idéal et la réalité.

Nous voilà en présence de l'origine psychologique, à
la fois individuelle et collective, universelle et multimillé-
naire, de la croyance dans le paradis. Il se dit *paradeisos*
en grec, *eden* en hébreu. Il signifie « verger », « jardin »
en français, *garden* en anglais, *Garten* en allemand, de
la racine « garder ». Il s'agit d'un espace magique et
luxuriant qui symbolise un état de bonheur absolu, de
satiété, de plénitude et de jouissance parfaite, la santé,
la paix, la sécurité et l'éternelle jeunesse. Dans ce jardin où pousse une végétation spontanée et merveilleuse,

règne un éternel printemps. Les animaux s'y promènent en toute liberté aussi, mais sans nulle animosité. Quant à sa localisation géographique exacte, elle s'avère également relative. Elle dépend des mythes cosmogoniques propres à chaque peuple. Le paradis se voit ainsi situé parfois dans une île lointaine ou dans les profondeurs de la terre, comme dans les traditions grecque et latine : les champs Élysées. Cependant, dans la majorité des cultures, il se situe dans l'azur céleste.

Le paradis désigne au premier degré le jardin d'Éden, le lieu de résidence éphémère d'Adam et Ève, d'où ils furent chassés sur ordre divin, punis pour avoir consommé le fruit défendu de l'arbre de la connaissance du Bien et du Mal, entraînés par la malignité du serpent. Lorsqu'un peuple élabore une représentation du paradis, celle-ci a pour fonction de refléter ses préoccupations, mais aussi ses aspirations. Le paradis est l'exact doublet, la réplique de son existence terrestre, mais épurée de ses manques et de ses difficultés. Tout ce que l'homme redoute lors de son séjour terrestre, il en sera délivré au paradis. Tous ses vœux frustrés pendant son existence charnelle deviendront réalité ! Le paradis remplit donc dans ces conditions le rôle d'un mythe consolateur, compensateur, en promettant une vie posthume bienheureuse, enchanteresse.

Il est curieusement bien moins décrit que l'enfer, dans la mesure où il est plus aisé, et peut-être même plus jouissif, d'énumérer et de détailler les supplices que les félicités.

Jadis, pour les Indiens d'Amérique, vivant de la chasse, il était constitué de bois et de terrains giboyeux. Il est décrit dans le Coran comme une oasis fraîche, verdoyante et paisible où coulent des ruisseaux chantonnants, à l'opposé de la fournaise et de la sécheresse hostiles du désert.

Pour le christianisme, le ciel, épuré des plaisirs charnels, offre une jouissance sublimée, la béatitude de la contemplation divine dans toute sa majesté. Dans le judaïsme, il n'existe aucune notion de paradis posthume, les âmes immortelles attendant les temps messianiques de l'harmonie universelle où, selon la prophétie, « le loup séjournera avec l'agneau et la panthère s'accroupira avec le chevreau ».

Sur le plan collectif, l'homme navigue donc depuis toujours entre deux fantasmes de bonheur, deux sortes de paradis, celui perdu et celui à venir. Sa véritable existence, imparfaite, comportant des limites et des manques, vient s'insérer dans cet entre-deux, cet interstice.

Le premier paradis est nostalgique. Il renvoie à l'aube bienheureuse de l'humanité. Il est regretté, perdu, en raison du péché originel d'Adam et Ève, de leur orgueil, irresponsabilité, inconscience, immaturité, qui les a poussés à transgresser l'interdit.

Le second est utopique. Il est promis, espéré, recherché, à travers la construction d'une société juste, fondée sur la miséricorde et la fraternité.

Au niveau individuel, le paradis comporte la même bipolarité. Il est l'objet d'une nostalgie secrète, l'éden de l'enfance, avec toute sa légèreté et son insouciance. Il représente aussi le bonheur futur obtenu grâce au mariage entre la réalité et l'idéal. L'utopie remplit, dans un cas comme dans l'autre, une fonction compensatrice, encourageant à supporter le manque pour pouvoir continuer à espérer.

De toute évidence, qu'il s'agisse du paradis individuel ou collectif, utopique ou nostalgique, nous nous trouvons face à des représentations symboliques. Celles-ci, ne devant pas être prises au premier degré, ne renvoient à aucune réalité historique précise. Loin de chercher à décrire le passé ou l'avenir, elles sont destinées à nourrir l'âme. Nostalgie et espérance seraient des mots fades, sans l'énergie et la vibration émotionnelle de la symbolique paradisiaque.

Toutefois, il est fort intéressant de souligner ici l'existence entre les deux paradis, le mythique et l'individuel, d'une certaine similitude allégorique. Voilà pourquoi, lorsqu'on cherche à exprimer son bonheur, on a souvent recours de manière spontanée à l'image du paradis !

En effet, la naissance de l'homme est présentée dans les deux cas comme consécutive à la rupture brutale d'une fusion, comme une sortie, une chute hors de l'éden de la matrice.

Il existe de plus dans les deux récits une quête, l'espérance d'atteindre un jour le bonheur, sur terre ou dans l'au-delà, en retrouvant la paix, la sécurité, l'harmonie et la complétude, à l'abri du manque et de l'inquiétude.

Enfin, dans les deux histoires, l'existence dans sa concrétude quotidienne est présentée comme un entredeux, comme une transition entre le bonheur passé et promis, entre la nostalgie et l'utopie.

Autrement dit, les hommes ont probablement cherché à exprimer à travers l'archétype des deux paradis, le premier passé, perdu, et le second futur, attendu, leur tristesse d'avoir quitté l'utérus et leur aspiration passionnée à y retourner un jour. En un mot, le paradis symbolise la matrice maternelle. Tout se passe comme si cet archétype primordial, émanation de l'inconscient collectif, symbolisait au fond, dans un style psychodramatique et épique, l'épopée vécue par tout un chacun : l'exil du paradis maternel avec l'attente et l'ivresse du retour. Ainsi, le mythe collectif recoupe et recouvre une vérité symbolique individuelle.

Le paradis symbolise donc l'état de bonheur par excellence, sans souffrance et sans frustration, où tous les vœux se voient exaucés magiquement. Il a pour fonction de présenter comme possible et réalisable la parfaite adéquation entre l'idéal grandiose et la réalité perçue comme imparfaite.

Contrairement aux idées reçues, cette conviction n'est pas l'apanage des seuls croyants. Il s'agit là d'un archétype universellement répandu et partagé, consciemment ou non, par tous les humains, depuis la nuit des temps.

On pourrait même se demander si les femmes et les hommes d'aujourd'hui, par-delà leur idéologie consciente fondée sur la laïcité ou l'athéisme, ne se trouvent pas encore davantage que leurs ancêtres dépositaires de ce mythe, bien plus sous son emprise. Il est certain que l'absence manifeste d'une représentation, quel que soit son degré de superficialité et de naïveté, eu égard à l'intelligence discursive, n'est pas synonyme de sa disparition pure et simple. Bien au contraire, son invisibilité, son éclipse du champ de la conscience, se compense dans l'inconscient par l'accentuation de son impact et de sa prégnance. La perte du paradis symbolique se traduit dans la modernité par la floraison de faux paradis sur terre, moins aidants, moins structurants pour l'âme humaine.

En effet, le paradis est certes promis par les religions du salut, à titre de récompense posthume, dans l'au-delà de l'azur céleste, aux fidèles qui auraient respecté sur terre les commandements divins promulgués par les prophètes. Mais il est promis aussi, et cette fois réalisable sur terre à moyenne échéance, par les idéologies dites communistes, bien qu'elles s'affirment irrévocablement athées et matérialistes. Elles prônent le bonheur collectif et individuel, les deux étant « dialectiquement » solidaires. Elles déterminent comme programme d'action la lutte contre les injustices, l'instauration d'une cité fraternelle fondée sur l'entraide et l'égalité. Dans cette optique, le marxisme, bien que se définissant comme la négation de toutes les utopies, se présente lui-même comme une utopie par sa promesse et sa croyance dans le progrès et la marche vers un monde meilleur, où les hommes vivront dans la joie et l'harmonie.

Le troisième modèle de paradis, réalisable également sur terre et à courte échéance, est promis implicitement par la société de consommation. Celle-ci propose l'adhésion à certaines valeurs : les progrès techniques, scientifiques et médicaux, la production et l'abondance de marchandises, la débrouillardise individuelle, la liberté de concurrence et la croissance continue, la consommation sans frein selon ses désirs et besoins, qu'elle s'ingénie d'ailleurs à faire proliférer à l'aide de subtiles techniques de manipulation. Tout cela est censé apporter le confort, la santé, la paix, la liberté et, au bout de la chaîne, la béatitude et la félicité.

Le quatrième modèle de paradis, à l'extrême opposé de ce dernier, est celui que propose la mystique, symbolisée par la « sagesse orientale » aujourd'hui, notamment par le bouddhisme, très prisé en Occident depuis quelques décennies.

« Tout est douleur dans la vie », dit Bouddha, dispensant ses nobles vérités. L'origine de la douleur est la soif, c'est-à-dire le désir. Pour l'éliminer, il faudrait éteindre le désir, ne rien vouloir pour soi, refuser toute passion, vivre dans l'austérité, le dénuement, la frugalité et l'abnégation, renoncer au monde, à l'existence, ainsi disqualifiée, en se moquant des biens matériels. L'amour, c'est pour lui ce qu'il y a de plus funeste, comme l'attachement à la vie. Le monde n'est qu'une illusion dont il conviendrait de se libérer pour atteindre le nirvana. Aucune passion ne devra plus venir la ternir, dans la perfection, la paix et la lumière de l'esprit.

Enfin, le cinquième modèle de paradis, après ceux des religions de salut, du marxisme, de la société de consommation et de l'illuminé mystique, est représenté par le drogué. Son paradis est qualifié, selon l'expression de Baudelaire, d'« artificiel », par opposition aux quatre autres qui se voudraient vrais, naturels.

La drogue, consommée partout et de tout temps, est destinée à permettre de fermer les yeux sur les raisons internes ou extérieures de son malaise, de sa dépression. Toutes les sociétés, sauvages ou civilisées, y ont recours comme moyen d'évasion. Bien qu'elle soit très souvent prohibée et par conséquent chère et difficile à se procurer, son commerce fait florès et il est en constante augmentation, notamment dans les sociétés occidentales modernes.

Évidemment, le paradis « artificiel » ne se réduit pas à la consommation des drogues officielles, qu'elles soient dures ou douces, licites ou illicites – héroïne, cannabis, alcool, cigarette, etc. Il existe également une toxicomanie sans toxique. Autrement dit, tout produit est susceptible d'être utilisé en tant que drogue, en fonction de la signification qu'il revêt, de l'exigence de bonheur et de complétude dont il se voit investi. Tout produit peut se transformer en drogue dès lors qu'il entraîne une dépendance psychologique ou physiologique chez le sujet incapable de lui dire « non », perdant sa liberté. Il est destiné alors à lutter contre une dépression camouflée. Il peut s'agir de la nourriture, ou d'une personne avec qui on entretient des relations fusionnelles et dont on a du mal à se passer, du sexe, de l'argent, du travail, du jeu, du pouvoir ou même des vacances, auxquelles certains rêvent toute l'année, six mois avant et six mois après. Paradoxalement, le remplissage addictif, loin de procurer le bonheur escompté, ne fait qu'accentuer la dépression ainsi refoulée, d'où la nécessité permanente d'augmenter les doses administrées.

Le fantasme de paradis comme remède miracle à nos frustrations et tourments semble donc être une espérance collective permanente. Même s'il est présenté chaque fois sous des emballages différents, il se trouve partagé par tout un chacun, religieux ou laïque, politique, mystique ou « accro », même et surtout par le drogué qui croit ne croire en rien. Il est impossible de renoncer définitivement à l'image du paradis, symbole de la matrice maternelle d'où l'on est sorti brutalement. Nul ne saurait végéter indéfiniment en exil, sans même l'espérance de retourner un jour chez lui.

Si ces cinq modèles se ressemblent de par leur promesse première de supprimer le décalage entre l'idéal et la réalité, ils se différencient dans leur manière de se situer face au temps, en fonction de leur degré d'empressement.

La religion promet le bonheur sous forme de paradis, mais plus tard, à titre posthume, dans l'au-delà.

Le communisme réclame deux ou trois générations pour parvenir à bâtir la cité idéale.

Le capitalisme, plus conquérant, ne demande pas plus de deux ou trois décennies.

Le bouddhisme, lui, se situe hors du temps : en effet, tout dépend de la position du sujet dans le cycle des réincarnations, son âme demeurant immortelle.

Enfin, le drogué semble le plus impatient de tous. Il revendique le bonheur absolu tout de suite, dans l'urgence.

Nous verrons tout à l'heure que penser au bonheur en termes d'harmonie entre la réalité et le rêve, malgré un caractère apparent d'évidence, ne peut mener au fond qu'à une impasse et nous éloigner de lui chaque jour davantage. Le vrai bonheur se rencontre en devenant soi.

C'est la raison pour laquelle aucun des cinq modèles de paradis, fondés sur l'obstination à vouloir ajuster la réalité à l'idéal, n'a réussi à honorer ses promesses.

La religion a manqué son but en raison de sa rigidité et de son entêtement à ne pas écouter et comprendre le désir de ses fidèles de s'émanciper de ses cadres parfois oppressifs et moyenâgeux. Les temples de tout bord se désertifient aujourd'hui, quand ils ne deviennent pas le terreau nourricier du fanatisme, du sectarisme et de l'intolérance.

Le marxisme, malgré ses prétentions messianiques des premiers temps, a échoué également à respecter ses engagements et s'est vu contraint de déposer le bilan. L'espérance originaire s'est progressivement muée en une utopie meurtrière, en une dictature étouffante. Des goulags se sont substitués aux oasis paradisiaques. Des millions de morts, des âmes innocentes, ont arrosé la terre de leurs larmes et de leur sang.

Le capitalisme, par certains côtés sauvage et orgueilleux de sa puissance, n'a pas mieux réussi à remplir son contrat, avec ses seules valeurs matérielles, la productivité et la consommation à outrance. À l'heure actuelle, il n'est plus en mesure ni de gérer l'économie, gangrenée par la surproduction et le chômage, ni de procurer la sécurité et le bonheur, qu'il continue cependant à promettre tapageusement, avec arrogance. Toutes nos sociétés repues sont frappées par d'étranges épidémies face auxquelles la science, la médecine, la consommation et l'argent se déclarent impuissants : la solitude, l'ennui, la dépression, les perversions, les toxicomanies avec ou sans toxique, les violences gratuites, les familles éclatées, l'intolérance et le conformisme du « politiquement correct », sans parler de la paupérisation des classes populaires ou de la destruction de l'environnement.

La « sagesse orientale », même si elle a le mérite de valoriser l'intériorité en mettant l'accent sur l'être au détriment de la possession, en freinant la consommation au profit des valeurs spirituelles, n'est pas davantage parvenue à faire le bonheur du désorienté Orient. Son message profond a pâti de son extrémisme, cette philosophie déniant toute importance à la réalité matérielle. C'est ce qui explique d'ailleurs son succès dans notre Occident obèse, malade de satiété et d'opulence. Que voulez-vous, l'herbe paraît toujours plus verte chez le voisin !

Enfin, la toxicomanie, l'addiction, ne constitue pas non plus une solution satisfaisante. Elle contribue à anesthésier le sujet, sa pensée et sa conscience, pour qu'il puisse continuer à jouir seul dans son eldorado luxuriant, situé nulle part, peut-être au firmament. Mais, comme l'extase, le feu d'artifice ne dure que de brefs instants ; le drogué chute et rechute du septième ciel au septième sous-sol infernal, sans ascenseur, indéfiniment. Par conséquent, il se retrouve encore plus désenchanté face à ses insuffisances, qu'il avait refoulées, multipliées par trente.

Certaines solutions engendrent bien plus de difficultés qu'elles n'en résolvent, curieusement. Peut-être qu'en définitive le modèle religieux du paradis posthume, malgré son allure de conte enfantin, l'absence de rigueur et de preuves (personne n'étant revenu de l'au-delà pour témoigner de l'existence de l'Éden paradisiaque), contient une vérité psychologique indéniable. Il a l'avantage, en effet, d'inscrire le bonheur dans une dimension symbolique, pour le sauver de la concrétude et de l'urgence, pour qu'il ne soit plus synonyme de consommation addictive. Il invite à patienter, à temporiser, à sublimer, à accepter l'incomplétude et le manque. « Vous recherchez le bonheur, on verra cela plus tard, vivez pour l'instant ! »

Il existe autant de bonheur dans la promesse, la quête et l'attente que dans la récompense. Les exemples de Delphine et de Jacques montrent que l'attitude addictive, au sens large du terme, ayant pour but de trouver le bonheur ne se réduit nullement à la consommation des substances traditionnellement étiquetées comme « drogues ».

DELPHINE

Delphine est une jeune fille de 25 ans. Elle se présente en souriant comme une « fille facile », c'est-à-dire addictive à la sexualité. Il ne s'agit naturellement pas d'une nymphomane perverse, faisant l'amour avec le premier venu à tout moment. Elle s'unit à certains hommes, « pas n'importe qui évidemment », lorsqu'elle se sent mal dans sa peau, angoissée, face à un « vide intérieur », sans en comprendre la raison.

De plus, contrairement à une nymphomane, Delphine s'avoue frigide, c'est-à-dire qu'elle ne retire pratiquement aucun plaisir du coït proprement dit. Cela ne la dégoûte pas, mais elle n'éprouve pas « ce que l'on appelle un orgasme ».

Certains tentent d'apaiser leur dépression en recourant à diverses drogues, autorisées ou non. Delphine s'est réfugiée, elle, dans la sexualité. Elle est « sortie » récemment avec un homme marié, bien plus âgé qu'elle, rencontré chez des amis communs. Comme elle ne s'est pas protégée, elle a eu peur d'avoir attrapé le sida ou d'être tombée enceinte. Une prise de sang a suffi à apaiser ces deux craintes.

Malgré sa beauté et sa jeunesse, Delphine n'éprouve étrangement aucune attirance envers les séduisants jeunes hommes, bien dans leur peau, de son âge. « Ah non, ils ne m'intéressent pas du tout ceux-là ! Je les trouve immatures, fades, enfantins. Je préfère les hommes d'un certain âge. Quand je rencontre un homme qui vibre d'émotion pour moi, sentant que je lui plais et qu'il me désire, quand il me regarde, en me parlant avec sa voix tremblotante, ne sachant pas quoi dire, bégayant même parfois, je ne lui résiste pas. Je m'offre à lui. Je suis heureuse, ça me fait du bien. »

Curieusement, tous les hommes dépeints par Delphine – plus d'une vingtaine en sept, huit ans de « carrière » – présentent une caractéristique commune : il s'agit d'êtres perturbés, blessés, tourmentés, malheureux. « Je ressens exactement ce qui se passe chez eux. Je suis malheureuse de les voir souffrir. Je le lis dans leurs yeux, dans le timbre de leur voix, comme si c'étaient mes émotions à moi. Si un homme a envie de moi, je le devine. Je ne me refuse pas. Je suis si contente qu'on soit bien grâce à moi. »

Comment expliquer ce fonctionnement chez une jeune fille par ailleurs visiblement bien intégrée à la réalité ?

Delphine, contrairement à ce que l'on pourrait supposer, n'a jamais été victime d'inceste ou d'attouchements sexuels. Au fond, elle cherche, à travers les sensations de son corps, à lutter contre sa dépression infantile précoce, comme un bébé en état de marasme psychologique. Elle s'efforce également de soigner la dépression maternelle rajoutée à la sienne.

« Quand j'étais petite, ma mère buvait, pratiquement tous les jours, cela a duré pendant des années. Dès qu'elle avait un peu trop abusé, elle devenait méchante. Elle hurlait. J'avais peur. Je me réfugiais dans ma chambre et je pleurais. Elle ne venait jamais me faire un câlin pour me consoler. Elle buvait sûrement parce que ça n'allait pas fort avec mon père. Ils ont fini par divorcer à ma puberté, je venais d'avoir mes premières règles, à 12-13 ans. Ma *mère m'a raconté une fois que son père était mort en Algérie quand elle avait 2 ans. De toute façon, nous n'avons jamais été très proches toutes les deux. J'avais tellement honte d'elle devant mes copines. Elle n'est pas ma confidente encore aujourd'hui. Je ne lui raconte rien de vraiment important pour moi. On parle de banalités, de films qu'on a vus à la télé... »*

Dans ce contexte, Delphine, privée de vrais désirs, ressent le besoin impérieux d'utiliser la sexualité comme une drogue, un médicament antidépresseur, anxiolytique, pour colmater sa double dépression, la sienne et celle de sa mère. Elle aspire, dans les bras brûlants de ses amants/maman, à créer une proximité qui lui a manqué ; à être aimée, mais à donner de l'amour aussi, en tant qu'enfant thérapeute, à ces hommes qu'elle choisit malheureux, à l'exacte image de sa mère, en devinant leurs émotions.

À travers sa relation sexuelle à l'homme, la femme n'est pas vraiment dans une quête œdipienne de l'image paternelle. Elle cherche d'abord à restaurer son lien fusionnel mère-enfant, notamment lorsqu'il s'est vu perturbé en raison de l'absence psychologique de la mère.

Traitant son corps comme un objet irréel ou ne lui appartenant pas vraiment, Delphine s'autodétruit, se châtie sur un mode masochiste, d'une certaine manière, pour expier sa culpabilité de l'innocente : celle de n'avoir pas pu occuper correctement sa place d'enfant dans le triangle. Le fait d'en avoir pris conscience l'a aidée à établir avec son corps des relations plus « amicales », à le traiter avec plus de respect, grâce à sa capacité naissante à contrôler son impulsivité.

La dépression infantile précoce chez les garçons se manifeste en général sous le masque de l'échec scolaire, des attitudes agressives, antisociales, de la désobéissance contre l'autorité.

En revanche, chez la fille, la DIP s'extériorise de préférence à travers les troubles de l'affectivité, la précocité, le désordre et l'instabilité de la sexualité.

JACQUES

Jacques, un homme d'une cinquantaine d'années, présente à lui seul trois addictions : l'alcool, le sport et sa femme. Celle-ci lui a annoncé récemment son intention de divorcer. « Au début je pensais qu'elle plaisantait pour me taquiner. Je n'y ai pas cru avant de recevoir la lettre de son avocat, en recommandé avec accusé de réception. Je tiens trop à elle. Je ne pourrai jamais la quitter. Si elle s'en va je me tuerai. Elle me jure qu'elle n'est pas amoureuse d'un autre, mais j'ai beaucoup de mal à la croire. Je suis trop attaché. Ma vie n'a aucun sens sans elle. Le seul défaut qu'elle me reproche, c'est de boire. Je bois depuis l'armée, entraîné par les copains. Ce n'est pas facile de s'arrêter, de "dire non à l'alcool", contrairement à ce qu'elle croit. J'ai suivi plusieurs cures de désintoxication, mais j'ai rechuté à chaque fois. Elle exige l'alcool zéro, plus une goutte de vin ou de bière, pas même pour les fêtes ou les anniversaires. Elle insiste pour que je me fasse soigner. Je lui ai répondu : "Ne me quitte pas, c'est toi ma meilleure thérapie." En réalité, je ne bois pas tout le temps, c'est par périodes, quand je ne peux pas faire de sport, en hiver par exemple. J'adore me dépenser physiquement, après mon travail. Je cours trois ou quatre heures sans m'arrêter. Quand je pratique du vélo c'est pareil, plus de 100 kilomètres. Il y a deux mois, je me suis fait une entorse au pied gauche. J'étais très malheureux car je projetais de m'inscrire au marathon de New York. Alors, par déception, je me suis remis à boire. Je ne bois jamais au cours de la journée, mais seulement le soir, en rentrant du travail. C'est très dur de m'en empêcher. »

Jacques présente, de toute évidence, un « être au monde » dépendant de l'alcool (symbole du « biberon », du lait maternel), de sa femme et du sport, dans la mesure où il se trouve incapable de se donner des limites, de se contrôler ou de supporter la séparation sans se sentir, dans ses fondements, en danger. Tout se passe comme si l'addiction l'aidait à vivre, à survivre plus exactement, en anesthésiant sa pensée, pour apaiser sa DIP. Cependant, cette triple toxicomanie l'empêche d'être lui-même, conscient et responsable de ses actes, acteur de son destin. Que s'est-il passé ? Pourquoi Jacques cherche-t-il à se faire du mal ?

« Ma sœur aînée, de cinq ans plus âgée que moi, se disait souvent malade quand elle était petite. Je n'ai jamais compris de quoi elle souffrait. Elle manquait souvent l'école pour se reposer dans son lit ou aller voir des médecins. Mes parents s'occupaient, par conséquent, beaucoup d'elle. Ma sœur le reconnaît. Encore maintenant elle est la préférée de ma mère. Mon épouse s'en est plusieurs fois offusquée. À 16 ans, elle est tombée enceinte. Je n'ai jamais su de qui. Personne ne l'avait rencontrée en compagnie d'un garçon. J'avais 11-12 ans quand mon neveu Quentin est né. Ma mère a décidé de me mettre en pension pour pouvoir l'élever. Je pleurais pour ne pas y aller. J'ai même fugué une fois, mais ça n'a servi à rien. Mon père ne réagissait pas. Comme d'habitude c'est ma mère qui décidait. Même lorsque je rentrais de la pension, du samedi midi au dimanche soir, personne ne faisait vraiment attention à moi. Tout était pour le petit Quentin ! La première fille que j'ai connue et aimée, c'est ma femme. Elle était, et le reste encore aujourd'hui, tout pour moi. Elle venait de subir une déception sentimentale. »

Au fond, Jacques cherche à travers sa triple toxico-manie à compenser une privation d'enveloppement et d'amour pour remplir son manque à être, un vide, syno-nyme d'inexistence, de mort intérieure. C'est la raison pour laquelle toute séparation, tout sevrage représente pour lui non pas une frustration, somme toute tolérable, mais bien un événement tragique, qui risquerait de mettre fin à sa vie.

Ainsi, recherchant auprès de son épouse une chaleur maternelle, il n'a pas pu occuper au sein du couple la place et la fonction d'un homme adulte mais celles, régressives, d'un enfant, dans le contexte d'une fusion et d'une forte dépendance.

« Il est vrai que je me suis comporté avec elle comme un petit garçon. J'exécutais gentiment tout ce qu'elle sou-haitait, pour lui faire plaisir, pour ne pas lui déplaire. Je ne pouvais pas la contredire, ou lui fixer des limites. »

Il est certain également que l'hyperactivité de Jacques – des heures de course à pied, plus de 100 kilomètres à vélo, etc. – est destinée à lui procurer la sensation d'être vivant et entier dans un corps réel, en mouvement. Le cadavre ne peut plus bouger, il reste à jamais immobile. Jacques fuit au fond le petit garçon mort en lui, faute d'amour et d'enveloppement maternels.

Peut-être, après tout, la femme de Jacques ne sup-portait-elle plus de materner son mari et aspirait-elle à s'unir avec un homme capable de la désirer en tant que femme, sans avoir besoin d'elle pour le porter.

La crise que traverse Jacques, qu'elle aboutisse à la rup-ture ou à la réconciliation, sera certainement salutaire. Elle lui aura permis de devenir enfin lui-même en occu-pant et en assumant une identité d'homme adulte, en se séparant de son passé d'éternel « brimé », « abandonné », « délaissé ».

Très souvent, comme cela s'est produit pour Jacques, lorsqu'une personne craint d'être abandonnée en raison de traumatismes enfantins – « chat échaudé craint l'eau froide » –, toute la stratégie d'évitement qu'elle met en place, frisant la servilité, au prix du sacrifice de soi, ne fait que précipiter le rejet redouté.

Chapitre deux

Un papillon nommé Désir

Le désir et le besoin

Le bonheur a souvent été présenté et défini comme s'apparentant à une union, à une concordance parfaite entre la réalité et le rêve. L'archétype du paradis symbolise précisément ce mariage. Serait donc heureux celui qui parviendrait à satisfaire ses désirs et ses besoins, en supprimant le douloureux décalage entre le réel et son idéal.

Que penser d'une telle définition ?

En ce qui concerne les besoins, la réponse paraît plutôt simple. L'homme n'est pas un pur esprit, désincarné comme les anges. Il a un corps aussi, de chair et d'os, irrigué par ses instincts, exigeant des satisfactions concrètes, parfois immédiates. Celui-ci souffre de la faim, de la fatigue, de la soif, du froid. Il constitue, malgré la complexité de son fonctionnement ou à cause de cela, un édifice fragile, exposé à de multiples désagréments et dangers venus de l'intérieur ou de l'extérieur. Il n'a rien d'une mécanique lubrifiée, en titane ou en acier inoxydable. Les besoins physiologiques vitaux sont donc incontournables – sauf, paraît-il, pour quelques saints ascètes faisant preuve d'une frugalité extraordinaire, capables de se contenter quotidiennement, en se déclarant comblés de surcroît, d'une amande ou d'un morceau de pain.

Mais le commun des mortels doit pouvoir, ne serait-ce que pour imaginer le bonheur, accéder à un certain niveau de sécurité, d'aisance et de confort matériel. Certaines sociétés, et beaucoup d'hommes aussi, connaissent l'enfer de la misère pour y végéter quotidiennement, mais pas le bonheur du paradis, pour eux inconcevable.

Évidemment, l'homme ne vit pas uniquement dans et par le besoin, notamment au sein de nos sociétés d'abondance et même de gaspillage. Une fois la question de l'autoconservation réglée, il se trouve face à celle du désir.

Ces deux notions sont-elles superposables?

Les besoins constituent des nécessités organiques, impérieuses, vitales – la faim, le sommeil, la soif... Reflétant des privations physiologiques, localisables au niveau cérébral, ils correspondent à certains appareils somatiques. Ils sont ressentis consciemment et exigent des satisfactions effectives grâce au recours à des produits concrets. Ainsi, le Moi, éprouvant la sensation de faim, entreprend une démarche active pour se procurer de la nourriture.

Hormis ces besoins dits primaires parce que vitaux, il en existe d'autres, dits secondaires, également nécessaires à la survie humaine : se déplacer, se protéger des dangers, des maladies et des intempéries, fabriquer des outils, etc.

Le désir, en revanche, n'est pas l'expression consciente d'un manque physiologique dépendant d'un support corporel déterminé, ni donc d'un centre nerveux spécifique. Il est le reflet, le porte-parole, le représentant de la libido, de l'énergie psychique vitale. Il constitue pour le psychisme ce qu'est le besoin pour le corps. Il est ce par quoi la libido se manifeste et s'exprime.

Contrairement à ce qu'affirme la conception dite « pansexualiste » des débuts de la psychanalyse, subordonnant la maturation de la personnalité aux aléas de l'évolution de la sexualité infantile, la libido n'est pas d'essence exclusivement sexuelle. Elle représente l'Éros, l'élan vital dans sa globalité. Elle s'investit certes dans la sexualité, mais aussi dans les domaines les plus variés de la vie : l'amour, l'art, l'argent, la famille, le travail, l'intelligence, la politique, la religion... Tous ces espaces, loin d'être antinomiques, sont d'ailleurs complémentaires, imbriqués les uns dans les autres.

La seconde différence entre le besoin et le désir découle de la précédente. Contrairement au besoin qui, ressenti consciemment, doit être concrètement réalisé, le désir psychologique et inconscient ne requiert pas *nécessairement* de se voir concrétiser au moyen d'un objet réel.

Pour le dire autrement, l'obscur objet du désir n'est jamais l'objet, mais le désir lui-même, c'est-à-dire que tout désir est au fond désir du désir. Cette formule un peu alambiquée signifie tout simplement que le but du désir n'est pas d'aboutir, comme la faim et la soif, à une satisfaction corporelle. La libido n'est tributaire d'aucun objet particulier. L'essentiel de sa quête consiste à maintenir le psychisme, quel que soit le domaine où elle s'investit, vivant, animé, en éveil, mobilisé, en tension, en érection, si l'on peut dire, afin de le protéger contre l'effondrement, l'extinction dépressive.

Pour ce motif, comme nous l'avons dit, le bonheur se trouve également dans la promesse et l'espérance, dans l'attente et la quête, et non seulement dans l'accomplissement. Lorsqu'on caresse un projet ou qu'on se mobilise

pour une cause, même s'il s'agit d'une utopie, le psychisme, à l'image d'un arc, se trouve tendu.

Néanmoins, la libido se trouve stimulée par la médiation de certains désirs partiels étayés, eux, sur des objets.
Ces désirs, conscients, engagés dans des voies diverses,
poursuivent sous des formes déguisées, voilées, toujours
le même objectif, celui de conserver le psychisme en
éveil. Autrement dit, à travers le désir partiel conscient
de réussir un concours, de trouver un emploi, de séduire,
de s'enrichir, de s'acheter une belle voiture, de construire
une jolie maison, de fonder une famille ou encore de militer dans une association caritative ou un parti politique,
l'essentiel, au-delà de la variété des contenus et des
thèmes, consiste à maintenir la libido vivante, en palpita-
tion. Le but ultime n'est donc ni la gloire, ni la richesse,
ni la maison, ni le sexe. Il s'agit partout et toujours de
tonifier, de revigorer l'énergie libidinale.

C'est là précisément que réside le motif principal de
la souffrance du déprimé, chez qui le désir, l'élan vital,
l'envie (l'en-vie) se sont effondrés. Il n'éprouve plus de
plaisir à manger, à boire, à faire l'amour, à se promener, à
bavarder avec ses amis. Il est malheureux et triste parce
que sa libido se trouve bloquée, en panne, fatiguée, sans
qu'il se plaigne par ailleurs d'aucun besoin insatisfait.
Le trouble majeur du déprimé, affecté par la culpabilité
et la DIP, renvoie à un doute profond quant à son statut
d'être vivant et entier, comme s'il se trouvait habité ou
contaminé par la mort.

Enfin, une troisième caractéristique, tout aussi importante, distinguant le désir du besoin concerne sa prise
en charge, sa gestion. Contrairement aux besoins physiologiques, naturels, « animaux », pourrait-on dire, qui
cherchent à se satisfaire sous le primat du principe de
plaisir, le désir psychologique s'élabore et s'épanouit à
l'intérieur d'un cadre et de limites.

Cela signifie qu'il doit se soumettre, pour sa survie même, au tiers symbolique, à la loi, aux règles culturelles et civilisatrices qui ont pour mission de le protéger des deux excès nuisibles que sont l'emballement et l'extinction dépressive.

Le Moi ne se trouve jamais seul face au désir. Ce n'est pas lui qui décide de son contenu, de son orientation, mais les autres, les parents, la culture, l'ordre symbolique.

Dans ces conditions, le désir n'ayant pas forcément « besoin » de se réaliser, le sujet devient capable de patienter, de supporter l'interdit, la frustration et le manque, de sublimer son désir en s'ouvrant au symbole. Il peut se contrôler aussi en tenant compte du principe de réalité. Il accepte les limites que la loi lui fixe pour ne pas sombrer dans la surenchère impulsive ou l'étau dépressif. La non-réalisation de son désir n'est alors plus vécue de façon dramatique, comme mettant sa vie en danger ou menaçant son intégrité, grâce à la distance que la loi a introduite entre le sujet et son désir.

Il est intéressant de souligner à ce propos qu'aujourd'hui, dans les sociétés industrialisées riches, les hommes ne souffrent plus, comme naguère leurs ancêtres, d'une insatisfaction massive de leurs besoins primordiaux. Les diverses mesures d'assistance et de protection sociale permettent, même aux plus démunis, de vivre à l'abri de la faim et des maladies. Les « défavorisés » de nos sociétés souffrent certainement davantage d'une misère psychologique et culturelle que matérielle. En outre, le décalage entre leur vie réelle et leur idéal, de plus en plus excité par la publicité, accentue leur désolation.

On pourrait se demander, dans ces conditions, si la place laissée vacante par les besoins n'a pas été aussitôt squattée, envahie par les désirs, notamment par les faux, se multipliant comme des champignons à l'infini. Dans l'idéologie actuelle de la consommation, les désirs ont été transmués en besoins, impérieux et pressants comme la faim et la soif. Le consommateur se voit sommé de les satisfaire dans l'urgence en achetant une quantité incroyable d'objets, de produits et de gadgets, sans même en éprouver vraiment l'utilité.

Bien saisir la différence entre le besoin et le désir va nous aider à comprendre pourquoi le bonheur n'est pas forcément au rendez-vous, même lorsque, possédant tout, on n'a plus besoin de rien, et pourquoi le vrai bonheur n'est possible qu'en devenant soi. En effet, lorsque le sujet n'est pas lui-même, il ne jouit pas d'une intériorité propre, d'une autonomie psychique. Il ne vit qu'à travers des liens fusionnels et de dépendance avec les choses et les êtres. Pour ces raisons, ses choix, ses attitudes et ses relations se voient dictés, hors du désir, par le besoin, les deux étant confondus dans son esprit, superposables. Par exemple, il a *besoin* de l'argent pour se croire puissant et boucher ainsi son trou identitaire. Il a *besoin* d'avoir un partenaire pour ne plus se sentir seul et abandonné. Il a *besoin* de manger, de boire, de fumer, de faire l'amour, de dépenser ou de se dépenser pour se sentir vivant, afin de lutter contre sa dépression masquée. Il a de même *besoin* d'avoir des enfants, ou de ne pas en avoir, d'acheter telle voiture ou de porter tel vêtement de marque, pour paraître, pour être comme tout le monde, conforme, adapté aux normes, à la mode. Il est mû enfin par le *besoin* d'aider les autres, allant jusqu'au sacrifice de soi, non pas par « altruisme », comme il le croit, mais pour se sentir utile, bon et indispensable. Il ne s'agit pas d'un don gratuit de soi, mais d'une quête égoïste de reconnaissance narcissique.

On ne peut parler d'amour que s'il est porté par le désir, pivot de la rencontre véritable, de l'échange, de la réciprocité et du partage.

JULIE

Julie, jeune fille de 22 ans, se sent comme « coupée en deux », se plaint d'un « dédoublement de personnalité », de l'existence de « deux personnes » en elle. « Je ne sais jamais ce que je dois faire. J'hésite toujours entre deux choses, deux personnes, deux solutions. Cela me fait perdre beaucoup de temps et m'épuise, au bout d'un moment. Ça me gâche la vie. Je me demande, par exemple, si je dois continuer mes études ou me mettre à travailler, si je dois avoir un enfant ou encore patienter. Après je rumine et me sens complètement bloquée et désespérée. Je laisse tout tomber. »

Julie se convainc assez rapidement qu'elle n'est pas du tout « schizophrène », comme elle le craignait, mais qu'elle se trouve constamment prise en tenailles entre deux forces opposées qui se chamaillent en elle, « le cœur et la raison », dit-elle. L'une l'encourage à être elle-même, authentique, spontanée, en vivant par elle-même pour son bien-être. La seconde l'incite, à l'inverse, à paraître, à se vouloir parfaite, impeccable, sage, irréprochable, c'est-à-dire, en résumé, à se sacrifier aux autres, notamment à sa mère. Cette guerre civile psychique la pousse quelquefois à fumer du cannabis ou à se gaver de nourriture, dans l'objectif d'anesthésier son cœur et sa pensée alors, dit-elle, qu'elle aurait « tout pour être heureuse ». Cependant, après chaque consommation, Julie s'en veut, se sent coupable et se jure de ne plus jamais recommencer.

Pourquoi une jeune fleur, si fraîche et si tendre, se torture-t-elle à ce point ?

« J'adore ma mère. Je suis toujours très inquiète pour elle. Pour mon père aussi, mais surtout pour elle. La pauvre, elle souffre de la maladie de Crohn depuis quinze ans, depuis la naissance de mon petit frère et le jour où elle a été licenciée et a fait sa première dépression. Tous ces ennuis se sont succédé à peu d'intervalle. La naissance de mon petit frère a bouleversé notre vie de famille. De plus, mon père, ne supportant pas la dépression de ma mère, s'est pas mal éloigné d'elle, se montrant désobligeant et critique. Moi, j'adore ma mère. Elle se sacrifie pour moi, je me sacrifie pour elle. Par contre je déteste mon frère. Je l'ai haï dès qu'il a été dans le ventre de ma mère. Tout est de sa faute. Ça allait si bien chez nous avant qu'il naisse ! »

Ainsi, Julie, demeurant la petite fille ou devenue la mère de sa mère sous l'emprise de la culpabilité, s'occupe bien plus de celle-ci que d'elle-même ou de son fiancé, qu'elle n'évoque pas souvent, jamais de façon spontanée. Pourquoi cette violence verbale envers ce frère bouc émissaire ? Que signifie la jalousie de Julie ? Pourquoi la mère a-t-elle déprimé à la suite de cette seconde naissance, pourtant un heureux événement ?

« Mes grands-parents maternels n'ont eu qu'un seul enfant, ma mère. Ils étaient trop vieux pour en avoir un autre. De même, mes grands-parents paternels n'ont donné naissance qu'à mon père. Ainsi, mes parents ont longtemps cru qu'après ma naissance il n'y aurait jamais de second ! Ils ne prenaient donc aucune précaution. Ma mère est tombée enceinte de mon frère sans s'y attendre. Tout a dégringolé après ce deuxième accouchement. »

Le chiffre 2, les mots « deuxième » et « second » occupent, dans le vocabulaire de Julie, une place prééminente : deux enfants, deuxième naissance, deux personnalités en elle, etc.

Les parents de Julie ayant été, chacun de son côté, enfant unique, ont-ils enfreint un code secret, ont-ils brisé un interdit implicite en donnant naissance à un second enfant? S'en veulent-ils d'avoir dépassé, surpassé leurs parents en fécondant plus qu'eux? Julie, en s'obstinant à nier, à dénigrer son frère, cette seconde naissance, exprime-t-elle sa jalousie propre ou se fait-elle le porte-parole, l'écho sonore d'une pensée silencieuse, celle de ses ascendants? Est-elle parlée ou parle-t-elle en son propre nom et de sa vraie place?

Ce qui est certain en tout cas, c'est qu'elle n'a pas pu développer une conscience vive d'elle-même, vivante et entière, c'est-à-dire unifiée, non dédoublée. Elle se sent déchirée au fond entre son besoin de rester collée à sa mère, sans place pour un second bébé, et son vrai désir de se différencier d'elle. Elle ne sait pas si elle a le droit d'utiliser son énergie vitale égoïstement pour elle-même, au lieu de la sacrifier en s'érigeant en thérapeute de sa mère, dans une étonnante inversion générationnelle.

On pourrait même se demander si Julie ne fume pas, ne se gave pas à la place de sa mère, par procuration, mandatée par elle, pour la déstresser, pour apaiser son intestin ou son intestinal mal-être.

Paradoxalement, tous ces efforts, loin de neutraliser son mal-être et la dépression de sa mère, ne font que les accentuer. Il n'est pas évident que l'on puisse parler d'amour dans un tel contexte de dépendance fusionnelle, lorsqu'il est ainsi situé hors de toute différenciation et de toute autonomie psychique, assujetti au besoin, privé du désir. Ce dernier oxygène, aère l'atmosphère, émancipant les êtres et les destinées. Le besoin, en revanche, maintient les psychismes dans la confusion, au détriment des identités. Il oblige au sacrifice mutuel, dont Julie finira par sortir grâce à la découverte de son histoire aliénante, où elle ne pouvait être elle-même.

Se sacrifier pour autrui n'est jamais, en dépit des apparences, la preuve d'un amour plus noble, plus grand et plus fort. Cela ne rend personne heureux, en fin de compte. Au contraire, cela culpabilise, infantilise et endette. Le vrai bonheur se trouve totalement étranger à ce genre d'abdications expiatoires et masochistes. Il germe dans le cœur de celui qui est lui-même, qui s'aime et se respecte en s'inscrivant dans la réciprocité : donner et recevoir, de l'amour et de la vie.

La sexualité humaine

Et la sexualité, est-elle un besoin ou un désir ?

La pulsion sexuelle plonge ses racines dans le tissu physiologique et biochimique de l'organisme. Les zones érogènes (pénis, vagin) sont reliées à des centres neurologiques.

La sexualité représente donc une fonction biologique naturelle, le côté pulsionnel, instinctif, sauvage, animal de l'humain. À ce titre, elle constitue un besoin aspirant à se satisfaire à travers le coït, à l'aide du partenaire, dit « objet » sexuel. En psychanalyse, ce terme ne comporte aucune connotation dépréciative. Il signifie ce par quoi la pulsion peut atteindre son objectif, qui est la satisfaction.

La sexualité peut s'assimiler encore au besoin sur le plan collectif, dans la mesure où la survie de l'espèce en est tributaire. En revanche, la rareté ou l'absence totale de rapports sexuels et de procréation chez une personne donnée n'endommage nullement sa santé ou sa longévité.

Cependant, la sexualité dépasse largement le cadre instinctif du besoin pour s'ériger en désir. Elle devient le prototype même du plaisir et de la jouissance libidinale. Elle est le lieu par excellence de l'accomplissement du désir : plaire, séduire, aimer, être aimé, échanger la tendresse psychologique et corporelle avec celui ou celle que l'on chérit. Elle incarne ainsi l'espace du mariage, de la fusion, de la vraie rencontre dans le partage, du don et de la réception, avec l'autre, devenu une partie de soi-même, pareil à nul autre.

Peut-être que dans ce domaine le désir se met, d'une certaine façon, au service du besoin, celui-ci impérieux, de perpétuer l'espèce humaine. Car, alors que les sensations de la faim et de la soif sont consciemment ressenties par le Moi et lui servent d'incitation à assouvir les besoins correspondants, rien ne lui rappelle, en revanche, son devoir de procréation pour empêcher l'extinction de la vie et celle de l'espèce.

Dans ces conditions, tous les affects éprouvés par le sujet, l'amour, la beauté, le plaisir, servent au fond d'appât, d'amorce, de leurre, de prétexte, mais aussi de récompense pour l'encourager à exécuter son devoir !

Cela explique notamment, tout romantisme mis à part, pourquoi un jeune homme se laisse attirer par une « délicieuse » fille de son âge et non pas par une vieille dame : la nature, bien plus rusée qu'on ne la croit et ne s'intéressant à rien d'autre qu'à la perpétuation du genre humain, préfère unir entre eux les sujets féconds et fécondables !

De même, la sexualité est désir parce que intrinsèquement enchevêtrée aux fantasmes, aux rêves, aux symboles, aux images, par-delà la réalité des corps et des actes, depuis les temps immémoriaux, immuables !

Enfin, la sexualité est désir dans la mesure où elle est confrontée, dans toutes les cultures et à toutes les époques, au tiers symbolique, à la loi, à l'interdit, aux règles l'empêchant de dépasser les limites du cadre.

Disons en résumé que la sexualité humaine se situe dans l'entre-deux du désir et du besoin, au carrefour du biologique et du psychique, du pulsionnel et du symbo-

lique, du réel et de l'imaginaire, du corps et de l'esprit, de
la bête et de l'homme, mais aussi du sujet et de la culture
avec son système de valeurs et son code moral – nous
disons aujourd'hui « éthique ».

L'engouement dionysiaque

Étant donné la malencontreuse et éternelle dichoto-
mie entre le corps et l'esprit, le dedans et le dehors, il
a toujours existé deux modèles de bonheur s'excluant
l'un l'autre. Le premier, dionysiaque, est axé sur les
valeurs physiques de confort et de plaisir, alors que le
second, apollinien, s'oriente vers l'esprit et les qualités
intérieures.

À l'heure actuelle, le courant dominant au sein des
sociétés industrielles semble pencher nettement en
faveur du modèle dionysiaque. Beaucoup de femmes et
d'hommes, influencés insidieusement par la publicité et
la propagande médiatique, ont intériorisé inconsciemment certaines de ses caractéristiques. Le bonheur réside
à leurs yeux dans la correspondance parfaite entre l'idéal
et la réalité. Être heureux signifie alors profiter de la vie,
vivre intensément, s'amuser, se divertir, faire la fête, courir après les plaisirs, manger, boire, jouir librement de sa
sexualité. Ils rêvent de travailler moins, voire pas du tout
pour certains, afin de pouvoir partir en vacances, d'avoir
du temps libre, de voyager, de pratiquer des sports, de sortir, d'acheter, de consommer, sans limites, toujours plus,
selon leurs envies. Ils souhaitent vivre dans la paix et la
sécurité, librement, en toute tranquillité, sans contrainte,
tabou, interdit ni culpabilité. Ils aspirent au confort et au
bien-être, préférant se décharger des corvées ménagères
sur une armée de machines et de robots. Ils se veulent
également en bonne santé physique et morale, en forme,
beaux, minces, luttant énergiquement contre les dysfonc-

tionnements – maladie, déprime, disgrâce, fatigue, ennui, angoisse – à l'aide de toute une pharmacopée composée de drogues et substances diverses, sans oublier la chirurgie esthétique.

Enfin, ils ont horreur de vieillir, de s'enlaidir en avançant en âge, et de mourir. Ils veulent demeurer jeunes, sans âge plutôt. Le corps se voit ainsi idolâtré, devenant le centre, le principal objet du culte d'une nouvelle religion. On attend de lui qu'il nous rende heureux en nous prouvant qu'on est entier et vivant grâce à la stimulation de nos organes de sens – le goût, la vue, l'odorat, le toucher, l'ouïe. Il se transforme pour ce motif, à travers les diverses addictions, en instrument de lutte contre la dépression masquée, tout en suscitant les craintes de maladie, de vieillissement et de mort. Son idéalisation comme unique source et seul espace de bonheur, privé de tout aspect symbolique, finit par rendre le sujet allergique et intolérant au moindre dysfonctionnement et à la moindre frustration.

D'une certaine façon, ce modèle dionysiaque entre en écho avec le fantasme du paradis enfantin, celui de retrouver la béatitude et la félicité toutes-puissantes de la vie fœtale dans la matrice maternelle, où il n'existait nul écart entre la réalité et le rêve.

Mais quel est le sens de cette quête ? En premier lieu, la naissance et la coupure du cordon ombilical représentent pour le nourrisson un traumatisme, celui de l'expulsion, de l'interruption brutale de la fusion, à l'image d'Adam et Ève chassés d'Éden. Cette chute est vécue comme la perte d'une partie de soi, une amputation, un morcellement, un déchirement, un dédoublement. Tout se passe dès lors, plus tard, comme si le désir de l'adulte d'être heureux traduisait son aspiration à rétablir l'unité première, l'harmonie perdue. Il s'évertue à réintégrer le nid douillet du sein maternel afin de retrouver son entièreté, sa plénitude, dans l'inséparation fusionnelle. Il tend à reproduire, de façon hallucinatoire, les traces mnésiques liées aux premières expériences originelles de satisfaction intra-utérine.

Il est intéressant de remarquer ici à quel point ce fantasme archaïque transparaît et s'exprime dans le vocabulaire de l'adulte. Celui-ci souhaite, par exemple, être compris, reconnu, admis, intégré, accueilli, accepté, touché, étreint, entouré, adapté, regardé, aimé, porté, enveloppé et soutenu, dans un contexte de liens, de contacts, de tendresse, d'attentions, de soins et de chaleur fusionnelle. Il redoute, en revanche, de se voir abandonner, rejeter, expulser, exclure, éliminer, licencier, perdre, ignorer, bannir, renvoyer, retirer, retrancher, laisser tomber, déloger, évacuer, écarter, larguer !

Dans de nombreux peuples, l'inhumation rituelle des cadavres se fait dans la position recroquevillée, fœtale. Le début et la fin sont ainsi réunis, un cycle s'achève ou se complète, le défunt rejoint enfin la mère dont il a été provisoirement séparé.

La naissance occasionne, en second lieu, un autre traumatisme, cette fois affectant la mère, qui se voit vidée, incomplète, abandonnée, désemplie, déprimée en quelque sorte, d'où le « baby blues » ultérieur. Le désir imaginaire de l'adulte de retourner au nid a donc également pour fonction de combler la mère, de la remplir, de la compléter, de la rendre heureuse, dans le but d'apaiser sa propre culpabilité de l'avoir quittée, délaissée.

En résumé, le bonheur conçu comme plénitude en l'absence de tout écart entre la réalité et l'idéal renvoie, en dernier ressort, au fantasme enfantin nostalgique de réintégrer le sein maternel. Il n'est nullement improbable, dans cette optique, que l'intensité du désir de l'adulte de trouver le bonheur soit proportionnelle à la quantité et à la qualité de l'amour reçu de la part de sa mère. Plus le sujet s'est cru carencé et plus il risque de courir après le bonheur.

En effet, la sous-alimentation narcissique dans la relation fusionnelle mère-enfant, au cours des premières années de la vie, se traduit par la mise en place de la DIP. Les circonstances provoquant cette insuffisance, voire parfois la rupture de la relation, sont nombreuses et variées. Quelquefois, l'enfant subit personnellement une maltraitance affective : il se trouve victime de désamour, il est battu, non désiré, rejeté, sexuellement abusé. À d'autres moments, il peut être le témoin impuissant de la souffrance de ses proches, de la mésentente entre ses parents, de leur divorce, du décès, de la maladie ou de la dépression de l'un d'eux.

Dans toutes ces circonstances, la DIP est la conséquence de l'exacerbation de la culpabilité sans faute de la victime innocente. Cela signifie que l'enfant se déprime précocement, croyant que s'il n'est pas aimé ou si ses parents divorcent, c'est de sa faute, c'est qu'il a été vilain, non aimable, mauvais et nocif.

Parfois, en l'absence de toute épreuve de ce type, l'enfant qui a grandi au sein d'une famille unie, paisible et sécurisante, parfaite, sans nul trouble ni manque, entouré de « papa, maman, le chien et la bonne », gâté, comblé, bref, qui a été « élevé dans du coton », peut néanmoins souffrir de désamour. Cela se produit s'il a été aimé non pas pour ce qu'il est, dans la gratuité du désir, mais pour ce qu'il représente, aliéné par le besoin parental de boucher un trou, de réparer quelque chose, c'est-à-dire en fonction d'un projet, d'une utilité, d'un intérêt, d'un usage, d'une destination. Certains enfants ont été conçus, par exemple, pour remplacer un petit frère ou une petite sœur récemment disparu(e), dont souvent ils portent le prénom. D'autres se sont vus appelés à venir au monde pour rapprocher leurs parents, les recoller, les marier entre eux, les pacifier. D'aucuns, en apparence trop aimés, se voient cannibaliquement « bouffés », « dévorés », « pompés » par le besoin impérieux de leurs géniteurs d'être aimés pour se sentir bons, utiles, reconnus par leur progéniture, placée ainsi dans une fonction parentale. Dans tous ces cas de figure, l'enfant n'est plus situé sainement au sein du triangle. Il n'est pas lui-même mais pris pour un autre, aliéné, utilisé. Sortant ainsi de sa place et de sa fonction pour jouer un rôle de thérapeute qui n'est pas le sien, il lui sera désormais difficile de se différencier pour devenir lui-même, autonome, propriétaire et acteur de sa vie.

La DIP germe donc lorsque l'enfant reçoit une quantité insuffisante d'amour, ou encore un amour de mauvaise qualité, c'est-à-dire lorsqu'il n'est pas considéré pour ce qu'il est vraiment, dans sa fonction et place propres, mais en tant que remède, béquille, prothèse, thérapeute, objet réparateur, sauveur, rédempteur.

La DIP parvient à bloquer la libido, l'empêchant de circuler librement et de façon fluide à travers les différentes parcelles du jardin de l'intériorité. L'énergie vitale rationnée comme en temps de guerre ne parvient plus à nourrir généreusement l'âme enfantine tout entière, dont certains pans se trouvent dévitalisés, anémiés, inanimés. C'est le motif pour lequel la DIP s'accompagne toujours d'une certaine angoisse de mort, le sujet se sentant en danger de dépérissement et de désagrégation. Son identité est alors comme une plante comportant des branches desséchées, hypotrophiées. De ce fait, il se lancera à l'âge adulte, d'une façon excessive, démesurée, dans la quête du bonheur dionysiaque afin d'apaiser sa

DIP, pour se sentir vivant et entier. Voilà pourquoi tout ce qui risque d'évoquer pour lui plus tard la solitude, le désamour, l'abandon, la séparation, etc., sera vécu sur un mode dramatique, en termes de vie ou de mort, ravivant les craintes de son enfant intérieur.

L'engouement dionysiaque n'est pas synonyme du vrai bonheur. Il ne constitue en dernier ressort qu'un mécanisme de défense destiné à contrecarrer la DIP occasionnée par la carence d'amour maternel. Il répond essentiellement au besoin infantile d'éprouver de multiples, d'intenses et de constantes sensations physiques pour se sentir en vie, vivant et entier dans un corps concret. Il symbolise la quête désespérée de la mère.

De son côté, le modèle apollinien, trop idéaliste, voire dépressif, ne peut représenter une issue heureuse en raison de son extrémisme, de son invitation implicite à se replier dans la tour d'ivoire de son intériorité, au mépris de son corps et des réalités. Le vrai bonheur réside dans le devenir soi, adulte, en prenant de la distance avec le modèle dionysiaque fusionnel, maternel. Celui-ci empêche en effet le sujet de se développer, de devenir vrai, autonome en se différenciant de la matrice, en se séparant de la mère pour s'engager dans la voie de sa destinée.

Ainsi, le sujet devenu lui-même n'a nul besoin de recourir à une quelconque stratégie ingénieuse, à des régimes ou à des exercices pour expérimenter le bonheur. Ce dernier éclôt spontanément lorsque, grâce à la libre circulation libidinale, l'individu se sent vivant, dans un corps entier et réel.

Lorsque du fait de la DIP le sujet se voit privé de la certitude d'être en-vie, il est happé par la quête extrême du bonheur antidépressif. Il risque alors de rencontrer des obstacles, pour la simple raison qu'une question psychologique, intérieure, ne peut trouver de solution concrète, extérieure.

DENISE

Denise est une dame âgée de 75 ans. Le seul problème qui la « travaille », dit-elle, c'est « la peur de mourir ». Elle a perdu son mari il y a une dizaine d'années : il est décédé brutalement d'une rupture d'anévrisme à l'âge de 75 ans précisément.

« J'ai peur de mourir d'une crise cardiaque. Je n'arrête pas de me raisonner en me disant que je dois être très contente d'avoir vécu soixante-quinze ans, déjà trois quarts de siècle, que tout le monde n'est pas assuré d'arriver à cet âge, que je ne souffre d'aucun ennui de santé, que j'ai quatre enfants et plein de petits-enfants... Mais tout cela n'y change rien. Je ne veux pas quitter la vie, ce monde. Il y a tant de choses à connaître, tant de choses à voir ! »

Denise se plaint en outre de la solitude, alors même qu'elle ne vit pas seule mais en compagnie de son dernier fils, Paul, célibataire à 40 ans passés. Il est certain que le décès de son époux à l'âge précis qu'elle a aujourd'hui contribue à ternir le ciel du moral de Denise. Tout se passe comme si elle se trouvait face à une date butoir, une échéance, un rendez-vous auquel elle devrait se soumettre, sans avoir le droit de désobéir.

Comment comprendre ces angoisses ? Denise ne semble pas vraiment déprimée. Elle ne se dit nullement lassée par la vie, pressée d'en finir dans l'espérance de retrouver au plus vite son cher disparu.

Écoutons son histoire : « Mon papa, Paul, a disparu, il n'est pas mort mais il a disparu, du jour au lendemain, en 1939, dans le XIIe arrondissement de Paris. J'avais 4 ans. Personne n'a jamais su ce qu'il était devenu. Toutes les enquêtes et recherches entreprises par ma mère et mes grands-parents ont échoué. Ma mère a choisi de rester seule depuis. Elle n'a pas voulu aimer un autre homme que mon papa. Je ne souffrais pas vraiment de cette absence, mais de la tristesse et du désespoir de ma mère, quand je la voyais malheureuse, quand elle se cachait pour pleurer. »

Dans ces circonstances, Denise ne craint pas vraiment la mort en tant que réalité physique, objective. Elle revit, ou plutôt vit pour la première fois, des décennies plus tard, un deuil qu'elle n'a pu accomplir auparavant, relatif à la disparition, à la pulvérisation dans le néant de son père, parti sans laisser de traces, fantôme éternellement errant, ni mort ni vivant. Elle a grandi avec un vide en elle, un tombeau sans cadavre, entraînée comme elle l'était par le courant libidinal impétueux de la vie, avec « toutes ces choses à voir, toutes ces choses à connaître ! ».

Tous les petits cailloux du jardin finissent, après quelques orages, par ressortir de la terre. Plus on vieillit et plus on se rapproche de son enfance, de ses origines, retrouvant intact tout ce qu'on y avait laissé en suspens.

Ainsi, Denise se dit aujourd'hui inquiète et sans défense, non pas tant à l'idée de rencontrer la mort, l'inconnaissable par excellence, mais à celle de découvrir une partie d'elle-même, dévitalisée, un casier vide, une page non écrite. C'est la raison essentielle pour laquelle elle a conservé auprès d'elle, en captivité, en otage, son dernier fils de plus de 40 ans, prénommé Paul comme son « papa » à elle, l'empêchant de marcher sur le chemin de sa destinée, utilisé comme thérapeute, bouche-trou, pour combler son manque identitaire. Ce n'est donc pas Denise qui se trouve assombrie aujourd'hui, à 75 ans, par l'appréhension de la solitude ou de la mort, mais la petite fille en elle, abandonnée, coupable surtout, comme si son père avait déserté le foyer par sa faute, ou comme si c'était à elle de le faire revenir, par sa toute-puissance magique. Ce n'est pas elle, l'adulte, qui est malheureuse, mais la petite fille intérieure, orpheline de son père. Un excellent moyen de savoir si une personne a véritablement réussi à devenir adulte, elle-même, est d'évaluer sa capacité à supporter avec sérénité la solitude. Lorsque la libido circule librement à travers les artères libidinales du jardin de l'intériorité, non encombré par des morts intérieures, c'est-à-dire par des parties délibidinalisées, le sujet ne craint ni la solitude, ni la mort, ni la maladie. Si celles-ci lui font peur, c'est parce qu'il se trouve confronté à quelque chose de mort en lui. D'ailleurs, c'est lorsqu'il sera capable d'assumer sereinement la solitude, apte à exister par et pour lui, qu'il pourra rentrer en liens authentiques avec autrui, porté par le désir gratuit et non inféodé au besoin impérieux de se convaincre qu'il est vivant et entier.

Chapitre trois

Le miroir aux alouettes

La recherche du bonheur, défini comme la réalisation de ses désirs et besoins dans l'espoir de supprimer le décalage entre la réalité et son idéal, constitue-t-elle une voie sérieuse et féconde ?

La surenchère

Il serait difficile pour un sujet de se dire heureux face aux déceptions répétées et à la frustration de ses désirs. De même, la pénurie de ces derniers chez le déprimé en raison de la congélation de son énergie vitale ne le prédispose pas à ressentir le bonheur.

Cependant, à l'autre extrême, une multiplicité de désirs et leur satisfaction constante ne garantiraient pas la félicité. Tout est comme cela dans la vie : un peu d'eau désaltère, un peu de vin égaie, une petite flamme réchauffe, un peu de vent rafraîchit, un peu d'argent sécurise, un peu d'autorité rassure. Au-delà d'une certaine limite, la courbe s'inverse et l'on obtient l'effet contraire : trop d'eau inonde, trop de vin rend fou, trop de feu brûle...

Rien n'est donc par essence bon ou mauvais. C'est la limitation ou, à l'inverse, la surenchère qui rendent les choses bonnes ou mauvaises. Tout désir étant désir du désir et donc non équivalent du besoin, lorsqu'on s'acharne à le réaliser concrètement il devient, au lieu de s'assouvir, de plus en plus insatiable, indomptable. À peine rassasié il se met en quête d'un autre objet puis encore d'un autre. Quelquefois même, plus il se voit comblé et plus, au lieu de produire du plaisir, il augmente le « spleen », un certain vague à l'âme.

Le manque est consubstantiel au désir. Il est son ressort, sa force ; sans lui le désir ne peut se maintenir en éveil, tendu, en érection, mobilisé. Le désir se tient donc constamment dans l'entre-deux du manque et de la satisfaction, à égale distance de chacun de ces extrêmes, sans se laisser coincer ni dans l'abondance, ni dans la disette. C'est la raison pour laquelle l'écart entre l'idéal et la réalité est incompressible, irréductible. L'acharnement à vouloir le supprimer le fait se dilater encore davantage.

Ainsi, plus la boulimique mange et plus elle a faim. L'excès de nourriture, loin de calmer son appétit, l'excite au contraire dans une surenchère addictive interminable. De même, l'enfant gâté n'est certainement pas le plus heureux des enfants. Tous ses désirs, avant même qu'il ait le temps de les ressentir et de les exprimer, se voient immédiatement satisfaits par sa mère. Dans ces conditions, ne manquant de rien d'autre que du manque, et en l'absence de toute envie, il chavire dans l'emballement. Il se met alors capricieusement à tout vouloir, à revendiquer n'importe quoi, en s'accordant sans limites tous les droits, nullement parce qu'il désire quoi que ce soit, mais pour sauver désespérément le désir du naufrage, pour ne pas cesser de vouloir. C'est exactement ce mécanisme que l'on peut repérer dans l'addiction, qu'il s'agisse de drogues licites ou illicites, avec ou sans toxique : la nourriture, le travail, le sexe, le pouvoir, l'ordinateur, les jeux, le téléphone portable, l'argent, bref, tout produit ou toute personne dont le sujet ne peut plus se passer car n'étant pas porté par le désir mais inféodé au besoin.

Paradoxalement, toutes les drogues, destinées à combler le vide et à apaiser la DIP, se révèlent dépressogènes. Après avoir procuré un bien-être passager, elles accentuent à long terme la dépression masquée au lieu de la neutraliser. Le « drogué » se voit ainsi contraint d'augmenter les doses, mais aussi de multiplier les produits consommés (polytoxicomanie). En général, les alcooliques fument énormément et boivent beaucoup de café. Les héroïnomanes consomment également de grandes quantités d'alcool et de café, sans oublier les « joints » et les cigarettes.

Dans ces conditions, la toxicomanie au sens large – qu'elle repose sur des substances licites ou illicites, avec ou sans toxique – comporte une évidente volonté inconsciente autodestructrice, suicidaire. C'est ce qui expliquerait l'inefficacité, voire la dangerosité de toutes les onéreuses campagnes d'information et de mise en garde contre la vitesse au volant, l'abus d'alcool et de tabac, les relations sexuelles non protégées, etc. Elles s'avèrent d'abord totalement inutiles dans la mesure où nul adulte, même doté d'une intelligence médiocre, ne saurait méconnaître les risques inhérents à ce genre de conduite. Elles sont dangereuses, ensuite, car leurs messages incitent l'enfant intérieur coupable et masochiste à recourir paradoxalement à ces passages à l'acte ordaliques dans le but d'expier sa culpabilité imaginaire.

Ainsi, dès que le désir s'affranchit du manque en sombrant dans la satisfaction illimitée, il se transforme en besoin. Il s'empâte par le gavage, s'emballe, provoquant la panne du thermostat régulateur. Plus on bouche le trou identitaire et plus il s'élargit, devenant abyssal.

Il est intéressant de remarquer l'augmentation parallèle des perversions et des dépressions, dans nos sociétés modernes vouant un culte au bonheur en tant qu'harmonie parfaite entre la réalité et son idéal, et non aspiration à devenir soi. La perversion attise en effet la soif de jouir librement sans pouvoir supporter la frustration, ni l'attente, ni aucune limite édictée par la loi, ni aucune culpabilité. Elle se fonde sur la conviction que l'on peut faire coïncider la réalité et son rêve, d'une façon réelle, en dehors de l'intervention du tiers symbolique. Pour le pervers, la jouissance, même au détriment d'autrui, constitue un droit, et le manque une injustice inacceptable.

La dépression se présente comme l'envers de cette médaille. Elle apparaît lorsque le courant libidinal, épuisé par l'excès d'excitations, disjoncte, s'épuise et s'éteint. Elle traduit la démission, l'impuissance du sujet à harmoniser son idéal et sa réalité. Il abandonne la partie, se sent nul, se replie sur lui-même, écrasé par l'ampleur de l'entreprise, tout en se croyant fautif de ce qu'il considère comme un impardonnable échec. Cette affection est en augmentation constante. La consommation de psychotropes – antidépresseurs, anxiolytiques, somnifères, offrant ce qu'on appelle le « bonheur chimique » – représentait 317 millions d'euros en 1980 ; elle a été multipliée par trois au début des années 2000. Elle concerne aussi désormais des tranches d'âge de plus en plus jeunes, notamment 5 % des 0-9 ans. La consommation d'antidépresseurs est deux fois plus élevée en France qu'en Italie, en Allemagne et en Angleterre.

De toute évidence, la multiplication parallèle des phénomènes dépressifs et pervers a également, outre celle relevant de la psychologie individuelle, une cause socioculturelle. La propagande médiatique et la publicité, qui ont squatté la place laissée vacante par le tiers symbolique, contribuent à créer un climat propice à leur prolifération. Elles s'emparent du désir de bonheur pour le transformer en un besoin impérieux qu'elles encouragent à satisfaire à travers la consommation boulimique d'objets et de produits à visée addictive, antidépressive. Elles exploitent au fond, ingénieusement, le fantasme naïf et enfantin de plénitude et de complétude par le retour régressif à la matrice maternelle.

Leur stratégie repose sur deux étapes et le recours à un double langage. Dans un premier temps, elles aggravent et radicalisent sournoisement le décalage naturel entre la réalité et l'idéal. Dans un second temps, elles proposent d'apaiser, voire de gommer la tension précédemment ravivée grâce à l'achat d'objets et de produits capables de métamorphoser magiquement le sujet. Vous êtes malheureux parce que vous êtes moche, gros, vous sentez mauvais, vous êtes mal rasé, mal lavé, mal coiffé, mal habillé, vous mangez mal, vous dormez mal, vous faites mal l'amour, vous avez des appareils vétustes, des voitures minables, etc. Mais en achetant tel savon, tel shampooing, tel déodorant, tel vêtement, tel café, tel robot ou telle voiture, vous deviendrez beau, jeune, sexy, mince, séduisant, fort, sans que plus personne puisse résister à vos charmes !

Curieusement, la médecine, établie naguère dans une place et une fonction précises de soins et de prévention des maladies, dépasse aujourd'hui largement sa mission originaire pour s'ériger en fée du bonheur chimique, l'alliée et la complice de la consommation et de l'industrie pharmaceutique. Celles-ci, en se propulsant au rang de nouvelle religion, au mépris de l'ancienne, décrètent désormais ce qu'est le bien, ce qu'est le mal, ce qu'est le bonheur et comment il doit être approché. Leur doctrine, en amalgamant le désir et le besoin, en exaltant les plaisirs du corps, encourage à dire « oui » sans culpabilité à ses envies. Le tiers symbolique, lui, s'évertue à protéger le désir en le différenciant du besoin, en l'aidant à se sublimer, à se donner des limites, à se symboliser, à patienter, afin de s'émanciper du carcan du passage à l'acte et des objets. Au fond, il a pour fonction de s'interposer entre la pulsion et le Moi, de mettre de la distance entre eux. Il sauve le Moi du besoin pour l'ouvrir au désir dans la perspective de devenir soi, condition première pour rencontrer le bonheur.

Tout à fait à l'inverse, la nouvelle religion, se disant pourtant athée, asymbolique et désymbolisante, incite le désir, converti en besoin, à se satisfaire dans l'urgence. En effet, le bonheur dionysiaque s'est transformé de nos jours en une réalité crue, prise à la lettre, une marchandise, une drogue destinée à lutter contre la DIP pour procurer au sujet l'assurance d'être vivant, dans un corps réel et entier.

ÉDITH

L'histoire d'Édith illustre bien les risques de dérapage de l'énergie vitale vers les deux excès évoqués, celui de la surenchère perverse et celui de l'épuisement dépressif, lorsque le bonheur devient synonyme de la réalisation des désirs.

« J'ai rencontré mon premier amant dans un bar. J'étais en seconde. J'avais 16 ans, lui 35 ans, il était marié, père de deux enfants. Ne prenant pas de précaution, je suis tombée enceinte. Je n'avais pas envie de me faire avorter. Mes parents l'ont su seulement au septième mois de la grossesse. Ma mère, catholique pratiquante, a très mal réagi. Elle m'a insultée, m'a traitée de pute. Mon père

s'est montré plus compréhensif. J'ai accouché d'un garçon. C'est surtout mes parents qui l'ont élevé. Il a 33 ans
aujourd'hui. À 19 ans, ma mère m'a mariée de force. Je
n'aimais pas cet homme. Six mois après on divorçait alors
que j'étais enceinte à nouveau. J'ai fait heureusement une
fausse couche spontanée. À 20 ans, j'ai connu un homme
marié, 36 ans, père de trois enfants. Sa femme le savait
mais elle ne disait rien. Au contraire, elle m'invitait régulièrement à passer des week-ends et des vacances avec
la famille. Je me sentais bien avec eux, aimée, désirée,
reconnue, utile. Cette histoire a duré huit ans. Pendant
cette période, entre 20 et 25 ans, j'ai subi aussi l'inceste
avec mon grand frère. Il était très amoureux de moi. Je ne
m'opposais pas pour ne pas créer des histoires et pour lui
faire plaisir, par pitié. J'étais contente aussi qu'il soit bien
grâce à moi. Quand il s'est suicidé parce que sa petite
amie enceinte de lui était partie avec un autre, je me suis
dit "ouf!".

« Ensuite j'ai connu Christophe. Ça a été tout de suite le
coup de foudre, l'osmose, la passion, la fusion, un déclic,
une attirance, une fascination immédiate. On a eu une
fille ensemble, Harmony avec un "y", pour ne pas l'écrire
comme tout le monde, avec un "i". J'ai voulu m'occuper
complètement d'elle. J'ai été très maternelle. Christophe
s'est senti négligé. Ma passion s'éteignait. Le sexe ne me
disait plus grand-chose. Il a commencé à me rabaisser,
à me commander, à m'écraser, exactement comme ma
mère. Je l'aimais, mais il m'étouffait. Il s'est mis à sortir
avec d'autres femmes. J'étais très malheureuse. De mon
côté, j'ai connu aussi d'autres hommes, mais ce n'était
plus comme avant. C'était bien, c'est tout.

« On a fini par divorcer. Il n'a pas supporté que je déprime,
comme sa mère quand il était petit. On a décidé de rester
dans le même immeuble, mais dans deux appartements
différents, pour faciliter la garde alternée d'Harmony. Je

n'arrive pas à me détacher de lui. On continue à avoir des relations sexuelles malgré qu'on ait divorcé.

« À la même époque, j'ai rencontré des difficultés dans mon travail, où j'avais été rétrogradée. Je me suis réfugiée dans les amphétamines pour ne plus penser à mes problèmes. Ça me détendait, ça me déstressait aussi pour faire l'amour, mais après c'était pire. Je me sentais triste, morte, vide. »

Il est évident qu'Édith se débat contre une DIP. Elle a cherché à travers sa vie sexuelle agitée, voire perverse, utilisée comme une drogue, à apaiser ses sensations inquiètes d'inexistence, pour se sentir réanimée. Mais que s'est-il passé ?

« Je ne me suis jamais bien entendue avec ma mère. Elle a toujours été très dure avec moi, méchante. Elle m'a avoué que je n'étais pas désirée et qu'elle aurait mille fois préféré accoucher d'un quatrième fils. Je devais l'aider à la maison alors que mes frères, traités comme des pachas, ne levaient pas le petit doigt. Ils avaient droit à tout, moi à rien. J'ai vécu longtemps chez mes grands-parents, quand je fréquentais l'école maternelle. Je n'ai pas compris pourquoi. Je ne peux pas parler à ma mère. On n'a aucune complicité. Je me sens à chaque fois crispée avec elle. J'ai des crampes d'estomac épouvantables. Elle m'étouffe. Elle cherche toujours à me commander, à me soumettre, veut que je lui obéisse, que je reste sous son emprise. Le plus terrible, c'est qu'elle n'exprime jamais clairement comment je dois me comporter. Elle me le fait comprendre par des allusions, surtout en me culpabilisant. Lorsque mon père est mort, j'aurais préféré que ce soit elle ! Ensuite, pendant cinq ans, je n'ai pas voulu la revoir. Je hais ma mère ! »

Manifestement, la fille et la mère rencontrent d'énormes difficultés pour communiquer. La haine constitue, cependant, l'envers d'une forte demande affective.

Chez Édith, l'insatisfaction de cette demande en raison de l'absence originaire de fusion mère-enfant a semé les premières graines de la DIP. La frénésie sexuelle et la consommation d'amphétamines constituent pour elle des attitudes compensatoires addictives, antidépressives, anxiolytiques, destinées à la remplir pour lui procurer l'illusion qu'elle est vivante parce que touchée, enveloppée, désirée, reconnue. C'est sa mère qu'Édith recherche inlassablement auprès de ses amants/maman. C'est également ce genre de sensations revigorantes qu'elle a trouvé dans ses achats boulimiques. « Quand j'ai commencé à gagner de l'argent, je le dépensais, je n'arrêtais pas d'acheter, d'acheter, par impulsion, sans pouvoir m'arrêter, comme une boulimique, ça m'excitait ! Enfant, je devais porter les habits usés de mes frères, les restes, des pulls, des chaussures, je n'étais pas moi-même. »

Pourquoi la mère d'Édith se comporte-t-elle de façon si agressive à l'égard de sa seule fille ? « Ma mère était une fille unique, ses parents n'ayant pu avoir d'autres enfants. Ma grand-mère était très méchante avec elle, très dure. Elle n'a pas reçu d'affection maternelle non plus. Elle aussi a été empêchée de poursuivre les études qu'elle souhaitait. Elle m'a dit qu'elle n'avait pas épousé mon père par amour, mais parce qu'il était gentil. Le mariage lui permettait de fuir sa mère, mais elle n'a pas été heureuse en amour avec mon père. »

Il est étrange de remarquer à quel point l'histoire de la mère et celle de la fille se télescopent, se ressemblent, se recoupent. Toutes deux ont été élevées par des femmes autoritaristes, « castratrices », qui les ont étouffées, empêchées de devenir elles-mêmes, dans le désir. On pourrait se demander, dans ces circonstances, si Édith, en s'épuisant à vivre différemment de sa mère « catholique pratiquante, dure, rigide, mais malheureuse en amour », ne réalise pas finalement le refoulé maternel, menant, par procuration,

la vie que sa mère fantasmait mais qu'elle n'a pu expéri-
menter. Édith mène au fond, pour le compte et à la place
de sa mère, une existence athée, amorale, marquée par
une sexualité débridée et perverse, à l'exact antipode
de l'éthique maternelle. « On dirait qu'elle est jalouse de
moi, que je sorte, que je m'amuse. Elle m'a dit l'autre soir :
"T'as de la chance de sortir, de connaître l'amour." » Édith,
n'étant pas elle-même, ne peut vivre par et pour elle, en
son nom propre. Elle incarne sa mère. Curieusement, plus
elle cherche à désobéir à la volonté de celle-ci, par défi ou
par dépit, en se débattant contre elle, plus elle demeure,
telle une poupée, sous son occulte emprise, manipulée,
personnifiant la personne vivante que la mère n'a pas
eu le droit d'être. Elle s'épuise, à travers ses passages à
l'acte impulsifs, à neutraliser sa propre DIP, mais aussi la
DIP maternelle qu'elle a dû éponger, comme enfant thé-
rapeute, pour l'en délivrer. Le bonheur, présenté comme
la réalisation « harmony-euse » des désirs, ne mène en
dernier ressort qu'aux deux excès de la surenchère et de
l'extinction dépressive. La compréhension de ce balance-
ment a aidé Édith à se protéger des extrêmes. Elle a ainsi
retrouvé des moments de paix et d'harmonie que depuis
longtemps elle ne s'était pas donné le droit de ressentir.

L'ambivalence

L'ambivalence est la présence simultanée, à l'égard du
même objet, de l'amour et de la haine, du désir et du
refus. Elle traduit, quant au bonheur, l'existence d'une
aspiration positive, d'une détermination consciente à y
parvenir tout en se l'interdisant sous l'effet de la culpabilité inconsciente.

Disons d'abord que la contenance, la capacité humaine
à déguster le bonheur semble, malgré les apparences,
très limitée. Chacun aspire à un bonheur complet, alors

même qu'il ne pourrait en jouir qu'à des doses modérées, par intermittence et surtout par contraste avec son contraire. Pour ce motif, dans le trouble bipolaire de l'humeur, après une période d'hyperexcitation et de surmenage émotionnel, le sujet épuisé s'effondre dans la phase dépressive, passant sans transition de la canicule à la congélation.

Nul ne peut s'exposer en permanence au soleil et à sa puissante luminosité. Ainsi, la tristesse et la souffrance de façon générale remplissent, bien qu'elles soient entourées d'une forte négativité, une fonction positive, protectrice, qui consiste à limiter l'intensité, la quantité et la fréquence de la joie, des stimuli de jouissance, pour sauver le psychisme de l'implosion. Elles ont aussi pour vertu d'arracher l'individu à la léthargie en lui rappelant qu'il est humain, vivant et sensible, et non pas une machine programmée.

À l'heure actuelle, la publicité et la médecine commerciale nous font croire que si nous souffrions moins, ou même pas du tout, nous serions beaucoup plus heureux, bien mieux dans notre peau. Elles nous incitent dans ce but à consommer des produits magiques et des médicaments miracles. Cependant, ce discours reflète l'exact contraire de la vérité dans la mesure où il occulte totalement la nécessité de devenir soi, en intégrant le manque, la limite et l'attente. Surtout, il ne tient aucun compte de l'interdiction inconsciente de vivre le bonheur que le sujet s'impose.

Il est essentiel de souligner l'aspect profondément constructif de la souffrance psychique. Lorsque celle-ci se voit exagérément combattue et refoulée, le psychisme s'appauvrit, perd de sa sensibilité en devenant bien moins réceptif à toute la palette émotionnelle, y compris les expériences de plaisir. Le bonheur ne peut s'éprouver qu'en alternance avec son contraire, son opposé. Pour le dire autrement, une dose homéopathique de souffrance et de tristesse favorise paradoxalement l'accès à l'enchantement en limitant l'intensité radioactive des excitations joyeuses. On ressent d'autant plus de plaisir à boire et à manger qu'on a souffert de privations alimentaires. On éprouve d'autant plus de joie à se trouver en bonne santé qu'on a traversé les affres de la maladie. Enfin, on est d'autant plus heureux de prendre des vacances qu'on a durement travaillé, ou de retrouver des êtres chers qu'on a été longtemps éloigné d'eux.

Pour cette raison, il existe dans toutes les cultures humaines des rendez-vous festifs, certes, des manifestations de réjouissance, mais aussi des rituels mélancoliformes (jeûnes, lamentations, périodes d'interdiction des rapports sexuels, etc.) ayant pour fonction de modérer la puissance et la fréquence des plaisirs afin de sauver l'esprit de l'hyperexcitation et de l'embrasement. L'âme nécessite aussi le repos, le sommeil, l'oubli, la vacance, le vide, le silence, le dimanche !

Le psychisme est également la scène d'une confrontation entre deux puissances inconscientes adverses, la vie et la mort, tirant à hue et à dia. Les puissances de la vie, l'Éros, œuvrent dans le sens positif de l'épanouissement : s'aimer soi-même, aimer la vie et les autres, se préserver des dangers, créer des liens, jouir. Les puissances de la mort, le Thanatos, travaillent dans la direction opposée : la haine de soi, l'autodestruction, l'agressivité, la dissolution des liens, la fermeture. Personne ne se trouve à l'abri de ces pulsions, aussi légitimes les unes que les autres, agissant dans l'ombre. On aspire donc consciemment au bonheur, mais sans jamais soupçonner les forces souterraines qui, dans l'invisibilité de l'inconscient, en contrecarrent l'avènement. Cela signifie par conséquent que, même si tout allait parfaitement bien, en l'absence de tout obstacle extérieur à la réalisation de nos désirs et besoins, notre disposition, notre réceptivité au bonheur resteraient tout de même restreintes. Il nous serait difficile de le supporter au-delà d'une certaine intensité et d'une certaine fréquence en raison de l'impact du Thanatos. C'est la raison pour laquelle il est parfois plus aisé d'imaginer les martyres que les félicités. Ainsi, la littérature sur les joies du paradis se révèle d'une platitude et d'une pauvreté imaginative déconcertantes, alors que l'on trouve des descriptions de l'enfer et de ses divers supplices toutes plus horriblement subtiles les unes que les autres.

Ce masochisme inconscient se repère à nombre de phénomènes : les suicides, mais aussi toutes ces attitudes autopunitives que sont les accidents de la route, les échecs sentimentaux et professionnels, l'hyperactivité, le surmenage, l'avarice, la consommation inconsidérée de drogues, licites ou illicites, avec ou sans toxique. Il se devine aussi à travers une foule d'interdictions que le sujet s'inflige par culpabilité ou par mauvaise conscience, en refusant les petits ou grands plaisirs de la vie, qualifiés de futiles ou d'égoïstes. Ce masochisme est à l'œuvre également chez ceux qui se font torturer, en se polluant l'âme, par ces puissants venins que sont le stress, la peur, la rancune, la jalousie et les angoisses injustifiées. Ils se laissent en effet complaisamment dévorer par le fantasme de toutes les catastrophes possibles. Certains se précipitent, avec une jouissance un peu morbide, sur les pages des faits divers sanguinolents et sensationnels ou sur les rubriques nécrologiques. N'oublions pas non plus de citer ceux qui ne se sentent « heureux » que s'ils sont malheureux, recherchant sans cesse de nouveaux soucis comme des bâtons pour se faire battre, fréquentant des êtres tristes et à problèmes qui auraient davantage besoin d'une assistante sociale ou d'une infirmière. Enfin, certaines personnes se persécutent, persuadées que leur

bonheur risque de faire le malheur de ceux qu'elles chérissent. Elles « préfèrent » ainsi souffrir pour pouvoir protéger les autres.

En résumé, on croit sincèrement courir après le bonheur, le réclamer tout le temps et en quantité illimitée,
alors qu'au fond on ne se l'autorise pas, on le fuit ou on
le gâche, en raison de l'ambivalence souterraine, de la
culpabilité et de la DIP.

D'ailleurs, nous avons tendance à nous comporter de
la même manière à l'égard de la liberté, de la paix et
de l'amour. On clame partout son immense besoin de
compréhension, de communication, de tendresse et de
chaleur, mais on s'éloigne de celui qui nous ouvre son
cœur : « Tu me fuis, je te suis. Je te suis, tu me fuis » !
Tortueux, tordu, torturant, ce jeu pernicieux et sadoma-
sochiste de cache-cache !

Précisément, devenir soi permet de prendre conscience
de ces forces « négatives », dans le but non pas de s'achar-
ner à les éliminer – car plus on les embête et on les fuit,
plus, paradoxalement, elles redoublent de brutalité –,
mais de les respecter un tant soit peu pour s'en protéger.
C'est seulement de cette manière que le Moi parviendra
à exorciser en partie ces énergies, voire à les amadouer
pour les transformer en alliées !

CÉCILE

*Cécile est une jeune femme de 30 ans. Elle représente
le modèle même du sujet ambivalent, celui qui d'un côté
dépense beaucoup d'énergie à être heureux mais, de
l'autre, se sabote inconsciemment, s'interdisant toute
paix intérieure. Deux forces contraires se chamaillent en
elle.*

*Cécile prétend souffrir de deux problèmes, dans son
esprit séparés. Elle cite d'abord les attaques de panique*

qui lui gâchent la vie. Lors de ces crises, elle devient crispée, tendue, stressée, anxieuse, envahie par des vertiges, et a du mal à respirer. Perdant alors tout contrôle, elle craint de devenir folle ou de mourir. La seconde difficulté est relative à son instabilité sentimentale. « J'ai été amoureuse plusieurs fois. Ça se déroule toujours pratiquement de la même manière. Je commence à désespérer. Je m'attache assez rapidement sans pouvoir réfléchir, ni prendre du recul. Après quelque temps ça ne va plus, souvent sans raison sérieuse. J'angoisse. Je ne suis pas moi. Je deviens désagréable, agressive, méchante même, comme si je cherchais à faire fuir celui que j'aime. Après, je m'en veux. Je me sens coupable, mais c'est vraiment plus fort que moi. L'ambiance devient progressivement insupportable et aboutit à la séparation. Je pleure beaucoup, mais je me trouve bizarrement soulagée quelque part, comme si je venais de friser une catastrophe, écartée à la dernière seconde. Mon petit garçon de 7 ans, par exemple, je l'adore. Je suis si heureuse de le retrouver le soir en rentrant du travail. Mais, une heure après à peine, je le fuis, je le laisse jouer seul, sans plus m'occuper de lui, ou alors je deviens agressive, comme si je cherchais à l'éloigner. J'aurais envie d'avoir d'autres enfants, bien sûr, mais je me dis que je ne serai jamais à la hauteur, étant déjà incapable d'aimer et d'élever le seul que j'ai. Je me suis fait avorter trois fois. »

Pourquoi Cécile, en l'absence de tout autre problème existentiel conséquent, panique-t-elle ainsi face à l'amour et à la vie, écartant d'elle tous ceux qu'elle chérit, son compagnon, son fils ? Que cache son ambivalence caractéristique ?

Le sens de tous ces dysfonctionnements se trouve dans l'Ailleurs et Avant de son enfance. Cécile est la cinquième d'une famille de six enfants. Elle a deux frères et deux sœurs aînés, ainsi qu'un petit frère. Celui-ci est né quand elle avait 3 ans. Une leucémie a été diagnostiquée chez lui à l'âge de 2 ans. Peu après, la mère de Cécile, déjà fragilisée par cette épreuve, a perdu sa mère, à laquelle elle était très attachée.

« J'étais très jalouse de mon petit frère, le petit dernier, chouchouté. Il m'avait volé ma mère et ma place de petite dernière. Quand on a découvert sa maladie, je me suis dit que c'était de ma faute parce que j'avais été vilaine avec lui, en pensée. J'étais triste d'avoir perdu ma grand-mère, que j'adorais, mais également ma mère, qui, soucieuse de la santé de mon frère, n'était plus aussi disponible que par le passé. Elle avait drôlement perdu de sa gaieté et de son dynamisme habituels. »

La DIP chez Cécile apparaît ainsi comme la conséquence de son abandon narcissique et de la culpabilité. Son bonheur se voit entravé non seulement par la DIP mais par la dépression de sa mère qu'en tant qu'enfant thérapeute elle a épongée. Cessant d'être elle-même et de s'aimer, elle a développé une image négative de soi, mauvaise, nocive et notamment indigne de toute affection, ne méritant pas d'être aimée. C'est bien cette certitude inconsciente d'être porteuse de malheurs qui est à l'origine de son ambivalence et de ses crises de panique.

Tout se passe en effet comme si Cécile se trouvait contaminée par la mort plausible, fortement crainte par sa mère, suspendue au-dessus de leurs têtes comme l'épée de Damoclès, de son petit frère. La mort d'un être cher ne présente de toute évidence, du strict point de vue épidémiologique, nul risque de transmission. Cependant, elle affecte et infecte, tel un mauvais virus, l'âme des proches qui subissent en toute impuissance la perte. Les survivants se considèrent désormais comme en sursis, perdant la certitude d'être vivants et entiers.

Ainsi, les crises de panique de Cécile ont une double signification. Elles expriment en premier lieu ses craintes de mourir, « contagiée » par la maladie mais aussi en raison de la cessation de l'affection maternelle, entièrement reportée sur le petit frère. Le thème de la mort comme spectre effrayant occupe d'ailleurs une place privilégiée au sein de l'inconscient familial de Cécile. Ses frères et sœurs, envahis par cette inquiétude, ne cessent d'exorciser le danger en procréant d'une manière explosive et anarchique. Son frère aîné a eu trois enfants de trois femmes différentes ; sa sœur aînée a eu deux enfants de deux hommes différents ; un autre frère a eu deux enfants de deux femmes différentes ; et enfin le « petit dernier », naguère leucémique et ayant craint un temps la stérilité, a eu par fécondation des triplés ! Tout excès – ici de vie – camoufle mais en même temps contrebalance l'excès inverse – ici la dépression, la mort psychique.

En second lieu, les crises de panique remplissent une fonction sacrificielle, expiatoire et apotropaïque. Cela signifie tout simplement que Cécile éponge, aspire, gobe la mort rôdant dans sa famille. Elle se tue ainsi symboliquement, se donne psychodramatiquement la mort, en la mimant, sous forme de convulsions et de transe, pour protéger son petit frère, pour le maintenir en vie, au prix du don de sa vie propre.

Voilà pourquoi Cécile éprouve tant de difficultés à s'accepter heureuse, à s'inscrire de manière stable, dans la durée, avec son conjoint et son fils qu'elle aime. Elle refuse le bonheur non seulement parce qu'elle se croit indigne et non méritante en raison de sa culpabilité, mais aussi parce que, si elle est heureuse, en bonne santé et bien dans sa peau, cela risque de mettre les autres en danger en générant des catastrophes. « L'autre jour, les amis ont insisté pour que je les accompagne visiter une grotte. J'ai refusé d'emblée. J'étais certaine de gâcher la promenade par mes crises. En fin de compte je n'ai pas pu résister à leurs sollicitations. La promenade dans la grotte s'est curieusement très bien déroulée. J'étais vraiment très contente et surprise. Je n'ai ressenti aucun malaise. Mais le soir je ne me trouvais pas bien du tout. Je ne comprenais pas que ça se soit si bien passé. Je me disais que ce n'était pas normal. J'ai toujours la hantise qu'il arrive des catastrophes si je suis heureuse. Par contre, si je souffre, si je fais des crises de panique, il n'arrivera rien à personne. J'ai tellement peur de perdre mon petit garçon si tout va bien pour moi, si je vis en paix avec moi-même. Je me dis alors que si je suis méchante avec lui, si je le fuis, l'ignore ou le frustre en lui imposant des interdits, il vivra bien parce qu'il ne s'attachera pas à moi. Si je l'aime, la vie me punira et me l'enlèvera. »

Cécile s'interdit donc de s'aimer et d'être aimée pour sauver ceux qu'elle chérit en les protégeant superstitieusement de sa dangerosité imaginaire. Plus exactement, son côté adulte tendant vers le bonheur se voit freiné par son enfant intérieur coupable et déprimé.

Au terme de sa thérapie, Cécile déclarera : « Je n'ai plus envie d'être gentille, mais d'être moi. Je ne suis pas responsable de ma mère, et je ne suis pas non plus la mère de mon frère. »

L'exemple de Cécile montre qu'il est essentiel de prendre conscience de son ambivalence intérieure, du désaccord entre l'enfant en soi, affecté par la DIP, et l'adulte, afin de réaliser sainement son bonheur, par-delà les conditions matérielles. Il ne sert à rien de s'épuiser à « faire », concrètement, ceci ou cela. Il est primordial, en revanche, de pacifier ses relations avec son passé grâce à la compréhension de son histoire.

L'idéalisation

Les sociétés industrialisées et d'abondance se trouvent prisonnières d'une courbe de croissance économique nécessairement continue. Il est donc vital pour elles de conquérir sans cesse de nouveaux marchés, de recruter et de fidéliser toujours davantage de clients, incités à consommer, voire à gaspiller. Elles n'hésitent pas pour cela à créer et à entretenir de faux besoins. Dans ces conditions, elles sont contraintes de privilégier l'idée d'un bonheur marchandise qu'elles définissent comme l'espace d'une harmonie entre la réalité et l'idéal. L'aspiration à devenir soi, en cultivant son autonomie intérieure et en prenant de la distance avec le besoin et les choses concrètes, non seulement ne les intéresse pas mais les inquiète. Le bonheur est devenu, dans cette optique, l'objet d'une idéalisation, d'une idolâtrie, d'un culte. Cependant, sa glorification comme but ultime de l'existence, puisqu'il n'est jamais recherché en vue d'autre chose que de lui-même, n'est pas sans conséquences.

Elle risque, en premier lieu, de creuser encore davantage le décalage naturel entre l'idéal, de plus en plus enjolivé, et la réalité quotidienne, rendue fade et vilaine. Le sujet finit par juger sa condition minable en comparaison avec les clichés de la publicité, qui lui font miroiter une vie extraordinaire. Face à cette tension, le Moi doit investir une grande quantité d'énergie pour réduire, voire supprimer le fossé ainsi élargi entre le rêve et la réalité, afin de se sentir en conformité avec le modèle de bonheur proposé. Il s'expose alors aux deux dangers que nous avons déjà pointés : celui de la surenchère, en désirant « toujours plus et autre chose », et celui de l'épuisement dépressif, en « pétant les plombs ».

Dans le premier cas, la libido sera préférentiellement investie dans un objectif de brillance, d'excellence, d'enrichissement, de puissance, dans le but de se sentir conforme à l'idéal recherché, mais aussi pour s'assurer d'être vivant et reconnu.

Cette quête éperdue du bonheur réel, chosifié, non symbolique, n'est cependant réalisable que par le refus et le dépassement permanent de ses limites humaines, physiques et psychologiques. Un tel pari ne peut parfois être tenu qu'en marge du tiers symbolique, dans le déni de la culpabilité et de la loi, sur la pente glissante de la perversion.

Une mère de famille de 45 ans racontait le choc qu'elle avait subi lorsque sa fille de 19 ans lui avait annoncé qu'elle se mettait en ménage avec un homme d'une quarantaine d'années, père de trois enfants et en instance de divorce. La jeune fille avait réussi à rassurer sa mère en lui expliquant à quel point elle était amoureuse de cet homme, heureuse avec lui et bien dans sa peau. « Je ne souhaite que le bonheur de ma fille », avait alors répondu la mère, apaisée !

De nos jours, tout semble donc, d'une certaine façon, pouvoir être toléré, compris et pardonné lorsqu'on se trouve enfin en présence du bonheur, ce mot magique de sept lettres et de deux syllabes. Le chemin emprunté et l'outil utilisé n'ont plus beaucoup d'importance dès lors que le bonheur, but suprême, est atteint. La loi, considérée souvent comme répressive, se vide de sa sacralité. La fin justifie les moyens.

Cependant, en dépit des clichés répandus, je ne suis pas libre et donc heureux parce que « je peux faire tout ce dont j'ai envie ». Bien au contraire, agissant ainsi je me constitue prisonnier des trois sources d'aliénation, de ces trois autres en moi : la pulsion, l'idéal des parents et les normes collectives. En revanche, en intégrant la loi, le tiers symbolique, en acceptant les limites qu'elle me prescrit, je parviens à me désaliéner, à devenir moi-même, vrai. La loi a donc pour fonction de me restituer mon autonomie en me donnant des limites, en me faisant accéder au désir, non inféodé aux besoins et aux objets, non manipulé par la publicité. L'excès dans le champ social des libertés, non encadrées par le tiers symbolique, entaille sérieusement l'autonomie psychique.

À l'extrême opposé de la surenchère, l'idéalisation est susceptible de provoquer la déception et le blocage dépressif. Le sujet, persuadé de son impuissance à supprimer le décalage entre l'idéal et la réalité, démissionne, « disjoncte », abandonne la partie. De plus, se croyant fautif de son échec, il se coupe des autres en se repliant sur lui-même.

L'obsession du bonheur comme unique but et ultime finalité accentue par ailleurs le stress, l'inquiétude de ne pas y arriver, l'impatience et la crispation. Elle bloque la fluidité et la libre circulation de la libido, à l'image de l'amant que l'excès de désir pour sa bien-aimée épuise et rend impuissant au moment précis où il s'unit à elle. Lorsqu'on commence à escalader une haute montagne, voir le sommet à atteindre, paraissant inaccessible et lointain, brise l'élan et décourage. Lorsqu'on a trop idéalisé une personne ou une chose, la rencontre se transforme en une épreuve.

Par ailleurs, l'empressement à se trouver magiquement à destination avant même de se mettre en chemin, la fixation sur le but, sur l'arrivée, privent le voyageur du charme du trajet, des délices et surprises des étapes intermédiaires. Ainsi, le présent, le seul instant dont nous sommes censés disposer, se vide d'intérêt et nous échappe, le bonheur idéalisé se voyant toujours repoussé plus loin, après, plus tard !

Pour ce motif, la précipitation, l'impatience du malheureux déprimé à recouvrer la santé, de façon magique, « très vite », retarde sa sortie du tunnel. Sa hâte excessive, qui le pousse à brûler les étapes, le désimplique, le rend sourd et aveugle au processus de son évolution, aux petits pas, l'un dans l'autre, jour après jour. Il n'est plus psychologiquement présent, acteur de ses soins, mais décalé, absent, ailleurs, finalement nulle part. Misant sur un miracle, tout lui paraît mesquin et dérisoire.

Enfin, privilégier à outrance l'idée d'un bonheur réel, chosifié, dissocié et débarrassé de son contraire, a paradoxalement pour effet de le déstabiliser, de le fragiliser, dans la mesure où il se voit sans cesse attaqué par le retour du refoulé devenu son ombre, son fantôme, son adversaire. Il est vrai qu'on nous a appris à cliver radicalement, de façon binaire et rigide, toutes les manifestations de l'existence en « bien » et en « mal », nos émotions en « positives » et en « négatives », ainsi qu'à acclamer les premières et à diaboliser les secondes. La vie se trouve donc dissociée de la mort, la santé de la maladie, la joie de la tristesse, le vrai du faux, le beau du laid, la force de la faiblesse. Nous nous cramponnons avec enthousiasme aux « bons » en rejetant anxieusement les « mauvais ». Seulement, les émotions et les éléments qualifiés de négatifs ou de mauvais, et de ce fait refoulés, ne disparaissent pas magiquement pour autant. Certes, la face visible, la partie émergée de l'iceberg de la vie, nous paraîtra plus lisse provisoirement. Mais l'énergie que nous dépensons pour écarter tout ce qui nous déplaît, nous fait peur et nous dérange, loin de le neutraliser, le fortifie chaque jour davantage. De même, le Moi, au lieu de se sentir solide, en sécurité, à l'abri des « choses négatives », s'affaiblit au contraire en raison de la baisse de ses capacités de défenses immunitaires.

Plus tard, à l'occasion d'une contrariété, d'un choc, d'une épreuve, d'une frustration parfois anodine, toutes ces peurs refoulées jaillissent de l'ombre, en état de rébellion, attaquent et déstabilisent le Moi, qui se croit naïvement protégé dans son bunker. Plus les choses de la vie deviennent complexes, multifactorielles, pluridimensionnelles, et plus certains éprouvent le besoin, en raison de la montée de leurs inquiétudes, de trouver un schéma d'explication simple, simpliste, enfantin, frisant le dogme.

L'affolement qui nous saisit face aux contraires du bonheur – la maladie, l'infortune, la vieillesse, le désamour, le manque, la perte – ne provient pas vraiment d'eux mais de notre refus de les reconnaître, de les tolérer, de les considérer comme légitimes, faisant partie de la vie, voire pouvant comporter un message positif. Cette attitude guerrière, crispée et anxieuse, comme s'il s'agissait à chaque fois d'une question de vie ou de mort, épuise l'énergie psychique en éloignant du bonheur. Une douleur qui n'est pas supportée devient insupportable !

Dans cette optique, la croissance vertigineuse des dépenses de santé, en l'absence de toute pandémie, ne signifie pas que les Français d'aujourd'hui sont plus malades que leurs ancêtres. Elle traduit plutôt leur panique obsessionnelle face à la maladie, à la vieillesse et à la mort. La consommation de médicaments de toutes sortes explose pour apaiser cette « psychose », entretenue par la médecine et le commerce au nom d'une idéologie artificielle de la « forme » mais en fait motivée par d'énormes enjeux financiers.

Paradoxalement, la spirale de la consommation médicale, loin de procurer la sérénité promise, augmente le mal-être, se transformant, à son tour, en une source importante de mortalité. De même, le recours facile, rapide et massif, ces dernières décennies, à l'antibiothérapie a contribué à engendrer des souches bactériennes mutantes extrêmement résistantes. Enfin, dans un tout autre domaine – mais il s'agit du même mécanisme –, l'obsession inquiète de l'hygiène, de l'asepsie, de la propreté/pureté parfaite a provoqué le retour du refoulé monstre Minotaure de la pollution planétaire. Au fond, la saleté est indestructible, on ne peut donc que la déplacer sans cesse, la repousser plus loin, ailleurs, jusqu'à la rendre tentaculaire, pantagruélique.

Il existe, en résumé, deux manières de se situer face au bonheur. Si le sujet n'est pas lui-même, s'il est poussé par le besoin impérieux de lutter contre sa DIP pour se sentir entier et vivant, il investit une grande part de son énergie pour supprimer le décalage entre son rêve et la réalité. Ce bonheur-médicament risque de se transformer en miroir aux alouettes en raison du frein exercé par la culpabilité et la DIP. La libido, empêchée de circuler de façon libre et fluide, se voit alors captée par les deux excès nuisibles que sont le blocage dépressif et la surenchère perverse.

En revanche, être soi, assuré d'être vivant en habitant un corps réel, permet à la libido d'échapper aux pièges de la surenchère, de l'ambivalence et de l'idéalisation, et de circuler de façon libre et tranquille. Il se crée ainsi un climat de paix et de sérénité intérieures empêchant les contraires du bonheur de déprimer le Moi, de séquestrer son énergie psychique, obnubilée par le but au détriment de la trajectoire. Le sujet, porté par le désir et non plus par le besoin, ne laisse pas la crispation paralyser son élan vital. Se sentant vivant et entier, il ne craint plus la maladie, la vieillesse, l'abandon ou la mort. Il existe, par et pour lui-même, quoi qu'il arrive, sans se trouver ébranlé dans son identité, sans que tout événement se formule pour lui en termes de vie ou de mort.

Chapitre quatre

La paille et le grain

Vers le Simorgh[1]

Un jour, tous les oiseaux du monde, menus et gros, connus et inconnus, se réunissent en parlement. Constatant qu'il leur manque un roi, ils décident ensemble de se lancer à sa recherche. Cet oiseau-roi s'appelle le Simorgh, un roi sans rival, leur dit la huppe, habitant au sommet des montagnes de Qaf, au-delà du dernier ciel, de la dernière montagne. « Il est si près de nous, mais nous en sommes si loin. »

Cependant, ce désir ardent et impatient de rencontrer le roi semble imprégné d'ambivalence, s'accompagne de résistances, de craintes, de réticences.

Devenir soi apparaît d'emblée à certains comme une tâche ardue, insurmontable, exigeant énormément d'efforts et de travail. Beaucoup d'oiseaux se laissent gagner par le doute, tel le hibou, trop attaché à l'or, à la richesse et aux biens matériels de ce monde. D'autres, telle la bergeronnette, s'excusent et se dérobent, prétex-

---

1. Célèbre conte mystique de Farid al-Dîn Attar dans *Le Colloque des oiseaux*.

tant le manque de courage et de confiance en soi, la faiblesse. Certains, tel le paon, prétendent être heureux déjà, n'éprouvant donc nul besoin de se lancer dans cette interminable odyssée. Enfin, le rossignol se met à chanter : « Atteindre le Simorgh, cela me dépasse. L'amour de la rose me suffit. Lorsqu'elle revient au monde en été, j'ouvre mon cœur à la joie. Mes secrets ne sont pas connus de tous, mais la rose les connaît. Je ne pense qu'à la rose. Je ne désire que la rose vermeille. C'est pour moi qu'elle fleurit. Pourrais-je vivre, ne serait-ce qu'une seule nuit, sans ma bien-aimée ? »

Il n'est naturellement pas évident de se libérer de ses attaches, d'abandonner sa tranquillité illusoire, d'accepter de perdre le masque, de trouver le courage de s'en aller loin, à la quête du Simorgh-roi, symbole de la découverte de soi. Nombre de pèlerins ont des difficultés à se détacher des apparences, à dépasser les formes visibles, en transcendant le corps, la santé, la jeunesse, la beauté, la puissance, la sécurité et la reconnaissance, valeurs impermanentes et éphémères, pour se brancher sur l'invisible de l'intériorité, leur essence, leur identité. « La vraie beauté est cachée, cherche-la dans le monde invisible. L'amour inspiré par une beauté passagère ne peut être que passager lui-même ! »

Au bout du compte, 100 000 oiseaux acceptent de se lancer, sous la direction de la huppe, dans cette quête. Cependant, beaucoup de réticences, déjà exprimées avant le départ, réapparaissent au fur et à mesure du voyage à travers les vallées et montagnes : regrets du passé, peur de l'avenir, manque de volonté et de courage, orgueil, empressement, jalousie, découragement. Les oiseaux volent des années durant, consumant dans cette aventure la plus grande partie de leur existence. Certains réussissent à franchir les sept vallées, chacune plus dangereuse que la précédente, qui les séparent de la montagne Qaf où réside le Simorgh-roi. Ils endurent beaucoup d'épreuves relatives au détachement des valeurs visibles, matérielles et impermanentes : la possession, la richesse, le corps, la santé, la beauté et les plaisirs de la chair.

Tous les 100 000 oiseaux ne parviennent pas à destination. Certains ont, depuis longtemps, rebroussé chemin, ou se sont noyés dans la mer. D'autres ont péri de terreur, de soif, de fatigue, de maladie, de faim. D'autres, enfin, ont eu les ailes brûlées et le cœur calciné, comme la viande grillée.

Après tous ces périls, les oiseaux (*Morgh* en persan), qui ne sont plus que trente (*Si* en persan), vieillis, ébahis, sans plumes ni ailes, fatigués, l'âme affaissée, atteignent la demeure du Simorgh-roi. Au moment de leur mise en route, leurs ailes remplissaient pourtant le monde entier par leur frémissement mélodieux et bigarré !

Un noble chambellan les accueille, ouvrant la porte et soulevant, l'un après l'autre, 70 000 voiles. Alors, un monde nouveau se présente à eux. Tout ce qu'ils ont pu faire antérieurement est purifié et même effacé de leur cœur. Le soleil de proximité darde sur eux ses rayons et leur âme en resplendit. Dans le reflet de leur visage, ces trente oiseaux (*Si Morgh*) contemplent la face du Simorgh. Tous sont pris de stupéfaction, ignorant s'ils sont restés eux-mêmes ou s'ils sont devenus le Simorgh. Ils s'assurent qu'ils sont véritablement le Simorgh et que le Simorgh est réellement les trente oiseaux. Ils s'assurent qu'eux et le Simorgh ne forment en réalité qu'un seul être ! Alors le Simorgh prend la parole et dit : « Le soleil de ma majesté est un miroir. Celui qui vient se voit dedans, tout entier, son corps et son âme. Quoique vous soyez extrêmement changés, vous vous voyez comme vous avez toujours été. »

Il n'existe pas plus long ni plus beau voyage que celui qui mène de soi à soi !

Le grain et la paille

Contrairement à l'idée répandue, être soi n'est pas synonyme d'individualisme ni d'égoïsme. Cela ne contraint pas à se couper des autres en se désimpliquant de la vie sociale, sous l'emprise de l'angoisse et de l'indifférence dépressive. Cela ne signifie pas non plus, à l'inverse, cultiver son ego, se croire supérieur aux autres, centre du monde, en n'accordant plus orgueilleusement de légitimité qu'à ses seuls caprices, au mépris de tout et de tous.

Cependant, nous n'avons fait jusqu'ici que déconstruire l'idée conventionnelle du bonheur, couramment défini comme espace de correspondance entre la réalité et le rêve. Il faudrait labourer le champ avant d'y semer le blé, couper l'étoffe en morceaux avant de confectionner la robe, casser la coquille de la noix avant de déguster sa chair, desceller l'huître avant de trouver la perle éventuelle.

La conception traditionnelle, nous l'avons vu, nous conduit à l'impasse en raison des risques de surenchère, d'ambivalence et d'idéalisation. De plus, elle comporte l'inconvénient majeur d'exclure du champ du bonheur tous ceux qui échouent à ajuster la quotidienneté à leurs rêves, parce qu'ils sont vieux, ou handicapés, ou malades, ou pauvres, ou encore frappés par d'autres maux que la prévoyance la plus attentive ne saurait ni prévenir ni guérir. D'ailleurs, il serait tout aussi absurde et inexact de s'imaginer, à l'inverse, que les riches, les beaux et les jeunes baignent en permanence dans la félicité. Lorsqu'on devient soi, on continue certes d'avoir un corps, petit, grand ou gros, un âge, jeune ou vieux, un statut, riche ou pauvre, mais sans pour autant se réduire, se résumer, s'identifier à ces contingences, éphémères, fugaces, impermanentes, périssables. Être soi transcende tous ces attributs.

« Le bonheur vient de nous-même », disait Stendhal. Il constitue essentiellement une aptitude, une disposition, une disponibilité intérieure. Le vrai paradis est celui que nous abritons en nous. Le vrai trésor se trouve, comme le rappelle le conte, à Ispahan ; pourquoi dès lors se déguiser en voleur ou en mendiant dans les ruelles sombres et étroites de Bagdad ?

À l'opposé de l'idéologie actuelle, qui a mis la charrue avant les bœufs, le but de la vie n'est pas de trouver le bonheur finalement, mais de devenir soi, celui que l'on est depuis sa naissance mais qu'on n'a jamais eu le courage d'être, par manque de confiance en soi.

Construire la maison/soi

Comment la maison/soi se construit-elle ?

Elle s'élabore dès l'enfance, au sein du triangle père-mère-enfant, à l'aide essentiellement de deux ingrédients, de deux matériaux fondateurs : l'amour et la loi, la tendresse et l'autorité prodigués par la mère et le père.

Ces deux notions, contrairement à ce que nombre de parents ont cru après le fameux épisode de Mai 68, ne sont pas antinomiques, ne s'excluent pas. Au contraire, elles s'avèrent complémentaires. De toute évidence, l'autorité n'est pas synonyme de brutalité, de sévérité excessive, de violence. Elle représente une forme d'amour offerte à ceux qu'on aime. Elle peut être douce comme le miel.

Si l'on compare l'édification du soi à celle d'une maison, on pourrait soutenir que l'amour correspond aux divers matériaux de construction – la pierre, le bois, le plâtre, les briques, le fer, le verre – et la loi au plan, au dessin d'organisation, à l'architecture, à l'agencement, à l'aménagement intérieur et extérieur. La tendresse fournit en effet l'énergie, l'envie, l'élan vital, la nourriture, la sève, tandis que l'autorité agence, oriente, structure l'ossature. Préalablement il n'existe qu'un amas homogène, une masse, un fatras, un chaos où tout est dans tout de façon virtuelle, sans frontières précises, dans la fusion et l'indifférenciation.

Le soi/maison surgit progressivement, nourri par l'amour et sculpté par la loi qui lui donne forme et cohérence. Il comporte des étages, du grenier à la cave. Des portes et des fenêtres séparent le dedans du dehors en permettant des allers-retours entre eux, tout en protégeant du chaud et du froid, des regards indiscrets ou des intrusions. L'intérieur s'aménage également en espaces distincts, la chambre, la cuisine, le débarras, la salle à manger, le salon, la salle de bains, les toilettes, la bibliothèque, etc.

Chaque pièce se singularise par sa taille, son emplacement, sa décoration, son utilité, son importance sentimentale. Tous les espaces sont séparés les uns des autres par des limites, des portes et des cloisons. Cependant, ils sont tous reliés et communiquent entre eux. Il est parfaitement possible de circuler librement d'un endroit à un autre, en fonction des nécessités et des souhaits, des besoins et des désirs du moment – manger, dormir, étudier, recevoir des amis, faire l'amour, bricoler... Voilà, c'est cela, le soi !

Le nourrisson qui vient au monde vit dans le corps et le désir maternels, ne distinguant rien de rien. Il est tout et tout est lui. Son évolution, son « éducation » consisteront désormais à devenir lui-même en se construisant une intériorité propre. Grâce aux processus de séparation successifs, il distinguera peu à peu les différentes parties de son corps entre elles, mais aussi son être de celui des étrangers et de ses proches, en se forgeant une image consciente de lui-même. En se déplaçant à quatre pattes puis debout, il réussira à différencier les divers lieux et objets, jusqu'ici homogènes et confondus.

Il se mettra ensuite à parler, à dire « papa » et « maman », à s'exprimer en se servant des mots, en nommant les personnes et les choses. Nommer témoigne de l'émergence d'une capacité d'abstraction, de symbolisation, c'est-à-dire de la possibilité de se représenter les objets mentalement grâce à la mise en place d'une distance, pour suppléer à leur absence. Cette évolution, cette déchosification, aide l'enfant à se sentir entier et vivant sans plus être collé à sa mère, sans panique à l'idée de la quitter puisqu'elle demeure désormais symboliquement vivante et présente au-dedans de lui, malgré la distance et ses absences.

Plus tard, l'apprentissage de la propreté lui permettra de se séparer de son pipi et de son caca, volontairement, sans craindre de se morceler ou de se vider complètement. Il acceptera de ne plus faire ses besoins n'importe où, n'importe quand. Capable d'un début de contrôle, il deviendra moins tyrannique, plus patient, démêlant de plus en plus le dehors du dedans, le Moi du non-Moi, le fantasme de la réalité et l'autorisé de l'interdit. De même, il pourra désormais ressentir clairement ses émotions et les exprimer verbalement, avec subtilité et nuance – content, triste, préfère, aime, peur, fâché, etc. –, sans avoir à se mettre en colère ou à gesticuler.

Vers l'âge de 3 ans, l'enfant distinguera les sexes, le garçon de la fille, en renonçant au fantasme d'androgynie. Ensuite, prenant conscience de l'écoulement du temps, il pourra dire aussi adieu au fantasme d'immortalité, entrevoyant vaguement la possibilité de la mort, la sienne ou celle de ses proches. Cela lui permettra d'intégrer la différence des générations en décomposant le temps jusqu'ici homogène et éternel, sans balise et sans repère. Le passé se démêlera ainsi de l'avenir et du présent, hier d'aujourd'hui et de demain. L'enfant deviendra capable de se remémorer le passé tout en élaborant des projets pour l'avenir, reliant de la sorte les trois dimensions inextricables du temps. Dès lors, il pourra intérioriser le tiers symbolique, les règles sociales et la loi, spécialement celle de la prohibition de l'inceste, fantasme prégnant lors du fameux complexe œdipien. La conscience morale apparaît à cet âge, avec l'aptitude à éprouver les sentiments de faute, de culpabilité, de honte, de fierté, de responsabilité et de punition grâce à la distinction entre le bien et le mal, le bon et le mauvais, le prohibé et l'admis.

Plus tard, l'école poursuivra le projet civilisateur ébauché au sein de la famille en fixant à l'enfant des limites nouvelles pour mieux encadrer sa fougue pulsionnelle : rester assis, respecter le silence, écouter ses camarades, attendre son tour pour s'exprimer, patienter pour manger ou boire, s'exprimer verbalement au lieu de pleurer ou de frapper. Il y apprendra notamment à lire, à écrire et à calculer, à réfléchir, à se concentrer, à raisonner logiquement en se servant de son intelligence, de son savoir et de son expérience. L'enfant intelligent n'est pas celui qui a la chance de jouir d'une bonne hérédité génétique, mais celui qui est capable de différenciation, dans la double démarche de la séparation et de la liaison. Une pomme n'est pas une banane ; le journal et la télévision sont dissemblables ; cependant, les premiers font partie de la catégorie des fruits et les seconds de celle des moyens d'information.

Enfin, l'adolescence constitue une période de transition, de crise, de remue-ménage, de révolte contre les normes, de conflit et de désobéissance. L'adolescent cherche à s'inventer une nouvelle identité de désirs et de destin, différente de celle rêvée pour lui par ses parents. Il se pose donc en s'opposant. Il s'habille, se coiffe et s'exprime de façon originale, provocante, extravagante. Si la naissance est une naissance, l'adolescence représente une renaissance psychologique pour devenir soi en s'appropriant une intériorité, une intimité, une autonomie, une identité consciente d'elle-même et de ses limites, afin de pouvoir s'envoler de ses propres ailes hors du giron familial. Il s'agit là d'une crise maturante, d'où la nécessité d'un étayage social, par la médiation du tiers symbolique, ainsi que de la présence et de l'accompagnement des ascendants.

Telles sont les grandes étapes de l'édification de la maison/soi grâce aux deux principes essentiels de l'amour et de la loi, de l'énergie et de la structure, au sein du triangle familial. Être soi, c'est le fruit de ce long travail de maturation, de mise en forme psychique, à l'aide des différenciations successives, créatrices de liens. Grâce au succès de ces processus, le sujet pourra se sentir vivant, réel et entier, capable d'être et de vivre de façon autonome, en son nom propre, insufflé par le désir et non inféodé au besoin. Être soi, c'est le grain, et le bonheur, la paille ! Se trouvant intérieurement différencié, il n'éprouvera plus aucune difficulté ni à assumer sa propre différence, ni à respecter celle des autres, en dehors de tout jugement de valeur.

Si tout se passe bien, l'adulte pourra prendre racine sur le socle sain et solide d'une personnalité propre, c'est-à-dire différenciée à l'intérieur et protégée de l'intrusion extérieure, exactement à l'image de la maison. Éprouvant ainsi la conviction d'être vivant, confiant en lui-même et conscient de sa différence, de ses qualités et de ses limites, il sera capable de s'aimer, d'aimer la vie et les autres. Nourri par l'amour et sécurisé par l'autorité, il sera apte à éprouver le bonheur en acceptant certains manques de la condition humaine.

Il est vrai que la culture moderne, en raison principalement du retrait du tiers symbolique, ne favorise guère les processus de différenciation, indispensables pour édifier la maison/soi. Tous les pans quotidiens de notre existence se voient gangrenés insidieusement par le virus de l'homogénéité, de l'uniformité, de la « mêmeté », qu'il s'agisse des sexes, des âges, des corps, des vêtements, des voitures, des maisons, des objets, des aliments, mais aussi, et c'est bien pire, des façons de désirer et des pensées, « politiquement correctes », largement dominées par l'émotivité.

Étrangement, les différences refoulées resurgissent, un peu dans tous les domaines, sous la forme de l'extravagance, de l'excentricité tapageuse et outrancière, frisant le « n'importe quoi » délirant et parfois pervers.

Visitons maintenant la maison/soi. Quelles sont ses principales caractéristiques ?

La circulation libidinale libre

Le sujet étant lui dispose, en premier lieu, d'une identité plurielle, à multiples facettes, comme un diamant – plusieurs êtres en un, unifié, entier. L'homme, par exemple, sera capable d'occuper, tour à tour et spontanément, les différentes pièces de la maison/soi en assumant l'une après l'autre ses place et fonction de fils, d'homme, de père, d'amant, de collègue et de citoyen. Il prendra soin de son capital santé, comme une gentille maman le ferait avec son bébé, en le préservant des dangers ainsi qu'en assouvissant ses désirs et besoins. Il vivra une sexualité épanouie, dans l'amour et le respect, s'occupera de sa progéniture, travaillera par nécessité mais aussi par plaisir, sans négliger pour autant ses aspirations artistiques, symboliques, spirituelles, laïques ou religieuses. Le soi contient tous ces visages, différenciés mais complémentaires, s'imbriquant les uns dans les autres de façon spontanée et fluide. Il représente la totalité de la personnalité, du jardin intérieur, où la libido, circulant comme un fleuve, nourrit les plantes d'essences variées.

Quant à la femme, il lui sera possible, jouissant d'une identité plurielle, de vivre et de s'épanouir à travers les diverses figures de sa féminité, ses différents Moi : la fille, la femme, l'amante, la sœur, la mère, la citoyenne.

Le soi s'élabore, chez le petit garçon comme chez la petite fille, lorsque l'enfant réussit à intégrer les différenciations successives. Celles-ci lui permettent de distinguer, tout en les reliant entre eux, tous les contraires : le fantasme de la réalité, le dehors du dedans, le bon du mauvais, l'interdit de l'autorisé, le mien du tien, hier de demain et d'aujourd'hui, la masculinité de la féminité, etc.

Cependant, la différenciation, notamment en ce qui concerne celle entre l'homme et la femme, n'implique nullement une hiérarchie de valeurs. En raison de l'existence chez tout sujet d'une bisexualité fantasmatique archétypique, « être homme » ne signifie pas s'amputer de sa féminité, ni « être femme » se couper de sa dimension masculine. Le soi abrite, en effet, le deuxième sexe, celui que nous avons dû sacrifier pour mettre fin à l'androgynie naturelle, afin de nous établir dans une identité sexuelle précise, irréversible, masculine ou féminine.

Autrement dit, chaque homme conservera en lui sa féminité immolée qui lui servira de pont, lui permettant d'entrer en lien d'amour avec une femme. Celle-ci ne pourra, de même, accoster l'homme que si elle est guidée par le masculin en elle, son deuxième sexe. Il n'est possible de désirer l'autre sexe, différent, que si on le « comprend », dans la double acception de ce mot – concevoir, assimiler, mais aussi inclure, avoir en soi, comporter.

Cependant, il est bien plus complexe pour une femme de concilier en elle sans déchirement ses deux visages de mère et d'amante que ça ne l'est pour un homme d'harmoniser ses deux côtés, père et amant. Certaines femmes, sombrant dans l'excès, renoncent à leur féminité en amplifiant leur aspect maternel. D'autres, à l'inverse, tout en étant biologiquement mères, négligent leur fonction maternelle en dilapidant leur libido dans des intrigues sentimentalo-sexuelles adolescentes et immatures.

Être soi signifie, par conséquent, pouvoir vivre dans sa maison en circulant librement d'une pièce à l'autre, sans encombre, de la chambre (repos, vie sexuelle) à la salle de bains ou à la cuisine (amour de soi et maternage corporel), à la bibliothèque (vie intellectuelle, spirituelle), à la cave (lieu de la pulsion et des fantasmes), tout en étant relié à l'extérieur (les amis, la réalité sociale et le travail).

Le soi constitue ainsi une totalité indivise, une unité insécable où chaque partie, différenciée des autres, demeure naturellement en relation vivante avec elles. Toutes les pièces de la maison/soi, de la cave au grenier en passant par les niveaux intermédiaires, sont délimitées, séparées, distinctes, bien que raccordées les unes aux autres. Nul lieu ne se trouve condamné, sacrifié, fermé, clôturé, supprimé, ni enclavé, cerné, assiégé par un autre. Aucune confusion ne doit exister, par conséquent, entre les espaces divers, leur place, leur fonction, leur spécificité.

Être soi protège du désordre et du chaos en empêchant l'homogénéisation des divers pans de l'identité plurielle. C'est en étant soi que l'on évite de se comporter sur son lieu de travail de manière trop affective, émotionnelle, en prenant ses collègues pour ses parents ou ses frères et sœurs, ou, à la maison, de confondre son épouse avec sa bonne ou sa secrétaire. La différenciation permet aussi, à un autre niveau, de ne pas sombrer dans le mélange des sexes, des générations, des êtres, des désirs, des places et des destins : ma fille n'est pas mon amante, les biens d'autrui ne m'appartiennent pas, je ne suis pas contraint de penser et de désirer comme mon voisin. Enfin, pour que chacun puisse demeurer lui-même, la différenciation met les psychismes à l'abri des risques de dilution et de confusion dans ceux des autres, ainsi que des influences, intrusions et manipulations diverses. Grâce à cette non-confusion, la libido parvient à circuler de façon fluide et sans encombre à travers la totalité confédérée de la maison/soi, arrosant également les divers arbres du jardin. En revanche, le bonheur s'éloigne dès qu'elle se voit détournée d'un espace, empêchée d'abreuver un plant, par exemple lorsque le sujet sacrifie sa vie aux autres de façon masochiste, néglige son corps et sa santé, refuse de devenir père ou mère, se coupe de la vie sociale et des réalités ou, à l'inverse, en s'intégrant excessivement à celles-ci, perd son âme, se confondant avec son masque.

Toutes ces difficultés proviennent justement de l'interdiction d'être soi, dans sa place et sa fonction. Si le sujet se voit contraint inconsciemment d'incarner, de représenter, de remplacer un petit frère défunt, il cherchera, en étant brillant et hyperactif, à vivre intensément, « pour deux », afin d'égayer la ténébreuse existence de ses malheureux parents.

De même, le bonheur s'en va dès que l'énergie vitale se concentre, se bloque à l'excès dans une seule aire, privant ainsi les autres plantes ou les autres pièces de la maison/soi. Il est certain qu'une existence fondée sur la seule jouissance sexuelle, ou encore sur le culte du corps, ou de l'argent, ou du pouvoir, ou du travail, ou de la maternité, ou de l'altruisme dévoué, ne peut produire du bonheur.

Curieusement, lorsqu'un arbre s'anémie et se déprime, un autre, par déplacement, se met à grossir exagérément, enflant de façon cancéreuse comme pour compenser le déclin, la mort annoncée de celui qui périclite.

Une femme se voit contrainte, sans l'avoir décidé consciemment, de surdévelopper sa place et sa fonction maternelles en s'érigeant en mère poule hyperprotectrice, avec ses poussins d'enfants, lorsque sa féminité, dans un lien d'amour et de sexualité avec son homme/amant, est désinvestie. De même, un homme qui s'identifie à son travail, n'existant qu'à travers son masque social, son argent ou son pouvoir, cherche au fond à compenser par déplacement sa dépression masquée, quelque chose de rachitique en lui relatif à une carence d'amour maternel, menaçant son droit d'être vivant.

Dans toutes ces situations, le bonheur devient problématique en raison du dérèglement du thermostat interne, par la conversion régressive du désir en besoin, sabotant l'autonomie psychique, bloquant la libre circulation libidinale. L'excès, le trop, constitue toujours le pendant, la contrepartie compensatrice du trop peu, d'un vide, d'un manque, d'un trou. L'hyperactivité, l'hyperexcitation, la passion de thésauriser, l'obsession de l'ordre et de la propreté, le moralisme puritain et pudibond, l'altruisme obséquieux, etc., sont destinés à compenser un déficit, une dépression, en camouflant un cadavre non inhumé, un deuil inaccompli, une amoralité profonde, une méchanceté perverse...

Cependant, ni la mère poule ni le bourreau de travail n'ont pu choisir leur mode de vie, dans la liberté du désir. Ils se trouvent, l'un comme l'autre, assujettis, inféodés au besoin impérieux de se croire utiles et bons dans le but de compenser une privation, de ranimer une partie morte en eux. Il s'agit là de l'une des conséquences de la DIP. Lorsque l'enfant a subi une absence ou une blessure narcissique, il se sent atteint et menacé dans ses fondements d'être vivant, réel et entier. Telle une plante ayant manqué d'eau et de lumière, il craint de s'assécher, de dépérir. En tant qu'adulte, il cherchera à lutter contre la mort en lui, aussi pour protéger, sauver les branches saines, vivantes, de la contamination par la mort. Il se verra par conséquent contraint de réagir par la surenchère, l'excès, en hyper-développant l'une des dimensions de son identité plurielle afin de contrebalancer la partie inanimée, dévitalisée.

Précisément, les mères dites « poules », c'est-à-dire trop mères, se recrutent souvent parmi les femmes ayant subi dans leur enfance des attouchements sexuels, des viols ou des incestes. C'est la raison pour laquelle elles cherchent à l'âge adulte à compenser la « femme morte » en elles par un gigantisme de leur maternité, afin de pouvoir continuer à se sentir vivantes, bonnes, propres, utiles et reconnues.

GUILLAUME

Guillaume a 38 ans. Il est grand, beau, sportif, marié à une très jolie avocate, père de deux enfants, une fille et un garçon. Enfin, ce qui ne gâte rien, il est très riche, propriétaire depuis huit ans d'une chaîne d'épiceries fines renommée, ayant « pignon sur rue », transmise de père en fils depuis quatre générations.

Pourtant Guillaume n'est pas heureux. Ne supportant plus sa vie, il a songé récemment à mettre fin à ses jours. « J'ai craqué. Je voyais tout en noir, la fatigue, la construction de la nouvelle usine de conditionnement, des ennuis avec l'administration, la baisse du chiffre d'affaires, etc.

Je me sentais seul, nul, pas à la hauteur, hanté par une faillite possible. »

Il apparaît rapidement que Guillaume fait partie de la race des « battants », de ces chefs d'entreprise hyperactifs et ambitieux. « Je veux tout faire, m'occuper de tout. Je ne peux pas déléguer. Je suis très directif. C'est moi qui décide, on fait ci, on fait ça. Je suis incapable de me poser, de rester sans rien faire. En dehors du travail, j'ai besoin de me dépenser dans le sport, le ski, le vélo, la moto. Je suis donc obligé de programmer nos week-ends, mais ça ne plaît pas à ma femme. Elle trouve que je la bouscule trop. Elle me reproche aussi d'être un dominateur voulant tout maîtriser et avoir toujours raison. »

Quel est le sens de cette hyperactivité ? Guillaume cherche à compenser quelque chose de dévitalisé, d'inanimé en lui, sa DIP, incrustée depuis qu'il est tout petit. Il a perdu sa mère, âgée de 45 ans, dans un accident de voiture lorsqu'il avait 20 ans. « Elle était sous traitement antidépresseur. Ce jour-là elle se rendait chez un client, certains disent qu'elle rejoignait son amant. Elle conduisait trop vite, sans avoir attaché sa ceinture. J'étais assez proche d'elle. Elle me passait beaucoup de choses. J'étais privilégié par rapport à mon frère, de trois ans mon aîné. Mes parents ne s'entendaient pas du tout. Elle était malheureuse. J'ai entendu dire qu'elle avait épousé mon père pour sa richesse. Elle partait souvent les week-ends rejoindre son amant. Mon père étant très absorbé par ses activités, nous étions souvent gardés, mon frère et moi, par notre grand-mère. Ma mère a fait une tentative de suicide quand j'avais 10 ans. Elle avait décidé de quitter mon père pour aller vivre avec son amant, qui l'a laissée tomber à la dernière minute. Autrement, je ne me souviens pas trop de mon enfance. Je me rappelle avoir beaucoup craint la solitude. Plus d'une fois, en me réveillant la nuit, j'ai trouvé la maison déserte. Mes parents étaient sortis en fermant doucement la porte derrière eux. Mon frère dormait chez ma grand-mère après son entraînement de foot. Une nuit, j'ai sonné chez les voisins du palier. Ils ont cherché à me rassurer. Mes parents ont promis qu'ils ne me laisseraient plus seul la nuit. Mais ils ont récidivé. J'avais peur du noir, des voleurs, des bêtes. Je ne me souviens pas d'avoir beaucoup joué avec mon frère. Il n'existait pas de complicité entre nous. On ne s'est pas revus depuis trois ans. Il ne connaît pas ma petite fille. Je n'avais pas de liens avec mon père non plus. Il travaillait tout le temps. On n'a jamais fêté Noël ensemble, ni soufflé une bougie d'anniversaire. »

Ainsi, Guillaume a cherché, en tant qu'enfant thérapeute, à guérir sa DIP et la dépression maternelle par le biais du travail, de l'activité, de l'enrichissement, comme remède, comme pansement pour se donner la certitude d'être vivant. Comme toujours lorsqu'on s'évertue à combler un manque, à compenser une privation, on sombre dans l'excès inverse, la surenchère, qui aboutit tôt ou tard à l'épuisement dépressif. Guillaume s'active donc exagérément, confondu avec son travail, identifié à l'« affaire », qui porte justement son nom de famille, écrasé sous le poids de quatre générations qu'il s'est donné pour mission de conserver, coûte que coûte, en vie. Plus rien ne compte pour lui, à l'exemple de son père : ni sa femme, ni ses enfants, ni ses amis, ni même le petit chat dont il ne s'est pas rendu compte qu'il a disparu.

Se considérant comme un mauvais garçon coupable de tout ce qui arrive, Guillaume se voit contraint de se décarcasser pour faire prospérer l'entreprise afin de démontrer qu'il est le bon fils, digne de ses ancêtres. Pour ce motif, les aléas de la quotidienneté et du travail, loin d'être simplement ennuyeux et pénibles, se posent en termes de vie ou de mort.

Son hyperactivité vient également compenser le vide de son enfance, inhabitée, désertique, pas de Noël, pas de bougies d'anniversaire, pas de bisous avant d'aller se coucher. Ainsi, il n'existait dans sa famille ni couple, ni fraternité, ni famille, seulement quatre personnes, plutôt fantômes, côte à côte, se croisant parfois, sans se parler, sans se voir !

L'hyperactivité sert enfin à insuffler un tant soit peu de vie dans les narines de Guillaume, depuis toujours éjaculateur précoce, sexuellement mort, dévitalisé, mou. C'est enfin le fantasme de la non-vie psychique qu'il s'évertue à dénier, à évacuer, en fuyant la passivité, la capacité de ne rien faire, ou en cherchant à tout maîtriser. « J'ai du mal à accepter que quelque chose ne se déroule pas comme je l'ai programmé. Je déteste lorsque quelqu'un me tient tête, s'oppose à moi, me contredit. Je me sens en danger. Ça me rend désagréable, agressif. »

Curieusement, plus Guillaume s'épuise à maîtriser la vie, jonglant par exemple avec les règlements administratifs (ce qui a failli faire couler son entreprise), plus les choses lui échappent. Il ne peut finalement rien dominer : ni son « affaire », ni sa famille, ni sa sexualité, ni sa vie, puisqu'il avait fantasmé de l'écourter, ni surtout son intériorité, son monde émotionnel, occulté derrière la muraille du travail et de la sacro-sainte réalité.

Paradoxalement, c'est grâce à son projet de mourir que Guillaume a pu rencontrer son enfant intérieur, déjà inanimé, malheureux, qui l'empêchait d'être lui-même et de jouir. Cette découverte lui a restitué l'en-vie de vivre, par et pour lui, dégagé du fardeau psychologiquement écrasant de l'« affaire », transmise d'une génération à l'autre, comme un boulet au pied !

Toutes les souffrances psychiques prennent ainsi leur source dans un déséquilibre, dans des excès, trop ou trop peu, c'est-à-dire dans une mauvaise répartition de l'énergie psychique. Cela provient de l'existence de la DIP, responsable des failles dans la construction, des ruptures et des divorces entre les divers visages de l'identité plurielle, les différentes pièces de la maison/soi.

En résumé, le soi incarne la totalité horizontale de la personnalité, ses divers pans et compartiments, imbriqués les uns dans les autres, à l'image de l'oignon ou de la poupée gigogne. Toutes les parties de l'être s'articulent entre elles, de façon solidaire, grâce à leur spécificité, à leur différence propres. La confusion, à l'inverse, finit par détruire toutes les possibilités de connexion.

Le pèlerinage dans l'histoire

Sur le plan vertical, le soi incarne toute la mémoire du sujet, son passé personnel, mais aussi transgénérationnel et collectif. Celui-ci est archivé, étape par étape, rangé, en ordre. Toutes les phases différenciées se trouvent néanmoins reliées les unes aux autres, dans une unité sans trou ni rupture.

Ainsi, toutes les pages du livre de la vie, tous les âges, tous les Moi antérieurs que nous croyions oubliés ou même effacés à jamais se trouvent sauvegardés, tels des milliers de livres, répertoriés, rangés dans une grande bibliothèque. Le soi contient donc l'intégralité des souvenirs depuis la naissance, avec tout ce que les périodes de l'enfance et de l'adolescence comportaient de légèreté et d'insouciance, d'angoisse, de joie, de révolte et de désobéissance.

Grâce à cette mémoire, chacun peut éprouver, tout au long de sa vie, le sentiment ineffable d'être toujours la même personne, avec le même corps et le même regard. Cependant, nul n'est jamais identique aujourd'hui à ce qu'il fut hier. Notre corps se modifie constamment, ainsi que nos goûts, nos idées, nos peurs, nos joies et nos préférences. Plus tard, notre métier, nos rencontres, notre conjoint, nos enfants nous transforment aussi, sans que nous en soyons conscients.

Pour ce motif, lorsqu'on visualise, en cherchant à se rappeler son passé, le petit garçon ou la petite fille qu'on était il y a trente, quarante ans, ou plus, on se voit comme on est aujourd'hui, adulte, inchangé, dans la continuité temporelle. Le soi est donc dépositaire de toute l'histoire. Il en est imprégné, pénétré, imprimé, tissé, tressé. Il sert ainsi de réservoir aux valeurs que la famille et les ancêtres ont transmises. De toute évidence, il ne s'agit pas là d'un simple remplissage, ni même d'un atavisme génétique, mécaniquement photocopiable.

Nos parents nous lèguent, au-delà des préceptes éducatifs ou des principes moraux – formules toutes faites du type « dis bonjour au monsieur » ou « demande pardon à la dame » –, ce qu'ils sont au fond d'eux-mêmes, leur vérité, ce qu'ils ont reçu de leurs ancêtres, leurs craintes, leurs espérances, leurs rêves.

Nous sommes chargés de régler, sans en être conscients, à leur place, en leur nom et pour leur compte, les contentieux non résolus, les dettes impayées. C'est bien cela, le vrai sens de l'hérédité psychologique, en dehors de la gênante fatalité de la génétique. À père avare enfant prodigue, à mère avare galant escroc. N'oublions pas d'évoquer l'empreinte des réalités de la vie quotidienne, de tous ces événements heureux ou malheureux, le mariage de la cousine Caroline, la disparition de Mamy Nicole, ou plus simplement les parfums de la cuisine de maman (ou de papa, pourquoi pas ?), le rituel des places autour de la table, les régimes ou les interdits, les manies, les goûts et les dégoûts de chacun.

Nous héritons aussi de nos ancêtres, même si nous ne les avons pas connus, leur histoire, leur épopée, leur origine, leur appartenance géographique, culturelle, ethnique, religieuse, tous éléments qui ont indubitablement servi de matériau de construction à notre maison/soi, notre âme profonde.

Des êtres que nous avons rencontrés ou côtoyés nous ont aussi estampillés : nos instituteurs de la maternelle, nos maîtres de la grande école, dont nous avions peur, que nous tournions en ridicule ou que nous prenions pour modèles, cherchant à leur ressembler. Nous les avons incorporés symboliquement pour nous approprier leurs vertus, leur force, leurs talents, leur intelligence. Nous leur avons emprunté nombre de mimiques, tics et gestes. Tous ceux que nous avons connus resteront à jamais vivants en nous, dans notre mémoire émotionnelle.

Enfin, il n'est nullement indifférent ou anodin d'appartenir à telle culture plutôt qu'à telle autre, même si l'on refuse de s'y inscrire et de l'assumer. Notre culture représente nos racines psychologiques invisibles, sans lesquelles notre identité serait privée d'un appui, d'une colonne vertébrale, d'un tronc, d'un sens et d'un avenir.

Un Latin, plutôt méfiant dans son approche, n'est pas pareil à un Oriental, animé et chaleureux, jaloux, possessif et conquérant vis-à-vis des femmes. Un Arménien ne ressemble pas à un Chinois, ni celui-ci à un blond scandinave. Nous baignons dès le berceau dans un écosystème culturel, mot abstrait, certes, mais qui désigne un élément aussi essentiel que le pain que nous mangeons, lui-même produit hautement culturel, fruit du mariage entre le cru et le cuit, la nature et l'intelligence technique. La culture nous structure en effet par ses mythes, rites et coutumes. Elle nous fournit des repères pour nous aider à nous situer en tant qu'homme ou femme, père ou mère, fils ou fille. C'est elle qui fixe les rôles et qui attribue les places. C'est elle qui décide de la définition et du contenu du bonheur en désignant les voies pour l'atteindre. C'est elle, enfin, qui nous délivre les valeurs, les modèles d'être, de désir et d'action, qui nous dit ce qu'il faut chérir ou rejeter, puisque l'homme désire, mais il ne sait pas quoi !

Il est par conséquent inconcevable de pouvoir exister, être soi, si l'on n'appartient pas à une famille, à un groupe, à une culture, laïque ou religieuse. Il faut savoir d'où l'on vient, de qui l'on provient, pour savoir qui l'on est et où l'on va. Il serait absurde de s'imaginer, en s'appuyant sur une définition soustractive, qu'il suffirait pour être soi de se débarrasser de tout ce qui n'a pas été élu, consciemment et volontairement, par le Moi : ses ancêtres, son pays, sa culture, sa religion, voire son sexe, la couleur de sa peau ou celle de ses yeux. Il est tout à fait illusoire aussi de se croire soi parce que l'on réussit à passer ses caprices en actes. On n'est jamais autant prisonnier de la pulsion, de l'idéal parental et des normes collectives que lorsqu'on « fait ce que l'on veut », en s'autoproclamant libre et affranchi des limites fixées par le tiers symbolique, la loi.

Le soi ne peut être confondu avec la conscience ou la volonté, caractéristiques du Moi. Il représente, dans une perspective unificatrice intégrative, la totalité de l'être, la pluralité des visages de son identité plurielle, ainsi que la diversité des influences qui le construisent, tel un puzzle. L'ensemble de ces ingrédients, bien que dissemblables et hétérogènes, se trouvent profondément reliés les uns aux autres par des liens de sens. La meilleure manière de se raccorder à son passé, tout en allégeant son poids parfois pesant, pour transformer certains handicaps en tremplins, consiste à faire connaissance avec lui, à en prendre conscience, au lieu d'en avoir honte ou de le combattre. Seule cette pacification sera susceptible d'émanciper le présent des griffes du passé, en le rendant plus vivant que jamais, pour qu'il soit vécu pleinement dans l'enchantement.

Outre l'image de la maison, le soi peut se comparer à un orchestre. Celui-ci est composé d'un nombre plus ou moins grand d'instruments variés, chacun différent de l'autre mais néanmoins en connexion avec lui, séparé tout en étant relié. Le fonctionnement heureux, optimal de l'orchestre dépend donc, comme celui du soi, de la synergie, c'est-à-dire de la réunion convergente et harmonieuse, sans cacophonie, de tous les instruments.

Évidemment, la construction du soi en quittant la matrice s'accomplit en très grande partie à l'aide de ces deux maîtres d'ouvrage que sont les parents. Leur personnalité s'avère donc décisive. Ont-ils été eux-mêmes heureux dans leur enfance, nourris et structurés dans l'amour et par l'autorité, maternés, paternés ? Ont-ils pu véritablement intégrer la différence des sexes et des générations ? Se trouvent-ils en paix dans leur corps, leur âge et leur sexe ? Assument-ils leur fonction et place de père et de mère au sein du triangle ? Chacun reconnaît-il ses propres limites en étant capable de se contrôler, de patienter, d'accepter la frustration, à distance de l'apathie dépressive et de la spirale de la surenchère ? Voient-ils leur enfant comme un être différent, séparé d'eux ? Ou, à l'inverse, le considèrent-ils comme un objet et complément, maintenu dans la dépendance, afin de pouvoir se sentir bons, vivants, entiers et utiles ? Ont-ils *besoin* de l'enfant ou le *désirent*-ils gratuitement, pour ce qu'il est ? Acceptent-ils de le laisser vivre par et pour lui-même sans le culpabiliser, sans lui demander de s'ériger à leur égard en « enfant thérapeute », dans une place et fonction de parent aimant qui leur a précisément manqué, Ailleurs et Avant ?

Jadis, les pères et les mères étaient secourus dans cette tâche difficile de séparation par le tiers symbolique, c'est-à-dire par l'ensemble des systèmes de valeurs et des rituels d'initiation, accompagnant le triangle dans son passage d'une étape de la vie à l'autre, notamment lors de ces moments si fragiles et si délicats de l'adolescence.

Mais devenir soi est aujourd'hui, en raison de l'absence du tiers symbolique, une affaire privée, voire solitaire. En effet, la reconnaissance et l'intégration des différences semblent bien plus problématiques que par le passé en raison de la désacralisation de la loi, du tiers symbolique, laissant les pères et les mères démunis, seuls, abandonnés à eux-mêmes, sans appui extérieur face à leur progéniture. D'autant plus que les sociétés industrialisées, exagérément fondées sur l'homogénéité des sexes, des générations, des corps, des désirs et des idées, ne sont pas les mieux placées pour soutenir et promouvoir la fonction nécessaire de la différenciation. D'un autre côté, définissant le bonheur comme étant de l'ordre de la réalisation concrète de ses rêves, en dehors de toute dimension symbolique, elles n'encouragent pas non plus l'individu à s'ouvrir à son intériorité en fixant des limites à sa pulsion et à l'intrusion collective. La culture de consommation se fait au contraire l'alliée et la complice de la pulsion, l'incitant à donner libre cours à son impétuosité au lieu de lui proposer un cadre et des repères.

Chapitre cinq

Le bonheur d'être soi

L'enfant intérieur

Résumons-nous : le bonheur consiste à devenir soi, adulte, individué, psychologiquement autonome, défusionné par rapport à la matrice maternelle. Il sourit à celui qui jouit d'une intériorité propre, certes à distance de la pulsion, de l'héritage transgénérationnel et des normes de la société, mais néanmoins reliée à eux. Tous ces processus de séparation-lien ont pour fonction de protéger le sujet du chaos, des confusions de places et de fonctions. Ils lui permettent ainsi de se sentir entier et vivant dans sa maison/soi grâce à la libre circulation libidinale.

Mais alors pourquoi le fait d'être soi, ce cheminement *a priori* si simple, devient-il problématique ? Quoi de plus naturel, au fond, que d'être celui que l'on est ? Étant donné son importance décisive, puisqu'il hypothèque le bonheur, pourquoi son accomplissement se voit-il chez certains contrarié ?

Nous touchons ici au cœur de la question majeure relative au bonheur, ou plus exactement à ce qui rend son avènement épineux : la culpabilité. Celle-ci existe principalement sous deux modalités : consciente et inconsciente. La première prend la forme familière du « sentiment de culpabilité ». Elle se déclenche lorsque le Moi, volontairement ou par inadvertance, a transgressé un interdit, commis une faute, franchi une limite extérieure qu'il était tenu de respecter sous peine de châtiment – voler, agresser, offenser autrui, etc. Il s'agit parfois de la violation d'une règle changeante dans le temps et l'espace, ou d'une culture à une autre, par exemple l'interdiction de consommer du porc chez les musulmans et les juifs. À d'autres moments, les transgressions visent une loi universelle, comme le meurtre et l'inceste.

Le sentiment conscient de culpabilité, d'essence laïque ou religieuse, est provoqué et entretenu par le Surmoi, l'une des trois instances de l'appareil psychique, en double relation avec la pulsion et le Moi. Ce sentiment joue un rôle éminemment positif. Contrairement aux idées reçues, il n'est point destiné à réprimer le sujet en l'empêchant de jouir. Son rôle consiste, bien au contraire, en modérant l'ardeur pulsionnelle et en soutenant l'autonomie psychique du Moi, à aider celui-ci à éprouver le bonheur. Il l'encourage de même, en tant que garde-fou, à tenir compte des règles et des limites de la loi en l'incitant à se contrôler, à patienter et à supporter un minimum de frustration pour éviter de sombrer dans la perversion. Le pervers se croit, en effet, au-dessus des lois. Il se permet de jouir froidement, affranchi de tout scrupule et de tout sentiment de faute, et donc sans nul respect pour la souffrance d'autrui.

La gêne provoquée par cette première forme de culpabilité s'avère, somme toute, limitée, en raison de son aspect conscient permettant d'obtenir le pardon grâce à l'aveu et à l'agrément de la sanction. De plus, toutes les sociétés humaines « ferment les yeux » ou « autorisent », si l'on peut dire, implicitement, avec plus ou moins de sévérité ou d'indulgence, un certain écart par rapport au code officiel des conduites.

La seconde forme de culpabilité est inconsciente. Elle n'est consécutive, contrairement à la première, ni à la transgression d'un interdit, ni aux dommages infligés à autrui.

Elle envahit et infecte, tel un mauvais virus, l'espace psychique de celui qui a été, non pas l'auteur, mais la victime ou le témoin d'une maltraitance, d'une injustice. Il s'agit là de la culpabilité imaginaire, sans faute, de la victime innocente. L'enfant maltraité se considère étrangement comme fautif de l'agression qu'il subit, lorsqu'il n'est pas aimé, qu'il est non désiré, sexuellement abusé ou rejeté parce que ne correspondant pas à l'idéal parental fantasmé.

De même, parfois sans avoir été personnellement visé, il se trouve être le témoin visuel, le spectateur impuissant d'un drame touchant ses proches : la mésentente conjugale, le divorce, la maladie, la dépression ou la mort d'un parent, d'un petit frère ou d'une petite sœur. L'enfant se croit coupable, comme si tout ce qui s'était produit de négatif au sein du triangle était de son fait et de sa faute, suscité par sa présence néfaste et mortifère. En conséquence, il se considère comme indigne d'être aimé, non « aimable ».

Pour l'inconscient, terreau de fusions et de confusions, le simple fait d'assister à un méfait est synonyme de participation active, de connivence, de complicité. D'ailleurs, le terme « observer » signifie aussi bien regarder qu'accomplir, exécuter, pratiquer (observer un régime). De même, le terme « assister » signifie regarder, être présent, mais aussi aider.

En vérité, plus l'enfant est jeune et plus il capte, par ses antennes de petit Martien, en s'en laissant imprégner, tout ce qui agite et pollue l'atmosphère familiale. Plus il est petit et moins il peut différencier son intériorité (désir, intention) de celle des autres personnes de son entourage qui se trouvent incluses, enclavées en lui, dans son âme. La culpabilité inconsciente de la victime innocente se voit donc attisée lorsque l'enfant est confronté à un « impossible interne », c'est-à-dire quand il se trouve impuissant à écarter, à neutraliser un mal le touchant lui ou touchant ses proches. Il se pense « nul », « incapable », « pas à la hauteur », se reprochant son « impouvoir », sa petitesse face à l'épreuve. Il ne peut rien faire, en effet, pour empêcher que ses parents soient déçus de son sexe de garçon ou de fille, ou que sa mère soit déprimée, ou que son père quitte le foyer, ou que son petit frère soit handicapé. Il se considère dans ce contexte comme le propagateur de catastrophes, de maladies et de morts. Le déprimé est coupable de se trouver incapable, alors que le pervers est incapable de s'imaginer coupable.

Au fond, ce qui perturbe le petit humain, qu'il soit victime de désamour ou témoin de souffrances, est relatif à l'arrêt subi de son approvisionnement narcissique, indispensable à sa croissance. Il souffre d'une pénurie d'amour lorsqu'il se croit rejeté, mais également quand, par exemple, sa mère, malade ou déprimée parce que abandonnée par son mari ou en deuil à la suite de la perte d'un être cher, devient indisponible, absente, interrompant le ravitaillement narcissique de son bébé.

Cette carence d'amour maternel crée chez lui une dépression infantile précoce (DIP). Ce sera bien celle-ci qui constituera le frein majeur à devenir soi, l'unique obstacle ultérieur au bonheur de l'adulte. C'est la DIP qui induit la peur d'inexister, l'incertitude d'être psychologiquement vivant et entier. La libido étant empêchée de circuler librement à travers la maison/soi, certains pans de l'identité se trouvent délibidinalisés, désintriqués par rapport à la totalité. Cependant, la DIP se voit en partie colmatée, écartée, et heureusement, dans la mesure où sa présence risquerait d'enrayer, d'une manière profonde et durable, la maturation psychologique et intellectuelle. Le refoulement remplit donc ici une fonction positive et salutaire.

La dépression infantile précoce est aussi amortie, mise à distance, par deux sortes de mécanismes de défense concomitants, discrets dans l'enfance mais amplifiés à l'âge adulte : l'expiation et la quête de l'innocence.

L'expiation consiste à s'autopunir, à se châtier afin d'apaiser sa culpabilité imaginaire. Elle se traduit chez l'enfant par des troubles physiques ou psychologiques divers : agitation, cauchemars, insomnies, fatigue, énurésie, anorexie, retard dans la scolarité. Certains seront « entraînés » à commettre des « bêtises » pour se faire sanctionner. L'expiation se manifeste chez l'adulte par son inclination à se rendre physiquement malade, à se torturer par des angoisses, à se placer de façon répétitive et masochiste dans des situations pénibles d'échec, de conflit ou des positions de bouc émissaire, dans le domaine sentimental ou professionnel. Cependant, plus le Moi se flagelle, plus la culpabilité s'enflamme, au lieu de s'apaiser, dans la mesure où il n'existe pas de pire faute pour l'inconscient que celle consistant à se malmener.

La quête de l'innocence pousse l'enfant carencé en amour et en sécurité à s'ériger en « enfant thérapeute », c'est-à-dire en parent de ses parents pour les soigner, les déchagriner afin qu'ils puissent, à nouveau rendus disponibles, lui prodiguer l'énergie nécessaire à son épanouissement. Ce mécanisme l'aide également à relativiser l'image négative, voire nuisible, qu'il a de lui-même en l'assurant de son innocuité et de sa bonté.

Il aura tendance alors à se montrer timide, replié sur lui-même, inquiet, parfois trop sage, parfait et « modèle », dans une place et un rôle d'adulte qui ne sont pas les siens.

Cette attitude s'accentue évidemment avec l'âge. L'adulte aura tendance à hypertrophier son côté saint-bernard ou Mère Teresa, thérapeute universel, altruiste, affable, s'évertuant à se montrer irréprochable, jamais égoïste ou désagréable. En résumé, pour apaiser sa culpabilité d'avoir manqué d'amour dans sa petite enfance, il cherchera d'un côté à se faire malmener en s'interdisant inconsciemment le bonheur, et de l'autre à se racheter en se sacrifiant aux autres, ou en tentant de réparer les dégâts imaginaires qu'il croit avoir causés. Cette volonté thérapeutique, cet acharnement à se montrer bon et à vouloir rendre heureux sont destinés au fond à contrebalancer sa mauvaise image de lui-même pour atténuer sa certitude d'indignité et de non-mérite.

Il ne s'agit cependant pas, dans ce contexte, d'un don, d'un amour désintéressé, d'un désir gratuit de venir en aide à autrui, mais d'une quête d'amour, d'un besoin de se faire aimer, reconnaître, afin de puiser la force nécessaire pour écarter la DIP. Étrangement, plus le sujet lutte contre cette dernière et plus il s'engloutit dans les sables mouvants de l'agitation. Il sera souvent un sujet fatigant, « bouffeur d'énergie », « pompant », en raison d'une insatiable demande narcissique infantile de compliments et de reconnaissance. L'« adulte » reste, en effet, immature, cloué à son enfance, ligaturé par la culpabilité inconsciente d'avoir été naguère victime ou témoin de la souffrance. La DIP l'empêche d'avoir confiance en lui, c'est-à-dire de se sentir vivant et entier, de se différencier, de devenir lui-même, autonome dans la maison/soi, dans la paix et la sécurité. Il est difficile de se séparer d'une enfance blanche, qui n'a pas été pleinement vécue en son temps.

Seul l'amour permet la séparation des places, des destins, des désirs et des identités. La différenciation ne peut plus s'accomplir correctement lorsqu'il y a eu fracture, rupture dans la relation fusionnelle au départ de sa vie.

Tout adulte risque de se trouver face à la difficulté d'être soi, acteur de sa vie et de son destin, dans la mesure où jadis il n'a pas été considéré en tant que tel, à sa place, dans le désir, mais pris pour l'autre, dans une fonction de thérapeute, afin de soigner la dépression parentale. Il a été parfois « cannibalisé » par sa mère – s'attachant à lui comme à une partie indissociable d'elle-même –, utilisé pour combler un vide interne. Une mère ayant interrompu volontairement sa grossesse ou subi des fausses couches spontanées peut attendre de l'enfant suivant qu'il incarne l'être idéal qu'elle n'a pas pu mettre au monde, absorbée par sa culpabilité d'avoir échoué et souffert.

À d'autres moments, même l'enfant très aimé, qui n'a subi ni été témoin d'aucune violence, se voit chargé de déchagriner ses géniteurs en remplaçant, en incarnant un petit frère ou une petite sœur, rappelé au ciel prématurément. Enfin, il peut être contraint de renoncer à son être profond en désertant la maison/soi, dans la mesure où ses parents ont eu besoin de s'incarner en lui. On exige alors insidieusement de lui qu'il vive ou évite, en leur nom et place et pour leur compte, ce qu'eux-mêmes n'ont pu expérimenter ou éluder en leur temps. Dans toutes ces circonstances, plus tard, l'adulte, pris pour l'autre, installé dans une place et une fonction qui ne sont pas les siennes, se verra empêché de devenir lui-même. Il aura du mal à prétendre au bonheur, non pas parce qu'il manquera de quelque chose ou de quelqu'un dans la réalité, mais parce qu'il sera aliéné, réduit à un rôle d'aspirateur et d'éponge, pour débarrasser sa famille de la dépression.

La DIP et la culpabilité entravent donc l'accès au bonheur en empêchant la libido de circuler librement et de façon fluide à travers la totalité de la maison/soi et du verger de l'identité plurielle. L'énergie vitale est alors dilapidée par le sujet à l'extérieur, investie à outrance dans certains secteurs de son existence – amour fusionnel, sexualité débridée, travail acharné, corps, argent, enfant idolâtré –, d'une façon immature, c'est-à-dire rigide, pessimiste, anxieuse et dépendante. Tous ces morceaux de vie paraîtront justement morcelés, clivés les uns des autres, non intégrés dans une totalité. Ils seront fortement investis et idéalisés, non pas dans le registre de l'en-vie et de la gratuité du désir, mais dans celui du besoin, du remède, de la prothèse censés magiquement sauver le sujet, le rendre heureux d'une façon concrète, en le dégageant de son mal-être.

C'est précisément l'excès, l'emballement, l'outrance, le manque de contrôle qui servent d'indicateurs de la carence originaire en amour, en se chargeant en même temps de la compenser. En raison de cette panne du thermostat régulateur, le sujet est ballotté du grenier à la cave et *vice versa*, c'est-à-dire pris dans la surenchère (« toujours plus ») ou dans l'épuisement dépressif (« je n'en peux plus »). Il s'identifie à son travail ou à son rôle de mère, sans oser exister autrement, par et pour lui-même, de façon spontanée, naturelle, confiant dans ses possibilités. Son métier ou ses enfants, exagérément investis, deviennent le centre, le sens et le support d'une existence rétrécie, psychologiquement appauvrie. Seulement, n'étant pas lui-même, non étayé par la colonne vertébrale de son intériorité, il risque de s'écrouler comme un château de cartes à la moindre épreuve, par exemple s'il doit changer de travail ou lorsque ses enfants, devenus grands, quittent le foyer. Le travail et les enfants procuraient en réalité au sujet l'illusion qu'il était bon et utile, vivant et entier, dans un corps substantiel. Mais, comme il ne s'agissait pas là d'une conviction naturelle, profondément acquise, tout éloignement se présente comme un cataclysme, en termes de vie et de mort.

Cela signifie que la dépression infantile précoce, éloignée jusqu'ici du champ de la parole et de la conscience, mais conservée intacte dans les catacombes de l'inconscient, jaillit comme un volcan à l'occasion du choc que provoque une contrariété, porteuse de la même signification inconsciente que le désamour subi dans l'enfance.

La DIP est susceptible de sommeiller ainsi des années durant, parfois vingt, trente ou quarante ans, avant de resurgir sous l'effet d'un quelconque facteur déclenchant. Le passé exhumé inonde alors le présent.

Autrement dit, lorsqu'on est soi, psychologiquement autonome et différencié du désir de l'autre, on jouit spontanément de la vie, de l'inestimable sensation de se trouver entier et vivant. Dès lors, sans avoir besoin de rien ni de personne, porté par le désir, on se réjouit de celui que l'on est et de ce que l'on a, à distance de la nostalgie d'« avant » et de l'utopie de « plus tard ».

En revanche, lorsqu'on n'est pas soi, défaillant dans ses place et fonction, prendre simplement plaisir à l'instant présent s'avère problématique. Le sujet, continuellement insatisfait de tout, mais surtout de lui-même, s'épuise dans la surenchère, en convoitant ou en imitant les autres. Il risque de connaître un jour l'extinction dépressive, d'éclater tel un ballon trop gonflé, à l'occasion d'un revers ou d'une infortune lui paraissant tout à fait dramatiques.

La DIP de l'enfant intérieur maintient l'adulte dans le contexte d'un fonctionnement expiatoire et masochiste, pointillé de complications familiales, amoureuses ou professionnelles. L'adulte qui abrite au fond de lui un enfant naguère malheureux, blessé, risque, en raison de l'existence d'une forte culpabilité en lui, d'exciter le côté sadique, « bourreau » d'autrui en l'encourageant inconsciemment à le maltraiter. Il a tendance à se comporter dans la vie comme une proie désignée, comme une victime traquée, craintive, susceptible, crispée et « rasant les murs », ce qui attire l'animosité des prédateurs au lieu de l'en protéger. Il lui arrive aussi, sans qu'il s'en rende compte, du fait de ses sentiments de non-mérite et d'indignité, de refuser qu'on l'aime, de repousser des cadeaux, des marques d'affection que, pourtant, il ne cesse de réclamer avec voracité.

Il s'arrange de même pour « tomber » sur des êtres à problèmes, compliqués et instables. Certains « trouvent » constamment sur leur chemin des tyrans pervers qui, ayant détecté leur point faible – la culpabilité –, n'hésitent pas à les harceler, en leur faisant croire que c'est de leur faute, par-dessus le marché ! Tout cela en raison de leur difficulté à s'exprimer, à fixer des limites, à mettre les autres à leur place, par crainte de blesser, par peur de déplaire et d'être rejeté.

D'autres, en l'absence de tout problème existentiel réel et sérieux, drogués par l'angoisse comme certains le sont par l'alcool, se grattent la tête pour dénicher « ce qui ne va pas ». Précisément, si tout va bien, cela leur paraît étrange, anormal. Ils éprouvent un pressentiment ineffable de malheurs et de catastrophes, comme s'ils avaient usurpé un instant un bonheur auquel ils n'avaient pas droit. Cette autoflagellation reposant sur des appréhensions irrationnelles et immotivées les empêche en définitive d'être heureux, alors même qu'ils auraient tout pour l'être.

La culpabilité et la DIP poussent en outre le sujet à s'oublier, à ne plus s'occuper de lui-même, en se privant de son argent, thésaurisé ou dilapidé de façon impulsive, à se sacrifier aux autres, qu'il trouve plus méritants et plus dignes. Toutes ces attitudes, relevant des deux mécanismes de défense que sont l'expiation et la quête de l'innocence, servent à amadouer la culpabilité.

Paradoxalement, tous les efforts déployés pour contourner la DIP aboutiront, tôt ou tard, à reproduire les scénarios de vie les plus redoutés, détestés et fuis, à savoir les situations de conflit, les ruptures, les blessures et les déceptions.

La culpabilité de l'innocent et la DIP constituent donc les seuls vrais obstacles dressés sur la route du bonheur. Plus on se débat contre elles et plus on les fortifie en leur communiquant notre énergie. Voilà pourquoi le bonheur ne peut se réduire à la consommation, à la satisfaction complète de ses désirs et besoins, même lorsqu'il n'existe plus – mais c'est inconcevable – aucun écart entre la réalité et son idéal. Le corps ne peut donc s'ériger en unique source de félicités. L'important, c'est le grain et non la paille. Seul l'état profond de l'enfant intérieur, antérieur, autorise ou interdit l'accès de l'adulte au bonheur. C'est lui qui décide, en démon ou en ange gardien, en fonction de l'importance de la DIP et de la culpabilité inconsciente, d'accorder ou de refuser le bonheur. Celui-ci est donc avant tout une question de pacification entre le passé et le présent, l'enfant et l'adulte !

Georges

Georges a 53 ans. Il est vice-président d'une association caritative importante. Il se dit tourmenté et malheureux depuis qu'il a été injustement accusé d'un détournement d'argent relatif à une somme « dérisoire », qu'il nie énergiquement : « Je n'aime pas qu'on me soupçonne à tort. J'ai toujours agi dans le respect absolu des lois. Je suis totalement innocent. Toute ma vie, je me suis battu pour les autres, leur bien-être, leur bonheur, de manière désintéressée, sans jamais rien demander en échange. Je n'en peux plus de cet affront ! »

Mais pourquoi Georges se montre-t-il si dramatiquement blessé dans son amour-propre par une affaire qu'il qualifie lui-même d'« absurde » ? Pourquoi a-t-il besoin de se penser irréprochable, irrépréhensible ? Pourquoi se sacrifie-t-il aux autres ?

Georges a perdu son père à l'âge de 6 ans dans un accident de la route. Il a une sœur de deux ans plus jeune. « Je n'ai pas vraiment souffert du décès de mon père. Je ne le voyais plus, c'est tout. Par contre, j'étais malheureux pour ma mère. Elle pleurait souvent devant sa photo de mariée, dans les bras de mon père. La pauvre, elle n'a jamais voulu d'un autre homme pour ne pas qu'on soit malheureux. Elle s'est complètement sacrifiée pour nous. Moi je faisais ce que je pouvais pour la soutenir. Déjà, à 10 ans, dès que je pouvais trouver un petit boulot, les week-ends ou les vacances, j'en profitais pour lui ramener quelques sous. J'ai quitté l'école à 14 ans pour entrer à l'usine. Je voulais que ma sœur puisse continuer ses études d'infirmière. Je suis devenu chef d'équipe dans l'usine où ma mère était employée. Quand je remarquais une ouvrière un peu ralentie et fatiguée, je lui fabriquais quelques pièces que je mélangeais discrètement avec les autres, pour que sa quote-part de production ne descende pas trop. Je me suis marié à 22 ans. On a divorcé onze ans plus tard. Ma femme m'a quitté pour partir avec un autre homme. Elle m'avait déjà trompé deux ans après notre mariage, mais j'avais passé l'éponge. Pourtant, je faisais tout ce qu'elle voulait pour la rendre heureuse. Je ne lui disais jamais non. Elle s'est trouvée enceinte une fois. Elle était très heureuse au début, mais sa sœur lui a tellement fait peur en lui racontant les douleurs de l'accouchement qu'elle a décidé de se faire avorter. Je ne l'en ai pas empêchée, pour ne pas la contrarier. Je ne voulais pas qu'elle soit malheureuse par ma faute.

« Après le divorce, je me suis engagé dans l'association, pour aider les malheureux. Je ne supporte pas la misère du monde. J'emmène déjà depuis des années des jeunes à la piscine, à la montagne ou en randonnée. Le travail ne me fait pas peur. Je ne pouvais pas m'arrêter. Je n'étais jamais vraiment fatigué, toujours en pleine forme. Il m'est arrivé de travailler plus de trois cents heures par mois. Je n'aime pas rester inactif. Je tourne en rond comme un rat en cage. Je préfère aider les gens en détresse, les réconforter. Je me suis sûrement trop occupé des autres et pas assez de moi. Je n'avais même pas le temps d'aller à la pêche. Pendant la canicule je rendais visite aux personnes âgées du quartier pour leur donner à boire. Spontanément, je me proposais de tondre le gazon, sans rien leur demander. Mes week-ends étaient souvent consacrés à la prévention alcool dans les boîtes de nuit. Ensuite, je ramenais chez eux les jeunes qui avaient un peu trop bu. Je n'ai pas besoin de beaucoup de sommeil, quatre-cinq heures par nuit me suffisent. »

La crise actuelle de Georges constitue certainement pour lui une chance, une occasion privilégiée de devenir lui-même, pour s'aimer tel qu'il est, sans dilapider son énergie à mendier l'amour et la reconnaissance des autres. Comme on le voit, il cherche à lutter contre sa DIP *et la dépression de sa mère, qu'il a épongée pour l'en délivrer. Georges n'a pas eu d'enfance ni d'adolescence. Il est devenu « adulte » dès l'âge de 6 ans, à la suite de la disparition de son père. À travers son altruisme exagéré, en soignant sans cesse les autres, il s'efforce de se persuader qu'il n'est nullement nuisible mais bon, et qu'il n'est pas mort mais bien vivant et robuste. Cela lui permet d'attirer sur lui les regards bienveillants et reconnaissants. Il ne s'agit donc pas là d'un don, d'un désir gratuit, mais du besoin impérieux d'obtenir des gratifications narcissiques afin de se sentir utile et vivant.*

Cette attitude l'aide aussi à apaiser sa culpabilité d'avoir souffert et d'avoir été le témoin impuissant de la souffrance maternelle. C'est bien pour ce motif que Georges se veut impeccable, irréprochable, sans faute, dans son association. Ce besoin exagéré de reconnaissance dans un contexte régressif de dépendance, autrement dit cette quête de l'innocence, l'a contraint à sacrifier très tôt non seulement son enfance et son adolescence, mais aussi sa vie d'adulte et de père.

Georges ne s'est pas autorisé, en effet, à transmettre la vie en devenant biologiquement père, même s'il l'a toujours été d'une certaine façon en remplaçant incestueusement le sien auprès de sa mère. Mais il a aussi toujours joué auprès de celle-ci un rôle maternel. Il s'est même progressivement érigé en mère universelle, la mère de tous, excepté de lui-même. Sa femme l'a probablement abandonné parce qu'elle n'en pouvait plus de jouer à la petite fille avec lui, parce qu'elle n'avait plus besoin d'une mère attentionnée et hyperprotectrice n'osant jamais lui donner de limites, disant oui à tous ses caprices. Elle désirait, peut-être, rencontrer un homme pour être aimée et l'aimer en tant que femme adulte, dans sa virilité.

« Je déteste le désordre, le bordel, dit encore Georges. J'ai toujours été comme ça. À l'école mon cartable était

super rangé, mon bureau bien propre. J'étais mal si un cahier était écorné, si un outil ne se trouvait pas là où il devait se trouver. Je connaissais parfaitement l'endroit exact où chaque chose était placée. C'est moi que ma mère interrogeait dès qu'elle avait du mal à retrouver un objet. »

Il est intéressant de remarquer que la difficulté d'être soi, dans sa place et sa fonction, se décèle dans la vie quotidienne à l'acharnement de certaines personnes obsessionnelles, « maniaques », à tout ranger, classer, séparer, sérier de façon rigide, par crainte du moindre désordre, par souci que rien ne bouge, que chaque chose se trouve exactement à la même place, immuable, comme dans un musée. Ces personnes s'épuisent au fond à compenser, en faisant régner un ordre tyrannique à l'extérieur, le désordre intérieur de places et de fonctions, le « bordel » dans lequel elles sont enlisées.

Retrouver son trésor intérieur

Mais la DIP représente-t-elle une malédiction irrévocable ? Est-il possible de la guérir, de se reconstruire, de réparer les dégâts ? Comment influer, agir sur un passé qui n'existe plus ?

Disons d'abord que devenir soi n'est pas seulement un choix, un droit, voire un luxe réservé aux nombrilistes et rêvasseurs qui s'amusent à couper les cheveux en quatre, perchés sur leur petit nuage. C'est un devoir, une exigence intérieure « éthique » incontournable, quels que soient le sexe et l'âge. Mieux encore, devenir soi représente le seul projet et l'unique but sérieux, précieux, valable, supérieur à tout autre dessein, de la naissance à la fin de la vie. Non seulement il garantit aux adultes de pouvoir accéder, pour leur propre compte, au bonheur que constituent l'autonomie psychique et la sensation d'être vivant et entier, mais, de plus, il empêche les générations futures de s'aliéner, c'est-à-dire de réincarner fantomatiquement leurs ascendants, déçus d'eux-mêmes et insatisfaits de leur vie.

Il est d'ailleurs fort possible que la littérature, qualifiée péjorativement par l'intelligence discursive de « folklorique », de « fantastique », voire de « délirante », relative aux fantômes, aux revenants, à la réincarnation, à la vie après la mort, au diable et à Satan, aux djinns, aux anges gardiens ou aux démons, recèle au fond une certaine part de vérité psychologique, symbolique. Elle reflète, en dehors évidemment de toute réalité visible, la difficulté pour un sujet d'être soi, de s'exprimer en son nom propre, dans son désir et de sa vraie place. Celui-ci se trouve précisément « aliéné » parce que possédé, envahi par le désir de l'autre, l'esprit, l'âme inachevée et errante de l'ancêtre se réincarnant en lui. Ainsi, il est empêché, pris pour l'autre, d'exister et de vivre en étant lui-même. Sous influence, il est bien plus parlé qu'il ne parle, bien plus agi qu'il n'agit en vérité, comme les pâles ombres chinoises ou les marionnettes. La mort physique ne met pas forcément fin à certaines existences. Ces cadavres, demeurés symboliquement sans sépulture, devenus fantômes en raison des deuils inaccomplis, se réfugient clandestinement auprès des âmes des survivants. Ils les prennent en otage, encombrent leur intériorité, les empêchant d'être, de désirer et de vivre en leur nom personnel.

Il est intéressant de souligner ici que naguère le trouble mental était qualifié d'« aliénation », le patient d'« aliéné » et le psychiatre d'« aliéniste ». Or le terme « aliéner » vient du latin *alienare*, de *alienus*, qui signifie « qui appartient à un autre ». Autrement dit, l'« aliéné » est étranger à lui-même, il ne s'appartient pas, dans son désir et sa maison/soi, et ne jouit donc pas d'une autonomie psychique. Il existe, dans cette perspective, une indéniable similitude, par-delà des concepts et des vocabulaires dissemblables, entre l'exorcisme et la psychanalyse. Les deux s'évertuent en effet à restituer le sujet à lui-même, à le désaliéner, à conjurer, à exorciser, en délivrant son âme, son psychisme des démons qui l'encombrent et l'empêchent de s'ériger en acteur de sa vie, à distance de la pulsion sauvage, de l'idéal inconscient des parents, de l'emprise du conformisme et des normes collectives. Devenir soi s'avère ainsi tributaire de la découverte de sa mémoire, de la compréhension de son histoire afin de prendre conscience de la culpabilité et de la DIP entravant l'accès au bonheur.

En vérité, l'adulte en tant que tel n'est jamais vraiment malheureux. Lorsqu'il le devient, en proie à un mal-être insupportable, au point de souhaiter parfois se donner la mort, c'est parce qu'il est envahi par son enfant intérieur.

Mais qu'est-ce qui prouve qu'il s'agit bel et bien d'une souffrance fantasmatique ancienne, ravivée, ressuscitée, et non pas d'une difficulté réelle, actuelle, conjoncturelle ? Il est certes parfaitement légitime, naturel pour un sujet adulte d'éprouver de la peine, de se sentir ébranlé ou malheureux à la suite d'un traumatisme émotionnel. Cependant, tout le monde ne réagit pas aux choses avec la même virulence ou, au contraire, avec la même sérénité.

Lorsque le sujet jouit d'une autonomie psychique, étant assuré d'être vivant et entier, il parvient à se ressaisir peu à peu, en réorientant sa libido vers d'autres « objets », sans pour autant se briser, s'écrouler. En revanche, lorsque c'est l'enfant intérieur en détresse qui se trouve touché, à travers l'adulte, le traumatisme est exagérément grossi, gonflé, dramatisé, tragiquement disproportionné par rapport aux motifs, du fait de l'existence de la culpabilité et de la DIP. Autrement dit, quand le sujet n'est pas lui-même, dans sa place d'adulte, vivant et autonome, mais qu'il est plutôt sous l'emprise occulte de son enfant intérieur, toute difficulté devient une question de vie ou de mort. Dix moins un se solde par zéro. Tout l'édifice/soi s'écroule au moindre choc.

Comment, dans ces conditions, devenir soi pour rencontrer le bonheur ?

De toute évidence, la consommation abusive de psychotropes (antidépresseurs, anxiolytiques et somnifères), qui devient à notre époque de plus en plus impulsive, massive et précoce, génère, dans la majorité des cas, bien plus de dégâts qu'elle n'en répare. En anesthésiant la pensée et la conscience du sujet, les psychotropes l'empêchent de réfléchir, de se poser des questions, de travailler sur son intériorité pour devenir lui-même. Certains, idéalisant le médicament, devenu potion magique, espèrent passivement qu'il agira de façon miraculeuse à leur place en les débarrassant, du jour au lendemain, de la souffrance qu'ils refusent de prendre en charge. Le recours aux drogues diverses, licites ou illicites, avec ou sans toxique, la consommation à tous crins d'objets, de sexe, de vacances, de nourriture, de remontants, d'excitants, etc., n'offre pas non plus, nous l'avons vu, la clé du paradis.

Ce genre de remplissage addictif engendre d'une part un état de dépendance, d'accoutumance, dont il est bien difficile de se dégager. D'autre part, tous ces produits ne font qu'intensifier paradoxalement, et à long terme, la souffrance psychique qu'ils prétendent apaiser, en dépit d'un soulagement passager.

Il n'est jamais évident de solutionner un malaise psychologique intérieur par recours à des expédients matériels, des marchandises, des substances chimiques ou même des personnes, utilisées cannibaliquement comme drogues pour apaiser la DIP. Le moyen privilégié pour savourer le bonheur consiste à devenir soi grâce à la remémoration de son histoire, de son roman familial, afin de prendre conscience des raisons qui ont poussé à tout mettre en œuvre pour ne pas être soi, pour développer un masque, un faux Moi. Ce pèlerinage nécessaire, bien plus naturel qu'il n'y paraît, permet de jeter un éclairage nouveau sur la place et la fonction aliénées qu'on s'est cru contraint d'occuper au sein du triangle, en gâchant son énergie vitale dans l'expiation et la quête de l'innocence. Il aide à démasquer sa DIP, consécutive à sa culpabilité d'avoir été victime ou témoin de maltraitance, de négligence.

L'établissement de son arbre généalogique, dit génogramme, représentant la constellation familiale sur plusieurs générations, peut apporter une aide précieuse dans la découverte de son héritage transgénérationnel. Il permet de pointer des fêlures et des fractures, des leitmotive, la répétition de certains thèmes – avortement, divorce, décès d'enfant, alcoolisme, maltraitance, inceste, maladie, etc. – sur une longue durée au sein de la lignée dont on est issu, dont on est l'héritier, le porteur et le transmetteur à son tour. Toutes ces épreuves renvoient invariablement, par-delà leur éparpillement apparent, à la mort, réelle mais surtout symbolique, à quelque chose d'avorté, d'inachevé, d'inanimé, d'interrompu, de non vécu ou dont le deuil ne s'est pas accompli, bref, à des cadavres intérieurs non inhumés, empêchant la libre circulation de la libido. Il ne s'agit nullement ici d'un culte narcissique du passé, ni d'une volonté perverse de « remuer la merde ». Il s'avère souvent impératif de se souvenir de l'Ailleurs et Avant, dans le dessein de se réconcilier avec son présent. Cette exploration du passé permet notamment de briser le cercle vicieux des compulsions, des répétitions inconscientes et donc aliénantes qui interdisent de s'appartenir à soi-même, en forçant le sujet à se soumettre au destin aveugle transgénérationnel.

Un second outil, également très appréciable, consiste à conserver toujours sur soi une photo de sa petite enfance. Elle peut aider à se connecter à cet Ailleurs et Avant que l'on croyait effacé, en visualisant l'enfant intérieur coupable et thérapeute, porteur de la dépression infantile précoce.

Certains « thérapeutes » comportementalistes se montrent hostiles à ce travail de recherche sur son intériorité et sa mémoire. D'après eux, il vaudrait mieux « échanger sa pelle contre une échelle », ce qui signifie vivre le présent, regarder vers le haut, l'avenir, avec optimisme, arrêter de se lamenter, de couper les cheveux en quatre, de chercher la petite bête en fouillant dans les creux labyrinthiques de son passé. Ils conseillent ainsi de « positiver », d'agir, de pratiquer un sport, de se mettre au service des autres, de voyager pour se changer les idées, de se nourrir de poisson, riche en oméga 3, d'éliminer les charcuteries, de rire, de chanter, etc. Il ne s'agit de toute évidence que de belles paroles, creuses au fond, de langue de bois, comme en politique, de procédés niais et plats, de résolutions d'écolier, moralisatrices et culpabilisantes, inexécutables, à la longue inefficaces. Le sujet ne pourra devenir heureux en faisant ceci ou en ingurgitant cela aussi longtemps qu'il n'aura pas repéré, identifié ce qui depuis le passé phagocyte le présent en l'empêchant d'être lui et de vivre heureux ici et maintenant, dans sa place et fonction, en son nom propre.

Les « thérapies » comportementalistes, assimilant le psychisme à une mécanique, à un robot, cherchent à le dépanner, à le normaliser en réparant ses divers incidents à coups d'exercices, d'autosuggestions, comme pour l'arrêter de « déconner ». « La vie est belle, je suis heureux ! La vie est belle, je suis heureux ! »

Ainsi, le sujet se trouve dépossédé, lobotomisé de son histoire, de son inconscient, de sa subjectivité, de son soi en somme, c'est-à-dire du sens et de l'importance intimes et singuliers de ses péripéties existentielles.

Ces recettes ne servent évidemment à rien dans la mesure où elles sont fondées sur la confusion entre le passé et le présent, l'adulte et l'enfant intérieur, le symbole et la réalité, le dehors et le dedans. En tant que mécanismes supplémentaires de défense, rajoutés aux précédents, elles contribuent, au contraire, à aggraver le mal-être de l'adulte, plus précisément la DIP de son enfant intérieur. Au lieu d'aider le sujet à s'ouvrir à l'écoute de son intériorité, seule possibilité pour lui de transformer l'obstacle en tremplin, ces stéréotypes le contraignent à continuer à se taire en consommant davantage. L'essentiel n'est jamais la paille mais le grain.

La maladie qui guérit

D'après le conte, le trésor se trouve dans la maison/soi, à Ispahan, au fond de la cave. Ce qui est génial, cependant, c'est qu'il invite le chercheur à voyager loin, à quitter sa demeure, son quartier et sa terre natale, en lui faisant supporter la faim, la soif, la fatigue, l'errance et le désespoir !

Le soi n'est pas le Moi. Ils ne sont pas superposables. Il existe entre eux un certain écart. Il est si près de nous, alors que nous en sommes parfois si loin !

Cette quête graalienne exige donc du travail. Elle s'effectue rarement pendant les périodes de paix, lorsque tout ou presque va bien, mais le plus souvent à l'occasion des phases de crise, lorsque plus rien ou presque ne va, après la tombée des défenses et des masques.

C'est la raison pour laquelle il est essentiel de comprendre que toute crise, toute souffrance, toute épreuve, tout échec, toute perte, toute dépression, aussi tragiques soient-ils, comportent deux facettes, deux significations, l'une sombre et l'autre lumineuse, favorisant le bonheur.

1 – Ils révèlent, en premier lieu, l'insuffisance d'être soi. Ils montrent que le sujet n'est pas lui-même, adulte, mature, individué, intérieurement différencié, psychologiquement autonome, assuré d'être vivant et entier dans un corps réel, capable d'assumer son rôle, son âge, son sexe et sa place dans la maison/soi.

La crise, l'échec familial, sentimental, professionnel ou la maladie sont caractéristiques de sa difficulté à tisser des liens sains dans la réciprocité du désir et non inféodés au besoin de dépendre, de coller à l'autre comme drogue et planche de salut.

Ils dévoilent les obstacles que l'énergie vitale rencontre dans sa circulation à travers les pans de l'identité plurielle, dans son effort pour ne pas s'enclaver dans l'un d'eux, à distance des excès, de la surenchère et de la dépression, du trop et du trop peu. Ils démasquent au fond l'existence et l'importance de la DIP et de la culpabilité inconsciente, contraignant le sujet à s'imposer des interdits pour ne pas goûter au bonheur, en ne s'occupant pas de lui-même et en se plaçant de façon masochiste dans des situations pénibles et compliquées. Ils montrent enfin tous les efforts qu'il déploie pour ne pas devenir acteur de son destin propre, afin de continuer à survivre, par procuration, en se sacrifiant aux autres, à ses enfants ou parents, qui ont agi ou qui agiront comme lui, plus tard.

Tout symptôme cache, mais révèle en même temps, un dysfonctionnement. Il remplit une fonction d'avertissement en signalant, comme la douleur ou la fièvre, la présence d'une tumeur ou d'une infection. À titre d'exemple, l'énurésie de l'enfant contient toujours un message demandant à être déchiffré : « Je proteste, je n'en peux plus de voir papa et maman se disputer. Regardez-moi, écoutez-moi, occupez-vous de moi pour que je puisse exister en sécurité, dans mon corps vivant et entier. » Autrement dit, l'enfant refuse de se séparer de son pipi pour contrer ses angoisses de voir ses parents se séparer l'un de l'autre et tous deux de lui.

Un autre exemple : la dépression chez l'adulte ne signifie nullement qu'il est « tombé malade » à la suite du choc d'une rupture sentimentale. Elle signale, décèle, étale une dépression ancienne, la DIP précisément, depuis longtemps mise en place. La crise ne fait que « réfléchir » tel un miroir, faisant remonter à la surface une façon d'être et de vivre ancienne, inadéquate, dommageable. Elle comporte, par conséquent, toujours un sens, une fonction et un message : « Tu ne vas pas bien parce que tu n'es pas toi. Tu ne peux plus continuer ainsi. Il est temps que tu changes, que tu grandisses, pour t'autoriser à t'aimer et à t'occuper de toi. »

2 – Mais en second lieu toute épreuve, si pénible soit-elle, présente une facette lumineuse, radiante, à condition qu'elle soit un minimum accueillie et écoutée. Loin de représenter une maladie ou une malédiction elle constitue une chance inouïe, offre une occasion extraordinaire, unique, de se reconstruire, de devenir enfin celui que l'on est au fond de soi. Il vaut mieux pour ce motif, lorsqu'on croit avoir déjà tout raté ou presque, rester vigilant afin de ne pas rater l'épreuve aussi, car c'est bien celle-ci qui contient le code-barre informatique, le secret permettant la sortie du labyrinthe.

Elle nous invite en effet à renoncer à notre vieux Moi aliéné, sous influence, inadapté, caché derrière le masque et la carapace forgés dans l'enfance pour nous protéger mais qui, maintenant que nous sommes devenus adultes, nous empêchent de respirer. L'épreuve nous aide à renaître en mettant en place de nouveaux comportements, des réponses plus adaptées et plus authentiques à nos vrais désirs, valeurs et besoins et non à ceux, fallacieux et préfabriqués, imposés de l'extérieur. Dans cette perspective, la dépression représente un aiguillon salutaire, un mal qui nous veut du bien, à condition qu'elle soit accueillie et que l'on écoute son message. Ce tremblement de terre psychique – cette inondation menaçant d'anéantir le sujet – cherche au contraire à le restituer à lui-même, acteur de son destin. Il l'aide à prendre conscience de sa culpabilité de victime afin qu'il cesse d'expier et de s'autodétruire. Autrement dit, il lui offre la possibilité de se sentir vivant, c'est-à-dire heureux, sans plus avoir besoin du regard, de l'approbation, de la reconnaissance ou de la pitié des autres pour se donner le droit d'exister, en toute légitimité.

Tout ce qui arrive est pour le bien !

Ces circonstances de trouble, de rupture d'équilibre, nous encouragent à nous interroger sur notre personnalité, notre identité profonde. « Qui suis-je ? Où est ma vie ? Qu'est-ce que je désire ? » Elles nous invitent à nous repenser, en nous obligeant à occuper enfin notre place et à assumer notre fonction sans dérobade. La souffrance apparaît ainsi comme le prix à payer, la voie principale pour progresser, pour devenir soi en découvrant son intériorité. C'est grâce à elle que l'on peut trouver le trésor caché dans la maison/soi, au fond de sa cave, mais en passant par Bagdad d'abord, c'est-à-dire par l'épreuve et le dénuement.

Pour cette raison, il conviendrait de respecter le manque et la souffrance, ne pas s'efforcer de les dissoudre précipitamment dans les drogues diverses, en particulier les psychotropes.

Celui qui se ferme à sa souffrance ne pourra s'ouvrir au bonheur. Le remède est inclus dans le poison. Si l'on évacue le symptôme, on élude aussi la possibilité de le traiter. L'épreuve est précisément le fil d'Ariane qui peut guider les pas de Thésée dans le labyrinthe pour neutraliser le monstre Minotaure. La dépression n'est pas une maladie que l'on peut « guérir » en lui déclarant la guerre, puisqu'elle a pour fonction positive de refléter un malaise ancien, pour soigner une personnalité depuis longtemps mal en point en la pacifiant avec son histoire. On ne guérit pas sa dépression, c'est elle qui nous guérit !

Paradoxalement, toutes les substances utilisées pour lutter contre elle se révèlent progressivement dépressogènes. Cela signifie qu'elles la nourrissent, l'emprisonnent dans une camisole chimique invisible, et finissent par la chroniciser, au lieu de l'éradiquer magiquement, de façon définitive.

De même, la précipitation qui conduit à vouloir « guérir » en accéléré, pour redevenir « comme avant », ne fera que retarder le dénouement, la « sortie du tunnel », en empêchant la réponse aux vraies questions : « Qu'est-ce qu'on attend de moi ? Dans quelle place m'a-t-on situé ? Quel rôle me fait-on jouer ? Pour qui ? Pourquoi ? Quel est mon désir à moi ? » Seul le fait de répondre à ces questions, en puisant dans le roman familial, aidera à briser le cercle vicieux des schémas de vie, de non-vie plus exactement, à l'écart du bonheur, transmis inconsciemment d'une génération à la future. Devenir soi, celui qu'on a toujours été mais qu'on n'a jamais osé être, demande un travail soutenu et patient, jour après jour. Ici, la lenteur est un gage de qualité et la vitesse un indice de superficialité.

Une séparation peut représenter un moment privilégié pour s'interroger avec honnêteté sur soi-même, son désir, son rôle et sa place, sans succomber à la tentation facile d'incriminer l'autre ou le destin. Une maladie, même grave, a été pour certains l'occasion de prendre de la distance avec le dehors, le métier et l'image sociale auxquels ils s'accrochaient comme des petits aux jupons de leur mère. Ils ont pu réaliser que la maladie était, au moins en partie, la conséquence de tous les efforts déployés durant des décennies pour ne pas être eux-mêmes, pour devenir quelqu'un qu'ils n'étaient pas. Elle les a aidés à ne pas s'entêter à se fuir en se coupant de leur intériorité, à cesser de se sacrifier aux autres de façon masochiste et expiatoire dans l'espoir d'apaiser leur culpabilité et leur DIP. Cette prise de conscience a été salutaire. Elle leur a fourni l'envie et l'énergie néces-saires pour guérir, c'est-à-dire revenir à la vie, en s'occu-pant enfin d'eux-mêmes, comme une gentille mère agirait avec son bébé.

Le sujet « tombe malade » parce qu'il a gobé, épongé, aspiré des années durant le malaise et les soucis de son entourage pour apaiser sa culpabilité d'avoir été mal-traité ou négligé. C'est la prise de conscience de cette aberration qui lui permet de s'en dégager pour s'ouvrir enfin au bonheur, et non pas l'application religieuse d'un quelconque régime ou principe d'action.

Une telle reconstruction psychique n'est évidem-ment pas réservée à certains chanceux au détriment des autres qui n'en seraient pas capables ou ne la méri-teraient pas. Elle n'est pas tributaire non plus du sexe, de l'âge, de la beauté et de la santé, ni de la richesse ou du statut social. Il n'est jamais trop tôt ou trop tard. Il est parfaitement possible de se reconstruire, en devenant soi, à tout âge, même pauvre, disgracieux ou malade, à condition de prendre enfin conscience du seul vrai obstacle intérieur dressé sur la route du bon-heur, la DIP, conséquence de la culpabilité inconsciente. Cette découverte induit une décrispation psychique, un décoincement, une flottaison, comme le bouchon de liège sur l'eau, permettant à l'énergie vitale de circuler dans la maison/soi librement, sans entrave. L'ouverture à son intériorité permet ainsi d'économiser sa force en refusant de combattre.

Les guêpes, c'est bien connu, piquent rarement ceux qui parviennent à rester sereins, mais bien souvent ceux qui les énervent en gesticulant, paniqués, dans tous les sens !

Chapitre six

Devenir soi, le temps
des moissons

En quoi, pourquoi être soi est-il indispensable au bonheur, son artisan, son aiguillon, son garant?

On peut distinguer cinq motifs essentiels : la richesse intérieure, la sécurité, la paix, l'autonomie et la désaliénation.

La richesse intérieure

Devenir soi permet tout d'abord de se découvrir, comme le promet le conte, une grande richesse intérieure. Il serait faux en effet de croire qu'il existe d'un côté des êtres supérieurs, intérieurement riches et intéressants, et d'un autre des êtres inférieurs, pauvres d'esprit et rebutants. La vraie différence consiste en ce que le premier groupe s'autorise à être soi, vivant, branché sur son intériorité, confiant en lui-même, sans honte ni culpabilité, alors que le second s'interdit de croire en ses possibilités et de s'aimer.

Il en va de même pour l'intelligence, la force physique, la beauté, la créativité artistique ou professionnelle.

Nous nous servons en réalité très peu de nos capacités, potentiellement beaucoup plus étendues qu'elles ne le paraissent. C'est bien la DIP et la culpabilité inconsciente qui freinent et appauvrissent l'épanouissement psychologique en dehors de tout déficit, de tout manque, de toute carence quantitative, objective.

Lorsqu'on n'est pas soi, dans son désir, son rôle propre et sa place, on dépense une quantité considérable de son énergie vitale à se cacher sous des masques, par honte, par peur, ou au contraire à paraître, à imiter, à briller, à plaire, à séduire, à parler, à s'agiter pour se sentir exister, vivant, reconnu, aimé. On dilapide de même, dans un contexte d'excitation et de surenchère, une part importante de sa vitalité en se sacrifiant aux autres, en s'érigeant en Mère Teresa ou en saint-bernard, pour apaiser sa culpabilité.

À l'inverse, en étant soi, on n'éprouve plus nul besoin de paraître, de copier, de séduire, de plaire, d'attirer sans cesse l'attention des autres pour s'assurer qu'on est vivant et entier.

Devenir soi permet donc de s'appartenir en devenant l'acteur de son destin. Dès lors, la libido ne se voit plus gaspillée dans les deux excès nuisibles, la surenchère (vivre intensément, pour deux, à la place des autres, en cherchant à diriger leur vie de façon intrusive) et la dépression (démissionner, rester passif, se laisser envahir, dominer et influencer par tout le monde).

L'énergie vitale circulant désormais librement dans les diverses artères de l'identité plurielle, le sujet peut enfin habiter sa maison/soi, jusque-là squattée, comme s'il découvrait un continent nouveau, insoupçonné. Cela lui procure une nette sensation de dynamisme, de force, de « pêche », de « punch » et d'optimisme. Devenu lui-même, il ne se plaint plus continuellement d'être fatigué, crevé, pompé, vidé, « patraque », en proie à une foule de petits ou de grands malaises psychosomatiques, dus évidemment à la crispation et au stress : migraines, maux de ventre ou de dos, indigestions, impuissance ou frigidité, insomnies, etc.

Cela signifie très clairement qu'il n'existe plus désormais d'incompatibilité, d'antinomie entre les diverses émanations de la vie, les différentes plantes du jardin. Aucune ne paraît plus noble ou plus triviale que les autres, supérieure ou inférieure à elles. L'énergie vitale cesse d'être scindée, clivée, en tranches, saucissonnée. Ainsi, s'occuper de son corps et de sa santé, s'investir dans l'amour et la sexualité, s'enrichir, devenir père et mère n'interdiront nullement de s'adonner à des activités artistiques, intellectuelles ou spirituelles, de prier Dieu ou de militer. Tout est important, sans que rien soit vital !

La sécurité

Être soi procure également un profond sentiment de sécurité intérieure. Le Moi s'autorise à habiter chez lui, dans sa maison, à l'abri, à sa vraie place, sans nulle crainte de se voir délogé, sans la mauvaise conscience d'usurper ou l'injonction d'occuper celle d'un autre.

La quasi-totalité des angoisses, des phobies, des crises de panique ne sont pratiquement jamais motivées par des dangers objectifs, extérieurs. Elles proviennent de la difficulté d'être soi, vivant et entier, d'habiter son corps propre, réel, à l'intérieur d'une enveloppe et d'un cadre, au sein de limites, de frontières et de contours clairement posés, fixés. Ceux-ci au contraire paraissent invariablement flous, incertains, élastiques, troués, vagues, flottants, nébuleux. Le sujet dit être « mal dans sa peau », justement parce qu'il n'est pas lui, chez lui, individué, autonome, différencié, assuré d'être vivant, établi dans son rôle et sa place précis. Il se trouve submergé par les doutes et les angoisses d'autrui, dans la mesure où il ne jouit pas de la certitude d'être lui, vivant parmi les vivants. Il souffre d'insécurité parce qu'il ne dispose pas d'une distance suffisante avec le psychisme de son entourage, se trouvant avec lui dans un contexte de fusion, de confusion, de mélange et d'osmose ombilicale. Ce défaut de différenciation et d'identité propre le contraint à prendre sur lui, à éponger, à ressentir, à capter, à « siphonner » le mal-être ambiant. Il saigne pour des blessures qui ne sont pas les siennes en raison de l'intensité chez lui de la culpabilité et de la DIP.

C'est précisément ce qui se passe, à un degré certes caricatural, dans la dépersonnalisation schizophrénique. Le malade est assailli par d'horribles angoisses de dédoublement, de morcellement et de mort, provoquées par l'absence d'une image de son corps comme une totalité entière réelle et vivante, différenciée de celle des autres. Il souffre le martyre, même s'il est beau, jeune, riche et en parfaite santé, parce qu'il n'est pas lui-même mais totalement « aliéné ».

Certaines personnes manquant de confiance en la vie comme en elles-mêmes, privées donc du sentiment de sécurité intérieure, ont tendance à incriminer le dehors, le contexte socio-économique, le chômage, la précarité et la délinquance. Il est certain que nul ne peut être insensible au climat, à l'atmosphère des réalités extérieures dans lesquelles il se trouve quotidiennement plongé. Mais, justement, lorsqu'on habite sa maison/soi, son corps, son sexe et son âge, qu'on est conscient de ses désirs et de ses limites, on jouit spontanément d'un sentiment profond de sécurité, à l'abri des intempéries. Muni d'un filtre, on ne les reçoit plus de plein fouet, au premier degré, de façon crue et dramatique, mais avec un peu plus de sérénité.

Ainsi, on n'appréhendera plus ce que nous délivrent la télévision, la radio ou les journaux avec la même sensibilité. On deviendra capable de réfléchir et de s'interroger, de prendre un minimum de distance et de recul. On pourra résister à toutes ces techniques sournoises de manipulation mentale, appelées « marketing », interpellant nos émotions, notre compassion et notre miséricorde, attisant notre culpabilité au lieu de s'adresser à notre raison. Cela ne signifie évidemment pas qu'on deviendra égoïste, indifférent à la misère et aux souffrances d'autrui, mais qu'on ne se laissera plus submerger, « au quart de tour », par les émotions.

Nous nous trouvons aujourd'hui, au sein de nos sociétés opulentes, face à un paradoxe troublant. D'un côté l'existence humaine, dans tous les domaines et dans ses moindres détails, du berceau à la tombe, n'a jamais fait l'objet de tant de vigilances, de précautions, de projets, de plans, de mesures, de normes, de garanties, de préventions, de lois, de protections, d'assurances. De l'autre côté, sur le plan psychique, le sentiment d'insécurité a rarement paru aussi intense qu'à l'heure actuelle, au point de devenir le thème privilégié et l'enjeu principal de tout débat politique, qu'il porte sur l'emploi, l'alimentation, l'avenir des retraites, les dépenses de santé, les violences urbaines touchant les biens et les personnes, les pollutions, les épidémies diverses (le sida, la vache folle, la grippe aviaire), etc. Si l'on est soi, on n'est certainement pas insensible et indifférent à ce qui se passe, mais on se retient de sombrer dans la panique et la psychose. Cela permet non seulement de moins souffrir, mais également de conserver sa vitalité et son optimisme afin de trouver plus aisément des issues positives. La maison/soi comporte des portes et des fenêtres, comme un pays doté de frontières protégées. Celles-ci permettent l'échange, la réciprocité, la communication entre le dehors et le dedans, tout en préservant de l'envahissement, des intrusions brutales, des infiltrages insidieux et manipulatoires.

Être soi, jouir de la sécurité intérieure, permet aussi de ne pas craindre sans cesse d'être jugé, critiqué, regardé de façon sévère et négative par les autres, pour un oui ou pour un non. Le regard d'autrui constitue rarement une réalité objective, mais plutôt une crainte fantasmatique reflétant la mauvaise image que l'on a de sa personne ainsi que les reproches que l'on s'adresse en raison de l'existence de la culpabilité et de la DIP. Ces derniers parviennent à altérer, à fausser la perception et la sensibilité du sujet, qui ressent la moindre difficulté, contrariété ou le moindre manque d'une façon exagérément dramatisée et pessimiste, sans distance ni sérénité, comme s'il s'agissait d'un séisme psychique, de l'effondrement de son identité.

Enfin, jouir de la sécurité intérieure en étant soi nourrit le courage, rend fort et confiant, en diminuant considérablement l'appréhension permanente et infantile des dangers. Cela aide à affronter des situations qui éveillaient jusque-là des sentiments d'angoisse, de timidité et de blocage, ce qui les transformait en épreuves héroïques, semblant parfois insurmontables.

On a bien plus peur de soi-même que des choses ou des autres, à l'extérieur. D'ailleurs, plus on s'acharne à éluder les difficultés, les risques, les dangers, les aléas de la vie et les menaces potentielles en s'obstinant à se blinder, à s'immuniser contre eux, dans l'exigence d'une sécurité sans faille, d'un ordre parfait, et plus, étrangement, le sentiment subjectif d'insécurité s'accentue.

Les conduites à risques, la recherche provocatrice des dangers multiples, par défi, ne cessent de foisonner dans nos sociétés dominées par le principe de plaisir, le rejet de la souffrance, l'obsession du confort et de la sécurité : le « jeu du foulard », dans lequel deux adolescents se passent mutuellement un foulard autour du cou et le serrent jusqu'à ce que l'un d'eux tombe inconscient, le ski hors piste, l'usage de nouvelles drogues de plus en plus dures, les aventures sexuelles non protégées, les rodéos en voiture en brûlant les stops et les feux rouges, sans parler des jeux de rôle et des profanations de cimetières... pour « s'amuser » ! Tout se passe comme si nos adolescents recherchaient une source d'excitation pour combattre l'ennui à travers ces « jeux » ordaliques suicidaires venant se substituer au tiers symbolique, aux rituels initiatiques de mort et de renaissance symboliques, aujourd'hui disparus, qui avaient pour fonction de les accompagner d'une phase de la vie vers une autre. Le flirt avec la mort est recherché par ceux qui sont en quête d'émotions grisantes pour s'assurer d'être vivants, voire invulnérables et immortels, tels les héros des légendes.

La paix et la vérité

Habiter dans la maison/soi favorise par ailleurs une intense sensation de paix et de vérité intérieures.

Le sujet, étant lui-même, n'est plus oppressé par le sentiment pénible qu'il doit jouer un rôle étranger, faux, qui ne lui correspond point, comme sur les planches d'un théâtre. Il n'a plus besoin de faire semblant, de tricher, de feindre, de mentir. Il ne se trouve plus sous l'injonction de parler et d'agir à la place des autres, en leur nom. Il refuse également de laisser quiconque choisir et décider, penser et sentir à sa place, comme s'il n'existait pas.

En résumé, il est lui-même, authentique, capable de ressentir et d'assumer ses émotions sans porter de jugement de valeur sur elles, sans les qualifier arbitrairement de « positives », à cultiver, ou de « négatives », à refouler précipitamment.

Être vrai permet ainsi de ne plus éprouver le besoin de s'identifier à son apparence, à son corps, à sa santé, à sa richesse, à son pouvoir ou à sa carapace sociale. Cela sauve une grande partie de l'énergie libidinale du gaspillage que représentaient tous les efforts déployés pour ne pas être et ne pas se montrer sans fard, ou pour devenir comme les autres, par copiage et copinage. Devenir soi, vrai, aide à se dégager de la contrainte d'énoncer, par peur de déplaire, par devoir, par intérêt ou enfin par souci normatif, ce qu'il convient de croire ou de penser, le « politiquement correct », en répétant comme une leçon apprise des platitudes préfabriquées, prêtes à porter. Le sujet devient ainsi capable d'exprimer, confiant dans sa subjectivité, ce qu'il désire ou rejette, de sa place et en son nom propres. Il ne s'évertue plus à fuir le conflit au risque de se trahir. Devenir soi donne le courage de contester, de se révolter !

Il est certain également qu'être soi procure un profond sentiment de paix intérieure. L'accession à cette sérénité inégalable protège contre l'illusion que l'on peut trouver la paix exclusivement dans la réalité extérieure, dans la non-conflictualité. Elle met ainsi à l'abri de la servitude et de la servilité. Le sujet ne craint plus de rentrer en conflit avec ceux qui l'offensent, le blessent ou lui manquent de respect. Il n'hésite plus à se défendre, à dire non, à protester, à donner des limites. Il refuse désormais qu'on le lèse injustement ou qu'on le manipule en abusant de sa naïveté.

Au fond, la quête acharnée, excessive de l'harmonie, de l'entente et de la paix dans les relations humaines, au sein du couple, de la famille, de l'entreprise, des divers groupes sociaux, ne traduit pas forcément, malgré sa noble apparence, une aspiration salutaire, saine. Elle est notamment destinée, en tant que mécanisme de défense, à dissimuler et à compenser une désunion, un divorce, une déchirure, une guerre interne.

Autrement dit, lorsque le sujet se trouve face à des conflits intérieurs en raison de la culpabilité et de la DIP, déchiré donc entre des exigences diverses considérées par lui comme contradictoires (m'occuper de moi ou des autres ? me réaliser en tant que femme ou en tant que mère ? satisfaire mon désir ou accomplir mon devoir ? exprimer ce que je pense ou ce qui fait plaisir ? me révolter ou obéir ?), alors il s'épuise à « passer l'éponge », à « arrondir les angles », à « faire la paix », à « trouver un compromis », à « arranger tout le monde »... comme pour désamorcer la guerre civile intérieure.

Étrangement, sa stratégie « pacifiste » n'aboutit qu'à aviver les tensions au lieu de les neutraliser. Le conflit est consubstantiel au fonctionnement psychique. Plus il est repoussé et plus, enflant en volume et en intensité, il se transforme en aveugles violence et agressivité, mettant précisément la paix en danger.

En revanche, lorsque la libido circule librement et de façon fluide, lorsque le sujet a réussi à devenir lui, vrai, c'est-à-dire enfin lorsqu'il est pacifié avec lui-même, avec son histoire, avec son enfant intérieur, avec les divers pans de son identité, dégagé de la DIP et de la culpabilité, alors il recherche et apprécie fortement l'entente, certes, mais sans plus paniquer face à la perspective de disputes, de discordes et de tensions éventuelles.

La vérité s'avère être une valeur bien plus essentielle que la paix, dont elle est la garante et la protectrice. Lorsqu'on jouit de la paix intérieure, on ne craint plus de livrer la guerre.

ÉLIANE

L'histoire d'Éliane, 43 ans, montre à quel point le sujet, pris pour l'autre et empêché d'occuper sa place propre, peut passer pendant des années à côté de lui-même et du bonheur. « J'ai une vie très compliquée. Les trois premières années, je ne m'en souviens plus, tout le restant j'ai été malheureuse. Je me soigne pourtant depuis vingt-trois ans mais je ne trouve pas beaucoup d'amélioration. J'ai quitté mon mari il y a six mois, après deux enfants et vingt-trois ans de mariage. Ce divorce m'a bouleversée. Je croyais au début que c'était parce que j'aimais encore mon mari. Maintenant je me dis qu'en réalité il m'a plutôt mal traitée. Il se montrait autoritaire, verbalement critique et agressif, me rabaissant continuellement. Il était surtout très volage, égoïste, faisant souvent la fête avec ses copains, et puis il m'a trompée plusieurs fois. Je l'ai quitté, tout en l'aimant, parce qu'il insistait pour que l'on fasse l'amour à trois, avec une autre femme. Il m'a vraiment abîmée. Je crois que ce qui m'a le plus peinée, c'est l'éclatement de ma famille, l'impossibilité désormais de se réunir tous les quatre, ensemble, comme avant. J'avais tant rêvé d'avoir une famille unie ! »

Le roman de la vie d'Éliane comporte nombre d'épisodes tristes : « J'ai perdu ma mère, Solange, quand j'avais 3 ans. Elle s'est électrocutée en voulant changer une ampoule grillée dans la cave. Mon père nous avait toujours répété qu'elle s'était suicidée. J'ai été placée de 3 à 20 ans, jusqu'à mon mariage, chez ma grand-mère maternelle, privée de mon père et de ma petite sœur Hélène. Notre famille a éclaté, coupée en deux, moi d'un côté, mon père et ma sœur chez mes grands-parents paternels. Mon père n'a jamais voulu connaître d'autre femme, ne pouvant se remettre du décès de ma mère. Juste avant mon mariage, il m'a avoué enfin que ma mère ne s'était pas suicidée, mais qu'elle s'était électrocutée, par sa faute à lui, puisqu'il avait négligé de changer, comme ma mère le lui avait demandé à plusieurs reprises, l'ampoule grillée de la cave. Ainsi, il avait cherché à faire croire à la thèse du suicide pour dégager sa responsabilité. Il a sûrement beaucoup souffert sous le poids du remords. Je me sentais une seconde fois abandonnée. »

La souffrance actuelle d'Éliane ne provient pas de son divorce, qui représente plutôt une chance pour elle, celle de pouvoir se libérer enfin d'un tyran qui lui manquait de respect. Éliane est malheureuse en raison du réveil et de la résurgence de la DIP et de l'attisement de sa culpabilité. Ce qui la chagrine notamment, c'est d'assister, impuissante, à un nouvel éclatement de la famille, celle qu'elle a construite. « Je crois toujours que tout est de ma faute. Lorsque j'ai quitté mon mari, j'ai pris tous les torts sur moi. Je lui ai laissé tous nos biens, comme pour lui demander de me pardonner. »

C'est donc bien la culpabilité et la DIP qui ont empêché Éliane, des années durant, d'être elle-même, en lui interdisant l'accès au bonheur en représailles contre ses fautes imaginaires. L'une et l'autre se sont trouvées entretenues par les traumatismes successifs : la disparition de la mère, la rupture avec son père et sa sœur, le suicide paternel et enfin les trahisons de son époux pervers.

« Petite, je ne me sentais pas comme toutes mes copines, je me trouvais moins bien, inférieure à elles. J'étais sûre que c'était parce qu'elles avaient une maman et un papa, alors que moi j'en étais privée. Je me voyais moche, grosse, nulle, bête. Adolescente, j'avais l'impression que les garçons ne me regardaient pas, qu'ils ne me désiraient pas, que je ne comptais pas pour eux. Alors j'essayais d'être gentille, d'aller vers les autres, de m'occuper d'eux, de les aider, mes copines, mes grands-parents, mon père surtout, chez qui j'allais, deux ou trois fois par semaine, *pour lui faire son ménage. J'étais contente à l'idée qu'on soit satisfait de moi. J'avais besoin qu'on m'aime !»*

Cette image négative qu'Éliane avait d'elle-même, ce manque de confiance en elle étaient dus à sa culpabilité de victime et à sa DIP, affaiblissant sa certitude d'être vivante dans un corps réel.

« La mort a toujours rôdé autour de moi, comme si je n'avais pas le droit d'être là, de survivre à ma mère et ensuite à mon père. À 26 ans, j'ai eu très peur de mourir comme elle, exactement au même âge. Je me sentais en danger. C'était un cap difficile à passer. J'étais devenue superstitieuse, craignant la répétition du destin. J'avais remarqué aussi que mes angoisses redoublaient quand je me trouvais seule ou inactive. Alors je me fuyais en fuyant la solitude. Je cherchais à m'occuper. Peu à peu je suis devenue, dans mon travail, très performante, fonceuse, battante. Je me sentais parfois fatiguée, mais je ne m'écoutais pas. Je vivais à 200 à l'heure, comme si je devais vivre pour deux, pour moi et ma mère. Au fond je n'ai jamais été moi-même. J'ai toujours remplacé quelqu'un. C'est bizarre, une fois sur deux, ma grand-mère se trompait en m'appelant non pas Éliane, mais Solange, comme ma mère. J'ai deux autres prénoms aussi, Agnès et Julienne. Agnès, c'était la sœur de mon père, institutrice, décédée avant ma naissance. Mon père m'a donné son prénom et il m'a placée plus tard dans l'école où elle enseignait, comme si je devais la remplacer. L'autre prénom, c'est celui de la sœur de ma mère, emportée par un cancer de l'ovaire. Quand ma grand-mère est partie, c'est aussi moi qui l'ai remplacée auprès de mon grand-père. »

Au bout du compte, ce qu'Éliane considérait, au départ, comme un drame pour elle, le divorce, s'est transformé en un événement salutaire qui l'a aidée à se métamorphoser pour devenir enfin elle-même.

« Je commence à comprendre mon histoire et à l'accepter, au lieu de chercher à m'en débarrasser ou à me bagarrer contre elle. J'ai éloigné les démons et les fantômes qui m'envahissaient. Je sais maintenant qui je suis et d'où je viens. Ce n'est pas de ma faute si mes parents n'étaient pas là. Ce n'est pas à moi de tout réparer, de tout éponger. Justement, avant, quand je rencontrais quelqu'un qui souffrait, je souffrais avec lui, comme si c'était moi la victime. Je cherchais à le porter. Quelque part ça me flattait. J'avais l'agréable impression de dominer, de me sentir bonne, utile, de compter. Cependant, j'attirais trop les confidences. Je me laissais submerger par elles. Dès qu'une amie souffrait d'un chagrin d'amour ou d'une contrariété, avec son patron ou son fils, c'est moi qu'elle appelait. Je ne veux plus de cela. Je ne suis plus un torchon, une serpillière, une poubelle. Je n'ai plus envie qu'on me salisse. »

La psychothérapie d'Éliane n'a évidemment pas duré vingt-trois autres années ! Quelques mois ont suffi pour l'aider à devenir elle-même, délivrée des cadavres qui obstruaient ses artères psychiques en empêchant sa libido de circuler de façon libre et fluide. Elle trouva enfin le trésor, dans sa cave, chez elle !

Par conséquent, seuls l'intérêt et l'écoute portés aux deux thèmes essentiels de la culpabilité et de la DIP, véritables obstacles à devenir soi, seule cette pacification avec son passé permettent de sortir du tunnel et de retrouver la lumière. Toute démarche dite « thérapeutique » ignorant ou négligeant ces deux nœuds risque de s'éterniser, sans produire aucun fruit.

L'autonomie psychique

Devenir soi favorise par ailleurs une véritable et profonde autonomie psychique, une liberté intérieure. En acceptant de vivre par et pour soi-même, tel que l'on est, en coupant le cordon ombilical de la dépendance, on s'affranchit de l'impérieux besoin, vital, d'utiliser papa, maman et les autres comme cannes ou béquilles. Cela ne contraint évidemment pas à s'isoler en se réfugiant orgueilleusement dans la tour d'ivoire de son ego. Bien au contraire, cela permet de désirer entrer authentiquement en relation avec autrui sans avoir besoin de lui comme bouée de sauvetage. Finis donc ces liens de fusion et de dépendance, aliénés/aliénants, parasitaires, où chacun finit par ne plus savoir qui il est, ni ce qu'il désire vraiment.

Être soi encourage à aimer autrui non pas en tant qu'objet utilitaire, « chose » remplaçable que l'on jette après usage, mais pour ce qu'il est tout simplement, porté par le désir gratuit et la joie d'être ensemble. Le désir émancipe, alors que le besoin emprisonne. L'autre ne représente plus une drogue dont on ne peut se passer, un médicament destiné à tromper la solitude. Lorsqu'on est soi, on devient capable d'aimer l'autre vraiment, gratuitement, sans nulle exigence de récompense, dans la pureté du désir. On accepte aussi d'être aimé par lui dans le respect de sa différence.

Ainsi, une vraie relation, saine et heureuse, ne peut s'établir qu'entre deux personnes portées par le désir et non assujetties au besoin de s'utiliser réciproquement comme objets pour se sentir vivantes, aimées et reconnues.

Il est certain d'ailleurs que les rencontres s'opèrent toujours, par-delà les masques et les paroles manifestes, au niveau d'une forte attraction inconsciente. Il n'est possible de se lier, en effet, qu'avec celui qui nous ressemble, c'est-à-dire qui se trouve au même stade d'évolution intérieure. Les hirondelles s'envolent avec les hirondelles et les cigognes avec les cigognes !

Lorsqu'on est insuffisamment soi, c'est-à-dire sous l'emprise de son enfant intérieur coupable et donc thérapeute, non assuré d'être vivant et entier dans un corps réel, alors on a tendance à « tomber » répétitivement sur des partenaires semblables, sur ses copies conformes. Chacun cherche ainsi à devenir le sauveur, le réparateur de l'autre, en se donnant pour mission de combler ses manques pour le rendre enfin heureux. En récompense, il exige de se voir soigné à son tour pour ne plus éprouver la frustration, le conflit, l'ennui ou la dépression, d'où le risque de multiples déceptions en raison de l'excès des idéalisations. Il ne s'agit donc pas ici, malgré les apparences, de véritables relations d'amitié ou d'amour, puisqu'elles reposent sur le besoin de se porter l'un l'autre et non sur le désir d'alliance et de partage entre deux adultes psychologiquement différenciés, individués et autonomes.

Souvent, les mécanismes de l'expiation masochiste et de la volonté altruiste et thérapeutique placent le sujet face à des êtres à problèmes, timides, instables, « paumés » ou même franchement pervers et profiteurs qui le vampirisent en lui pompant son énergie et en abusant de sa candeur.

Dans ces conditions, devenir soi est producteur de bonheur car cela favorise l'échange et la communication entre des êtres parvenus à l'autonomie psychique, pour qui l'autre ne représente pas un pansement, un « Prozac », mais une personne, digne de respect et d'amour, dans un contexte d'égalité.

La désaliénation

Enfin, devenir soi délivre, au moins partiellement, de l'emprise des trois sources d'aliénation que nous avons évoquées : la pulsion, la famille et les normes de la psyché collective.

En ce qui concerne la pulsion, cela aide, non pas à se couper de l'instinct en lui tournant le dos, heureusement d'ailleurs, mais à devenir conscient de sa mainmise. Ainsi, la pulsion pourra continuer à vivifier le psychisme, à bonne distance des deux excès nuisibles, l'excitation et le repli dépressif.

En effet, sans la centrale d'énergie que représente la pulsion, sans son côté sauvage et indomptable, aucune vie psychique n'existerait, aucun désir, aucun amour, aucun plaisir. Cependant, à l'inverse, sans le garde-fou de l'autorité, de la loi et des limites qu'elle prescrit, sans cadre et sans frein, sous la seule gouvernance du principe de plaisir, la pulsion consumerait toute l'énergie. Elle pousse le Moi à tout être et à tout vouloir dans l'indifférenciation des êtres, des désirs et des destins. Elle incite à la toute-puissance et à la toute-jouissance par le passage à l'acte, dans l'urgence, sans culpabilité, sans respect ni considération pour autrui qui ne compte que comme « objet », facilitant les satisfactions égoïstes. Curieusement, c'est lorsque le sujet se croit le plus libre, en agissant « comme bon lui semble » pour réaliser « tout ce dont il a envie », qu'il est le moins lui, le plus loin de soi, le plus captif de l'instinct, le moins libre en somme. Seule l'intégration du tiers symbolique, s'interposant dans l'entre-deux de la pulsion et du Moi, peut aider le sujet à devenir véritablement autonome.

Contrairement à une certaine croyance, la loi ne cherche pas à réprimer le désir et le plaisir. Son but est de rendre le sujet heureux en lui posant des limites, en lui apprenant à se contrôler et à attendre. Être soi permet dans ces conditions, tout en se branchant à la source vitale pulsionnelle, de se ravitailler sans se laisser noyer, de se réchauffer sans se brûler les ailes.

À un autre niveau, devenir soi aide à prendre conscience, afin de s'en délivrer, de l'emprise puissante

de l'histoire familiale. L'idéal des parents contraint parfois l'enfant à la brillance, à la perfection, à l'excellence,
en le poussant à jouer un rôle qui n'est pas vraiment le
sien. Certains ont tendance à considérer leur progéniture
comme un double d'eux-mêmes en plus jeune, un clone,
leur réincarnation. Ils succombent alors à la tentation
de réécrire son histoire, proprement, revue et corrigée.
Ils lui demandent inconsciemment de revivre, pour eux
et à leur place, le scénario de leur existence, cette fois
sans accroc, sans faute, sans blanc, sans bégaiement.
Ils réclament à leurs enfants de leur prodiguer l'amour
qu'ils n'ont pas reçu de leurs propres parents ou qu'ils ne
trouvent plus auprès de leur conjoint, devenu absent ou
défaillant. Ils ont tendance, pour ce motif, à les culpabiliser, leur reprochant de ne jamais s'occuper d'eux ni de
leur santé ou de ne pas les appeler assez souvent pour
prendre de leurs nouvelles. Enfants, nous étions chargés
de concrétiser l'idéal dont nos ascendants rêvaient mais
qu'ils n'avaient pu connaître. Adultes, nous mandatons
nos héritiers pour qu'ils vivent à notre place, par procuration, tout ce que nous avons été empêchés de réaliser.

Cette inversion générationnelle, lorsque le parent
régresse à une place d'enfant dépendant, érige le vrai
enfant dans une fonction parentale et de thérapeute.
Cela l'empêche de se différencier, de devenir soi, autonome, « autre », pour s'envoler plus tard, de ses propres
ailes, délié de la culpabilité. Certains parents immatures,
vivant dans la hantise de se trouver un jour « seuls »,
« inutiles » et « abandonnés », éprouvent d'énormes difficultés à accoucher psychologiquement de leur progéniture. Ils maintiennent celle-ci en otage dans le contexte
d'une interminable grossesse extra-utérine. Ils formulent
sans cesse à l'adresse de leurs enfants des attentes
affectives aussi démesurées qu'insatiables. De plus, ils
n'hésitent pas à s'immiscer dans leur vie privée, qu'ils

récusent d'ailleurs, en se situant dans une position de jalousie et de rivalité face aux « pièces rapportées », accusées d'avoir kidnappé la chair de leur chair. Cette possessivité ne constitue pas le reflet d'un puissant amour filial. Elle révèle, au contraire, la crainte enfantine de ces parents d'affronter la solitude, ainsi que leur besoin de se sentir utiles et donc vivants, en se cramponnant à leurs petits, à défaut de puiser en eux-mêmes les raisons de vivre et d'espérer. Ces difficultés se trouvent de toute évidence aggravées au sein des familles monoparentales, où l'enfant se voit souvent contraint d'occuper la place restée vacante du conjoint, pour le remplacer.

Il est intéressant, dans ces conditions, de chercher à connaître son roman familial, à l'aide du génogramme, afin de découvrir la place symbolique qu'on était sommé d'occuper. Qui suis-je si je ne suis pas moi ? Qui devais-je être et pourquoi ? Certains découvrent ainsi qu'ils ont été mis à la place d'un enfant mort dont ils portent d'ailleurs le prénom. D'autres se sentent coupables d'avoir été parachutés là, dans la vie, en « immigrés clandestins », ou d'avoir déçu en étant porteurs d'un sexe indésirable. On attendait un garçon, mais c'était une fille... et *vice versa* ! D'aucuns remplissent enfin, en tant qu'enfants thérapeutes, auprès d'un père violent et alcoolique, ou d'une mère déprimée chronique, tous deux psychologiquement absents, la fonction d'un bon conjoint, idéal, maternel, compréhensif et aimant. L'inceste ne se définit pas par la seule référence à l'acte sexuel ou aux attouchements physiques ! La séduction psychique comporte un caractère incestueux.

Devenir soi aide ainsi à prendre de la distance vis-à-vis de sa famille, à se différencier du destin et de l'héritage transgénérationnels, à se dégager de la culpabilité d'avoir abandonné la matrice. L'amour filial, contrairement à l'amitié et à la passion amoureuse entre l'homme et la femme, mène, lorsqu'il est réussi, à la séparation, celle des désirs et des destins.

Devenir soi offre enfin la possibilité de restreindre un tant soit peu la pression et l'influence exercées par les normes extérieures. Il serait inconcevable d'échapper totalement au climat culturel et social dans lequel on vit, en tournant le dos à ses valeurs ou en refusant de partager ne serait-ce que certaines de ses aspirations. Cela serait dommageable d'ailleurs dans la mesure où celles-ci contribuent à sculpter le soi. Il est donc parfaitement illusoire de se vouloir heureux seul, coupé de tout et de tous, sans appartenance consentie à un groupe.

Cependant, surtout à notre époque, il est essentiel de pouvoir préserver son intimité, son intériorité, son âme de l'emprise insidieuse du conformisme, des dangers d'une hyperadaptation, d'une intégration excessive, sans un minimum de recul.

La publicité cherche en effet à inculquer sournoisement, sans en avoir l'air, un modèle de bonheur synonyme de confort matériel, tributaire de l'achat et de l'utilisation des machines et des produits, en dehors de tout contexte symbolique et affranchi des limites que la loi prescrit.

La préoccupation majeure de nos sociétés ne consiste pas à encourager l'individu à devenir lui-même, psychiquement autonome et différencié, mais à l'influencer pour qu'il consomme le plus possible, en s'anesthésiant avec toutes sortes de drogues et de substances chimiques, sans se poser de questions.

Il est avéré cependant qu'au-delà d'un certain degré tout excès, au lieu de favoriser le bonheur, le contrarie au contraire en faisant régresser le désir au rang de besoin, voire de faux besoin, artificiellement créé, à satisfaire de toute urgence. Cela instaure progressivement un état d'accoutumance toxicomaniaque à l'égard de produits mais aussi de personnes dont le sujet réclame qu'ils le comblent. Cependant, cette exigence, rencontrant inévitablement certaines limites, se verra tôt ou tard déraper dans la surenchère du « toujours plus », avant de faire sombrer dans le découragement dépressif du « je n'en peux plus ».

Plus on boit l'eau salée de la mer et plus on augmente sa soif !

Être soi aide donc considérablement à protéger son intériorité, son âme contre les risques de la transparence et de la manipulation, grâce à un peu de distance et de réflexion. Cela permet au Moi de ne plus coller aux mots, aux modes, aux normes, aux clichés, au « prêt à croire » et au « prêt à penser ».

La confiance en soi, ainsi qu'une connaissance minimale de ses propres valeurs, désirs et besoins, empêche le sujet de « démarrer au quart de tour », en « prenant pour argent comptant » ou au pied de la lettre tout ce qu'il entend ou voit. Elle l'encourage à se méfier pour ne pas gober le discours tapageur de la propagande et de la publicité. Celui-ci cherche, afin de mieux manipuler le sujet, à interpeller ses émotions, son affectivité, sa sensibilité, ses sentiments irrationnels, au lieu de s'adresser à son intelligence, à sa raison, à son esprit de discernement et de critique. Autrement dit, il s'ingénie à contourner la vigilance de l'adulte pour solliciter son enfant intérieur influençable, impulsif et sensitif. Toutes les techniques modernes de communication et de marketing s'inspirent de ce principe.

L'idéologie actuelle tente de persuader le sujet qu'il a la chance d'évoluer au sein d'une culture pluraliste, ouverte et libérale, dégagée du poids ancestral, étouffant et répressif des tabous et des interdits rigides. Elle proclame, de même, qu'il existe non pas un seul modèle de bonheur, une seule règle, un unique système de valeurs, de désirs et de pensées, un code standard de croyances et de conduites, absolu, avéré, universel, dogmatique, impératif, auquel tout le monde sans exception doit se soumettre, mais une pluralité, une multiplicité infinie de modèles. Chacun se voit dès lors invité à devenir, sans que personne puisse rien lui imposer de l'extérieur, son propre souverain et législateur, l'artisan de sa propre « éthique », en concevant ou en choisissant librement, parmi la kyrielle des formules existantes, celle qui lui convient le mieux, celle qui lui plaît. C'est donc à chacun de décréter, par exemple, ce qu'est un homme, ce qu'est une femme, quels sont leurs rôles sexuel, parental, éducatif respectifs, l'un face à l'autre et face aux diverses manifestations de la vie.

Toutes les valeurs se voient ainsi imprégnées d'une relativité foncière, sombrant dans l'impermanence et l'éphémérité. Aucun modèle ne peut se croire supérieur ou inférieur à un autre, ils sont seulement « différents », comme les goûts et les couleurs. Cependant, ce discours en apparence si séduisant est destiné au fond à dissimuler la vérité en exhibant son exact opposé. Il cherche, en quelque sorte, à flatter le sujet en neutralisant ses défenses naturelles, afin de parvenir à mieux l'influencer, tout en le persuadant qu'il dispose de son entière liberté.

À l'heure actuelle, l'empreinte culturelle paraît aussi puissante qu'au sein des sociétés archaïques, le champ de l'autonomie psychique ne cessant de rétrécir, pardelà l'abondance, voire l'orgie de libertés. Naguère, le tiers symbolique s'évertuait à soutenir l'individu face à sa pulsion en fixant des limites à son ardeur et à sa toute-puissance. Il encourageait de même le Moi à se contrôler, à patienter, à sublimer, à supporter un minimum de manque et de frustration pour ne pas dépendre exclusivement de la décharge physique concrète.

À l'inverse, la religion moderne, fondée sur le culte du corps et de la consommation, asymbolique et désymbolisante, loin de sécuriser l'individu en l'enveloppant dans un tissu de valeurs, de repères et de sens, le lâche, l'abandonne, le laisse seul et sans secours. C'est à lui de définir désormais son rôle, sa place et ses limites pour donner sens à sa vie. C'est à lui de trouver des réponses aux mystères si troublants de la sexualité, de la différence des sexes, de l'amour, de l'enfantement, ainsi que de la vie et de la mort. La « nouvelle religion » s'érige ainsi en alliée, en complice et en porte-parole de la pulsion, au lieu de servir de tampon, d'amortisseur. Loin de la calmer, de la contenir, elle l'encourage au contraire à se satisfaire, à se réaliser concrètement dans le passage à l'acte, même pervers. Elle incite le sujet à dire « oui » à ses envies, à refuser la frustration, sans attendre, dans le déni de la culpabilité, le « tout, tout de suite ». Ainsi, loin de l'aider à devenir lui-même en s'ouvrant au symbole, à son intériorité et à son désir, elle le rend dépendant de l'extérieur et de la consommation.

On pourrait se demander si nous ne nous trouvons pas, à l'heure actuelle, face à une sorte de dépression collective camouflée sous le masque de l'excitation. Elle se traduit d'un côté par l'hyperconsommation de tout – des objets, de la nourriture, des drogues licites ou illicites, des médicaments, des euphorisants, du sexe –, et, de l'autre côté, par l'acharnement à tout positiver – la chasse à l'ennui, le refus de la solitude et de la paresse, et enfin la joyeuseté factice, dégoulinant sur les écrans de télé.

De même, le besoin impérieux de « changer », de « rénover », d'« innover », la quête obsessionnelle de la « nouveauté » frisant parfois l'extravagance, la recherche des aventures et du sensationnel expriment la fuite anxieuse

devant la « monotonie quotidienne », le manque d'en-vie
et la « fatigue » caractéristiques de l'état dépressif.

En résumé, l'idéologie moderne insuffle une idée du
bonheur comme étant préfabriqué, matériel, naissant de
l'utilisation des objets censés par magie procurer la félicité en faisant correspondre la réalité aux rêves, mais au
fond pour lutter contre la dépression masquée.

Dans ces conditions, la liberté sociologique contrarie l'autonomie psychique, dans la mesure où le sujet,
se croyant totalement libre de vivre ce dont il a envie
sans limites, sans patience ni culpabilité, se trouve plus
que jamais sous l'emprise de sa pulsion et des normes
collectives, qui incitent à consommer des produits ou,
cannibaliquement, les autres devenus objets.

Nous dépensons ainsi, tout en nous croyant libres,
des milliards afin de correspondre aux images que nous
avons intériorisées, de nous sentir conformes, « à la
page », « à la mode », adaptés, intégrés. Le corps, notamment celui de la femme, se voit contraint de ressembler à
une forme idéale, standard. Il doit être beau, mince, sans
rides, jeune, dynamique, sensuel, calibré, en quelque
sorte, comme peuvent l'être des oranges ou des patates,
grâce à toutes sortes de substances chimiques – pommades rajeunissantes, antirides, amincissantes – ou au
bistouri du chirurgien. À peine affranchie du despotisme
patriarcal, voilà la femme devenue victime d'une fausse
image, d'une norme tyrannique, d'un leurre auxquels il
lui est difficile de désobéir en raison de leur aspect invisible et sournois.

Étrangement, dans notre société dite « pluraliste »,
« ouverte » et « tolérante », il n'existe qu'un seul modèle
de corps auquel chacun cherche à se conformer, par
crainte de se voir marginalisé, non reconnu, de subir
des moqueries ou une mise en quarantaine. La femme
est poussée non pas à devenir elle-même, vraie, dans

son corps et son âge, mais à s'aliéner, à s'identifier à son apparence corporelle, jeune et belle. Émancipée des patriarches, elle est désormais dépossédée d'elle-même ainsi que de sa subjectivité, prisonnière des magazines de mode et de l'imitation.

Dans le domaine des idées, le même unanimisme grégaire de la pensée unique, du politiquement correct, mondain et consensuel, impose sa dictature aux consciences, tout en affichant comme devise et slogan la « différence » ! Les débats sur les grands thèmes politiques et sociaux se raréfient ou, remplacés par les sondages, se réduisent à un clivage binaire : « oui ou non ? », « pour ou contre ? » sans recherche de la nuance ni réflexion quant à leur complexité, dans un contexte de paresse ou d'anesthésie de la pensée. L'homogénéité s'empare insidieusement des corps et des consciences. Curieusement, plus les choses de la vie se complexifient et plus le besoin de recourir à des schémas d'explication simplistes, dogmatiques et superficiels devient impérieux !

Nous voici, comme à propos de la sécurité/insécurité, face à un paradoxe troublant. D'un côté, nous sommes submergés par un océan d'informations à propos de tout et de rien, proche de la surinformation. Cependant, nous ressentons la pénible sensation d'être sous-informés ou désinformés, c'est-à-dire incapables de saisir le sens, l'importance et l'enjeu des données, en distinguant le sensationnel de l'essentiel, mais surtout l'information vraie de la propagande et de la manipulation.

Devenir soi, ce qui permet de jouir d'une autonomie psychique, protège contre cet envahissement par le collectif, l'extériorité, en limitant l'emprise des normes sociales et de la publicité. Cela aide justement à ne pas succomber à l'impératif de plaire et d'imiter pour se sentir coûte que coûte conforme au modèle du corps et des idées, labellisé, standardisé. Cela procure la confiance en soi et dans ses valeurs et permet de se sentir vivant et entier en se donnant le droit d'être, de ressentir, de désirer et de s'exprimer sans se croire inférieur aux autres. Il est primordial de se préserver, sans se marginaliser, des diverses manipulations et intrusions subtiles, en protégeant son intériorité de la transparence et de la perméabilité. Pour introduire un peu de distance entre soi et les autres, il convient de ne pas se laisser envahir par l'enfant intérieur au détriment de sa personnalité adulte tout entière. Celle-ci fait appel à la patience, à la raison et à la pensée, alors que le premier renvoie à l'impulsivité du cœur émotionnel.

Être soi se traduit, nous l'avons dit, par un enrichissement psychologique, mais également financier, économique. Cela aide non seulement à ne pas gaspiller sa libido dans l'imitation pour plaire afin de se sentir vivant et reconnu, mais également à ne pas dilapider son argent dans la « fièvre acheteuse », la consommation boulimique, gloutonne, frénétique, « toxicomaniaque » à visée antidépressive. Que de vêtements acquis en effet impulsivement, « sur un coup de tête », qui ne seront portés qu'une seule fois, jamais peut-être ! Que de robots ménagers dont nous n'avons jamais l'usage !

Le seul fait d'être soi – le « grain » – favorise donc l'accession au bonheur – la « paille » – dans la mesure où il libère et rend disponible l'énergie vitale longtemps gâchée, s'épuisant à supprimer sur le mode concret l'écart entre sa réalité et son idéal.

Il est faux de croire qu'il existe des personnes naturellement dynamiques, capables d'être heureuses, et d'autres, à l'inverse, fatiguées, « crevées », malheureuses depuis leur naissance. La vraie différence se situe dans la possibilité ou non pour la libido de circuler librement et de façon fluide à travers les pans de l'identité plurielle, les divers arbres du jardin intérieur.

Lorsque le Moi s'identifie à son corps, à son métier, au pouvoir, à la sexualité, à son ventre ou à son intellect, de façon clivée, en hyperinvestissant une facette au détriment des autres, l'énergie vitale perd de sa fluidité.

Le déprimé, précisément, se trouve toujours fatigué, malheureux, « vidé », « pompé », sans force et sans vitalité. Il ne ressent l'en-vie de rien. Manger, faire l'amour, bavarder avec des amis, bref, les plaisirs les plus simples et élémentaires de la vie se transforment pour lui en corvées, parce qu'il s'interdit d'être soi, autonome, en vivant par et pour lui, dans sa place et son rôle. Pris pour l'autre, il cherche à expier ses fautes imaginaires pour se montrer irréprochable, parfait. Il refuse le bonheur de s'aimer et de s'occuper de son intériorité. N'étant pas certain d'être vivant et entier à l'intérieur d'un corps réel, il ne s'autorise pas à jouir du temps présent.

François

François a 30 ans. Il dit avoir été heureux jusqu'à l'âge de 20 ans. « Nous menions, mes parents et moi, une vie simple et heureuse. Tout s'est envolé après le décès de mon père, suite à un accident cardiaque, après trois mois de coma. Mes parents formaient un couple uni, modèle. Ils s'aimaient. J'étais peut-être un peu plus proche de mon père. On vivait plein de choses tous les deux. Il m'aidait dans mes devoirs d'école, moi je l'aidais pour du bricolage. Il m'emmenait à la pêche, aux champignons, etc.

« Depuis qu'il est parti, il y a dix ans, je ne suis plus comme avant. Je ressens une grosse colère. Je n'ai pas encore avalé la pilule. J'en veux à la terre entière. Je

n'accepte pas. C'est injuste. Quarante-cinq ans, ce n'est pas un âge pour mourir. J'ai "fêté" mes 20 ans à son chevet, à l'hôpital. Il était dans un coma vigile, comme s'il se rendait un peu compte de ce qui se passait. »

François vit avec sa fiancée depuis bientôt sept ans. « Au niveau du couple, tout va bien. On s'aime, malgré quelques moments un peu tendus où elle craint de ne pouvoir satisfaire toutes mes demandes sexuelles. Je reconnais néanmoins que j'ai parfois facilement tendance à m'énerver en interprétant certaines de ses remarques ou questions comme des reproches. »

Sur le plan professionnel, François a pu se dire également heureux pendant plusieurs années. Cependant, il trouve que l'atmosphère change depuis quelques mois. « Je me sens harcelé, comme s'ils cherchaient des prétextes pour me licencier, me dégommer. J'ai le sentiment de me trouver sur un siège éjectable. L'ambiance s'est un peu dégradée récemment. Ils m'accusent d'être parfois un peu rigide avec les clients, de manquer de souplesse et de diplomatie. En plus de la disparition de mon père, c'est aussi un problème qui me préoccupe. »

Pourquoi François, dix ans après, n'a-t-il toujours pas accompli le deuil de son père, tourné la page et retrouvé son équilibre ? Que se reproche-t-il ? Pourquoi se sent-il harcelé, agressé, persécuté, « sur un siège éjectable » ?

Au fond, ce qui l'empêche de profiter de la vie et de se sentir heureux dans le moment présent prend sa source dans son passé : c'est la culpabilité et la DIP de son enfant intérieur. Comme toujours, c'est ce dernier, et non l'adulte, qui sème le trouble.

« Je suis un enfant unique. Ma mère a failli y rester lors de son accouchement. Je ne sais plus pour quelle raison, les médecins lui ont interdit de concevoir un second bébé. Une nouvelle grossesse comportait des risques vitaux pour les deux. Pour ce motif, elle m'a beaucoup couvé, je dirais même vampirisé ! Elle avait toujours peur qu'il m'arrive ceci ou cela, que je me fasse mal, que j'attrape froid, etc. À la longue, elle a réussi à me communiquer ses angoisses. Vers 4, 5 ans, j'avais peur aussi de mourir, surtout la nuit : je résistais au sommeil, de toutes mes forces, par crainte de ne plus me réveiller. Je me disais que si je mourais, mes parents seraient malheureux toute leur vie. »

L'angoisse de mort ne renvoie jamais à une appréhension concernant sa réalité objective, qui reste de l'ordre de l'inconnaissable absolu. Elle reflète plutôt la présence de la culpabilité et de la DIP relatives au blocage, au dessèchement du flot de l'énergie vitale, une source d'eau vive qui se tarit. L'arbre de vie devenu infertile ne portera plus ni fleurs ni fruits. Tout se passe comme si François cherchait à travers sa souffrance à expier et à exprimer le fantasme de sa mauvaiseté imaginaire.

« J'ai failli tuer ma mère en sortant d'elle. Elle n'aura plus, par ma faute, d'autres bébés. Je n'aurai pas de frère ni de sœur. Quelque chose s'arrête. La terre est brûlée. Mes parents ont désormais besoin de moi pour se sentir vivants et utiles, en donnant un sens à leur vie. » Le trio se voit fondé, dans ces conditions, non pas sur le désir gratuit et libérateur d'être ensemble et d'échanger, mais sur le besoin impérieux de fusionner, de se coller, de s'attacher les uns aux autres, pour se prémunir contre la désintégration et la perte.

Mais qu'est-ce qui prouve qu'il ne s'agit pas là de divagations fantaisistes et que François est bel et bien sous l'emprise d'une vieille et forte culpabilité, l'empêchant d'être lui et de trouver le bonheur ? Écoutons la suite : « Quand le grand-père de ma fiancée a eu son cancer de la prostate, j'ai dit : "J'amène la poisse dans ta famille", comme si tout ce qui arrivait de mal, pas de bien, mais de *mal, était automatiquement de ma faute. Lorsque mon père se trouvait dans le coma, trois mois après, les médecins nous ont fait comprendre, à moi et à ma mère, face à l'encéphalogramme plat, qu'il n'y avait plus rien à tenter mais qu'on pouvait néanmoins abréger cette situation par une piqûre. On s'est regardés avec ma mère dans les yeux. On a réfléchi un peu et on a dit "oui". Il n'y avait plus d'espoir. On nous a fait comprendre aussi qu'il ne fallait pas que ça se sache, qu'il ne fallait surtout pas parler d'"euthanasie". Comme si on était complices, moi et ma mère, avec eux, d'un crime. On s'est sentis très moches après. Depuis, nos relations n'ont cessé de se dégrader. Chacun avait peur de se voir traiter par l'autre de criminel. J'avais l'impression d'avoir tué mon père. »*

Voilà, François est donc malheureux depuis dix ans, non pas vraiment parce qu'il a perdu son père (quoi de plus juste et naturel), mais parce qu'il a « donné le feu vert pour le tuer ». Il souffre aussi car il se croit coupable d'avoir été impuissant à le sauver, comme naguère il a failli, en venant au monde, abréger les jours de sa mère. Dans ce contexte, le travail de François s'est transformé, sur le plan fantasmatique, en un purgatoire, lieu et instrument de torture, comme pour le punir de ses fautes imaginaires. Il s'y sent en effet harcelé, convaincu qu'on cherche un prétexte pour le licencier, le « gommer », comme pour le châtier.

Mais pourquoi François est-il intimement convaincu que « tout ce qui arrive de mal, pas de bien, mais de mal », est automatiquement de sa faute ? Parce que certaines parties de son psychisme se trouvant, en raison de la DIP, inanimées, dévitalisées, mortes, elles risquent de contaminer le psychisme de ses proches. Il ne reconnaît donc rien de bon, de vivant ni de vivifiant en lui, gardant une image négative, mortifère de sa personne.

La prise de conscience de son histoire a permis à François de se sentir «plus léger, plus à l'aise, plus en sécurité surtout, pour enfin retrouver la sérénité et la tranquillité». «Avant je me sentais souvent en danger, persécuté. Je réagissais de façon quelquefois disproportionnée aux remarques. J'étais rapidement déstabilisé. Là, j'ai envie de profiter des moments de la vie qui s'offrent à moi avec simplicité. Je crois avoir enterré mon père!»

DEUXIÈME PARTIE

LES CINQ VŒUX DE BONHEUR

Chapitre premier

Bonne santé !

Pour l'écrasante majorité des gens, la santé est incontestablement l'ingrédient majeur intervenant dans la composition alchimistique du bonheur. Il s'agit certes d'une idée juste, relevant du bon sens, mais incomplète, voire un peu simpliste, dans la mesure où la bonne santé ne peut contribuer au bonheur que si l'on est soi, assuré d'être vivant et entier, établi dans sa place, son désir et sa fonction, bref, son identité. Si ce n'est pas le cas, elle n'aura aucun impact sur la joie de vivre ou la paix de l'âme. Beaucoup d'êtres tourmentés – nous en connaissons tous autour de nous – ne souffrent par ailleurs d'aucun ennui de santé. On n'aspire à celle-ci que lorsqu'on s'en voit privé, comme en ce qui concerne la jeunesse, la paix, l'abondance, la sécurité.

Toutes les recherches démontrent ainsi que le schizophrène, en proie à d'horribles cauchemars éveillés et à d'insupportables angoisses de morcellement, se porte bien mieux physiquement qu'un individu moyen, ordinaire, sujet en revanche à toutes sortes d'affections, d'atteintes corporelles. À l'inverse, lorsque l'état psychologique du schizophrène commence à s'améliorer, il devient physiquement vulnérable, comme dans un jeu de balançoire !

La santé est tributaire d'un certain nombre de facteurs objectifs, indépendants de la volonté individuelle : l'hérédité, le patrimoine génétique, les aléas de la vie tels que les épidémies. Elle dépend, en outre, de l'état de l'écosystème, du milieu naturel où l'on évolue, du niveau de la pollution de l'air, du sol, de l'eau, de l'environnement dans son ensemble, ainsi que des produits que l'on consomme, pollués ou naturels. Elle est enfin liée aux conditions de vie socio-économiques, requérant notamment aisance matérielle, logement correct, hygiène convenable, alimentation équilibrée, prise en charge médicale appropriée.

Cependant, hormis ces éléments extérieurs, chacun dispose également d'un « capital santé » psychosomatique qu'il gère en l'épanouissant ou, à l'inverse, en le dilapidant. La manière dont une personne traite son corps dépend de l'amour qu'elle s'accorde, en fonction de l'état profond de son enfant intérieur, carencé ou rassasié. L'adulte se juge et se jauge, se trouve beau ou moche, non pas avec ses yeux d'adulte, mais avec ceux, tristes ou joyeux, de son enfant intérieur. Un regard n'est jamais une perception neutre, il est toujours imprégné du désir, de la haine ou de l'amour. L'amour rend beau et la haine hideux. Le premier vivifie alors que la seconde démolit.

En présence de la DIP et de la culpabilité inconsciente, l'adulte risque de mal gérer son « capital santé », de malmener son corps en l'abordant de façon rude, agressive ou négligente. Il aura tendance à se comporter vis-à-vis de lui-même en s'identifiant à son agresseur, comme jadis il a été traité. Ainsi, il peut devenir sa « bonne mère » s'il a été aimé, désiré, porté, touché, caressé, enveloppé, écouté, ou, à l'inverse, sa « mauvaise mère » s'il s'est vu privé de l'amour et de la chaleur. Parfois, la mère a bien été physiquement présente, mais psychologiquement absente, rejetante, indisponible, parce qu'elle-même malade, déprimée, en deuil, bref, absorbée, rongée par des soucis qui l'empêchaient d'être vraiment là pour accomplir sa fonction. En raison de cette insuffisance d'approvisionnement narcissique, certaines parties de l'âme enfantine se trouvent dévitalisées, comme les branches mortes d'un arbre mal arrosé. C'est alors que la DIP débute sa germination : l'inquiétude de ne pas être entièrement vivant dans un corps substantiel.

L'enfant intérieur, se croyant coupable de cette privation narcissique subie, s'érige en son propre persécuteur. Devenu adulte, il éprouvera des difficultés à se materner, c'est-à-dire à s'écouter, à être gentil avec lui-même, à s'occuper de son corps, à l'aimer, à le choyer, à dépenser de l'argent pour lui. Il le traitera au mieux comme s'il s'agissait d'une machine à entretenir « juste comme il faut » pour qu'elle continue à fonctionner. Un sujet ayant manqué de mère, lui, n'hésitera pas à materner le monde entier. Au fond, c'est lui-même qu'il soignera égoïstement par autrui interposé, afin de s'assurer d'être bon et en vie.

Ainsi, beaucoup de maladies physiques ou psychosomatiques représentent des châtiments, des autopunitions expiatoires que l'on s'inflige inconsciemment dans le but de se purifier et d'obtenir le pardon pour le mal subi, en toute innocence, dans l'impossibilité de riposter. On se rend bien plus malade qu'on ne le devient, par manque d'être soi, par faute d'amour et de respect pour son corps. La maladie comporte invariablement un appel à la mère, une demande silencieuse et passive de recevoir de la tendresse pour se sentir vivant en étant regardé, touché, nourri, porté, le centre d'inquiétudes et d'attentions. Le terme « affection » a bien cette double acception, amour et maladie.

La maladie constitue au fond un phénomène très sain. Elle représente d'abord une solution, une issue (bien que ces mots puissent paraître insolites) pour résoudre une insoutenable tension psychique due à l'entassement, durant des années, des émotions réduites au silence, des colères non exprimées, des non-dits, des craintes tues, accumulées par l'enfant intérieur. Tout cela finit par se déverser sur le corps sous diverses formes : hypertension, migraines, asthme, dermatoses, douleurs au ventre ou au dos, troubles endocriniens variés, voire certains cancers.

Contrairement à l'opinion répandue, la maladie ne s'infiltre pas dans l'organisme comme une voleuse ou une persécutrice. Elle est constamment présente de manière potentielle. Elle ne surgit pas n'importe quand, par hasard, de façon inopinée, arbitraire et illogique. Elle apparaît pour résoudre une situation émotionnelle stressante et traumatique subie récemment mais titillant la culpabilité et la DIP qui, elles, existent depuis la petite enfance. Elle fait remonter à la surface une partie de soi anémique, mourante, délibidinalisée depuis longtemps du fait d'une circulation défectueuse de l'énergie vitale.

En effet, sur le plan strictement biologique, tout organisme vivant est attaqué quotidiennement par de multiples agents pathogènes ou des « cancers » débutants, en germe. Cependant, grâce au système d'autodéfense immunitaire, le sujet est capable de les contre-attaquer pour empêcher la maladie de se développer. L'efficacité de ce système dépend de l'importance de la DIP et de la culpabilité inconsciente expiatoire, à l'origine de la vitalité ou de la chétivité du sujet, de son en-vie de vivre ou de dépérir. Selon nombre de spécialistes des cancers, ceux-ci se déclarent très souvent à la suite d'un traumatisme affectif, en général la perte d'une personne très chère ou une situation sentimentalement importante. Tout se passe comme si le sujet, se croyant fautif de la perte qu'il vient de subir, se punissait par la maladie de n'avoir pas été capable de l'empêcher. En outre, quand le sujet n'existe pas par et pour lui-même, la rupture avec l'être aimé ébranle sa certitude d'être vivant et entier en lui enlevant le sens et l'intérêt de survivre et d'espérer.

Pour ces motifs, les patients souffrent, en plus de la maladie, de la culpabilité de déranger leur entourage, de leur créer des soucis. Certains laissent entendre que seule la mort serait susceptible de les délivrer de leur souffrance tout en déchargeant leur entourage du poids qu'ils sont convaincus de représenter. La maladie est donc ici comme une « dépression corporelle », extrêmement imprégnée de la culpabilité – le versant physique de la DIP en somme. Il existe une grande inégalité psychologique entre les personnes face à la maladie, selon qu'elles éprouvent ou non de l'amour pour elles-mêmes et qu'elles abritent une « bonne mère » protectrice ou une « mauvaise mère » persécutrice.

La maladie traduit également le fait que le sujet, n'étant pas lui-même, prend sur lui d'absorber, d'éponger, en enfant thérapeute, le malaise de son entourage pour l'en délivrer. La DIP contient toujours deux aspects entremêlés, l'un proprement personnel et l'autre transgénérationnel, hérité des parents et ancêtres. Ainsi, l'adulte, en « tombant malade », cherche, par le sacrifice de lui-même, à sauver les autres, à les protéger des énergies négatives, à les rendre heureux.

En effet, notre intelligence logique et notre conscience sont fondées sur le principe de la séparation, de la différence, de l'hétérogénéité des corps, des désirs, des identités, des destins, des propriétés, des responsabilités, etc. Tout sujet est censé savoir qui il est, le corps qu'il habite, son sexe et son âge. Il est, de même, conscient de ses émotions, désirs et angoisses, qu'il ne confond pas avec ceux d'un autre. Il est enfin capable de se protéger des dangers et de défendre ses intérêts propres en reconnaissant ses droits, mais aussi ses limites et ses devoirs. La différenciation constitue de la sorte la caractéristique essentielle de la conscience, de l'être-soi.

L'inconscient, lui, ne fonctionne pas selon le même principe, mais sur le modèle de la mentalité primitive, intacte, éternellement vivante en chaque homme civilisé, malgré des siècles de prodigieux progrès de la culture, des sciences, des techniques et de la pensée rationnelle. Il ne distingue pas le dehors du dedans, la chose de la personne, le mot de l'objet, le fantasme de la réalité, la parole des actes, ton territoire du mien, ta souffrance, ta faute ou ton désir des miens. Il est le terreau des confusions, du chaos, des substitutions et des mélanges. Pour lui, le sujet n'existe pas en tant que tel, par et pour lui, à l'intérieur d'un corps, d'un sexe, d'un âge, d'une parole, au sein de limites propres et de frontières claires. Il est confondu, dissolu dans le collectif, et surtout dans l'héritage transgénérationnel.

Étant donné la communication infraverbale entre les inconscients des membres d'une même famille, ce qui touche l'un affecte automatiquement l'autre, qui se trouve concerné. Sa culpabilité se voit alors titillée, surtout s'il n'a rien commis de répréhensible, comme si c'était à lui de réparer, de guérir. Point de démarcations étanches et imperméables ici entre l'enfant et sa famille. Chacun, pris pour l'autre et saignant pour des blessures qui ne sont pas les siennes, se croit fautif des souffrances de ses proches. Il cherche à porter leur croix pour les en délivrer, en se donnant un rôle et une place de thérapeute.

Précisément, grâce à l'individuation, en devenant soi conscient, séparé, adulte, psychiquement différencié et autonome, le sujet accède au bonheur dans la mesure où il peut désormais disposer de son énergie vitale pour libidinaliser les diverses plantes du jardin de son intériorité.

Mais comment est-il possible de repérer à l'œil nu cette volonté masochiste et expiatoire de l'adulte lui défendant de goûter au bonheur en lui faisant dilapider son « capital santé » et son énergie vitale ? L'excès ! C'est le meilleur indice révélant l'importance et l'intensité de la DIP. Une personnalité saine, un sujet heureux, c'est-à-dire lui-même, dans sa place et fonction propres, dispose d'un thermostat régulateur interne, d'un tampon, d'un amortisseur qui le protègent avec souplesse des écarts de forte amplitude entre les extrêmes.

L'excès se traduit en général de deux manières : par le débordement centrifuge du « trop-plein » chez certains, ou par le rétrécissement centripète dépressif du « trop peu » chez d'autres.

Les premiers, pris dans l'excitation et la surenchère, se maltraitent en mangeant, buvant et fumant trop, en utilisant des drogues, licites ou illicites, avec ou sans toxique, en consommant des aliments trop riches et pollués. Ils malmènent également leur corps, dans un contexte d'agitation psychomotrice, en travaillant trop, en pratiquant des activités sportives ressemblant davantage au défi et à la torture, destinées inconsciemment à les faire souffrir : courir des heures, pédaler plus de 100 kilomètres en vélo, etc.

Naturellement, il n'est nullement interdit de rechercher parfois certaines excitations en s'adonnant à des excès ou à des aventures, sinon la vie risquerait de paraître fade et monotone. Cependant, le sujet n'étant pas lui-même érige la démesure en mode de vie, en habitus. Il vit constamment, de façon rigide, selon le même schéma d'hyperactivité, qu'il fasse beau ou mauvais, qu'il se sente en forme ou épuisé, comme si c'était « plus fort que lui » et qu'étant devenu « accro » il avait perdu la souplesse et sa liberté. Il s'interdit, en effet, de « ne rien faire », de paresser parfois, de « traîner » en prenant plaisir aux petites choses simples de la vie en compagnie des siens. La pause, l'arrêt semblent produire en lui d'intenses angoisses de perte de temps, d'ennui et d'inutilité. Pour certains, « n'avoir rien à faire » fait craindre de ne plus se sentir vivant, et « ne pas bouger » évoque l'immobilité du mort. L'agitation permanente les aide ainsi à se tenir provisoirement le plus loin possible de la DIP. Cela peut pousser d'aucuns à afficher une façade d'invulnérabilité corporelle, un certain air suffisant et prétentieux de supériorité par rapport aux autres dans un contexte de rivalité. Tous les domaines de la vie quotidienne se transforment ainsi en tournois, en concours, faisant de ces personnes des « bouffeuses d'énergie » en raison de leur besoin infantile de dominer et de réclamer sans cesse des compliments et de la reconnaissance pour se sentir vivantes et utiles. Curieusement, cette agitation anxieuse, excitée, intense, destinée à lutter contre la DIP, la mort dans l'âme qu'elle représente, grignote leur capital santé, les épuise, au lieu de prolonger leurs jours.

La seconde catégorie, dominée également par l'enfant intérieur coupable, sombre, elle, dans l'excès de frilosité et de repli dépressif. Ces sujets s'occupent exagérément de leur santé, vivant dans la hantise de la maladie, de la vieillesse et de la mort, se plaignant du moindre « bobo ». Dramatisant les plus petits dysfonctionnements, ils multiplient les consultations médicales et les examens de laboratoire. Tout désagrément se transforme à leurs yeux en prémices d'une maladie grave aboutissant à la mort, comme l'épée de Damoclès suspendue au-dessus de leur tête. Pour ce motif, ils usent, abusent et mésusent des médicaments, qu'ils prennent l'habitude de désigner par référence à leur coloris, « les roses », « les blancs » ou « les verts », comme les bonbons qu'ils suçotaient enfants !

Ils font également très attention, de façon obsessionnelle, à ce qu'ils boivent et mangent. Terrorisés par une certaine propagande médico-commerciale qui exploite leurs appréhensions, ils prennent naïvement toutes les incitations à consommer, déguisées en « conseils diététiques », pour des vérités incontestables. Ils deviennent ainsi les plus grands adeptes de produits « light » ou « 0 % », mais surtout des « médicaliments », produits hybrides, au fond ni médicaments ni aliments, censés par exemple abaisser leur taux de cholestérol, monstre Minotaure des temps modernes.

Le phénomène de « jeunisme » se rencontre aussi préférentiellement parmi les sujets de ce groupe, hantés par la crainte de vieillir. Ils dépensent quotidiennement des quantités précieuses de libido et d'argent pour gommer les traces du temps à l'aide de la pharmacopée médicale et de la chirurgie esthétique. Celles-ci se révèlent aussi onéreuses qu'inutiles, voire dangereuses à longue échéance, après un bref moment de « rajeunissement ».

Ici, la médecine n'est pas elle-même, vraie, dans sa fonction et place, au service de la souffrance, mais aliénée, dans un rôle de « faiseur de bonheur » qui n'est point le sien. Elle devient, de la sorte, complice de l'industrie chimique et de ses énormes enjeux financiers.

Et puis se pose une question essentielle : comment nos adolescents pourraient-ils avoir envie de mûrir dans ces conditions, de devenir adultes, grands, autonomes, puisque leurs aînés ne rêvent, eux, que de redevenir ou de rester éternellement adolescents ?

De même, il paraît bien difficile aux « adultes » d'exiger de leurs « ados » de « ne pas toucher à la drogue » quand eux-mêmes, menant une existence addictive, se droguent en permanence avec le tabac, l'alcool, la nourriture, l'abus de médicaments, la surconsommation de produits et d'objets, l'ordinateur, les jeux, le portable, les soldes, le sexe ou encore les vacances.

Au fond, le sujet devenu lui-même, suffisamment dégagé de la DIP, assuré donc d'être vivant et entier, ne ressent plus le besoin de s'identifier à son corps, c'est-à-dire à sa beauté ou à sa disgrâce, à sa jeunesse ou à sa vieillesse, à sa minceur ou à sa grosseur, à sa santé ou à sa maladie. Sa vie humaine entière ne se concentre pas dans les sensations agréables ou désagréables, ne se réduit pas à elles, n'en dépend pas exclusivement, bien qu'elles conservent leur importance. Le soi transcende toutes ces impermanences. Le corps ne peut être la seule source, l'unique espace de plaisir/déplaisir, d'agréable/désagréable, de joie/tristesse, confondus hâtivement avec le bonheur/malheur.

Cette phobie excessive de la vieillesse et de la perte de la vie reflète en vérité la DIP ainsi que les vieilles angoisses de mort enfantines. Elle entraîne ainsi une surconsommation médicale, souvent anarchique, contribuant paradoxalement à rendre le sujet vraiment et gravement malade cette fois, en raison de la multiplication chaotique des effets secondaires et des interactions médicamenteuses. L'inflation cancéreuse des dépenses de santé à l'heure actuelle, en dehors précisément de toute pandémie, met bien en évidence ce cercle vicieux. Il est certain par ailleurs que ce recours addictif aux « soins médicaux », dans l'intention inconsciente d'apaiser l'anxiété et la DIP, comporte l'inconvénient majeur de fragiliser le système de défense immunitaire de l'organisme, tout en fortifiant les agents pathogènes provisoirement « combattus ». Les chercheurs ont réussi à identifier récemment, dans certains hôpitaux, des foyers d'entérocoques extrêmement résistants aux antibiotiques, en raison justement d'une consommation irréfléchie de ces derniers, utilisés par les humains dans les années 1980 ou indirectement absorbés car présents dans les élevages porcins.

D'un autre côté, sur le plan psychologique, la surconsommation médicale, en transformant la vie en une maladie, maintient le sujet dans un état chronique de morbidité, dans une place et un statut de malade, en entretenant ses inquiétudes et ses angoisses de mort qu'il s'évertue, par ailleurs, à neutraliser !

Ainsi, ces nosophobes, ces hypocondriaques, ces malades de l'imaginaire, se soignent tout le temps sans être ni vraiment en bonne santé ni vraiment malades. Ce statut ambigu résulte de la DIP contre laquelle ils cherchent vainement à se protéger. Il représente aussi un appel régressif adressé à la mère pour apaiser la carence narcissique subie et la culpabilité qui en dérive. Il est vrai que certaines mères ne s'intéressent à leur bébé, ne le caressent, ne le prennent dans leurs bras que s'il pleure, se plaint ou est malade. Dans ces conditions, l'enfant intérieur que l'adulte abrite utilise ce mode de communication comme stratégie pour obtenir l'amour maternel, pour qu'enfin on s'intéresse à lui en satisfaisant son besoin narcissique d'exister.

Ceux qui tombent dans l'exaltation et ceux qui sombrent dans l'hypocondrie forment deux catégories qui, au fond, se ressemblent, du fait de la présence de la DIP. Chacune s'interdit, à sa manière, de se préserver et de jouir de son « capital santé » comme ingrédient principal du bonheur, la première en « s'éclatant » dans l'excès d'excitations, la seconde en se repliant dans l'abattement dépressif.

Lorsque la libido se trouve soit mesquinement économisée, soit, au contraire, tapageusement dilapidée, elle n'est pas productrice de bonheur. L'élan vital doit en permanence circuler, de façon libre et fluide, sans jamais se disperser, se bloquer, se figer ou se thésauriser. Voilà pour quoi il est, encore une fois, tout à fait illusoire de penser à se maintenir en forme et en bonne santé simplement pour accéder au bonheur, par recours à des conseils, à des recettes techniques ou diététiques, la pratique des sports ou l'observation de tel ou tel principe d'hygiène et d'alimentation. Le but caché d'une telle idéologie, d'une telle « religion du corps », axée sur l'extériorité, est d'aider l'individu à devenir non pas lui-même, heureux, mais un bon consommateur, « accro ».

La maladie physique représente l'expression concrète, corporéisée, de la non-fluidité de l'élan vital, de l'envie et du désir, de sa crispation, de son blocage. Elle se déclare parce que le sujet n'étant pas lui-même, dans sa fonction et place, n'est pas assuré d'être vivant et entier et qu'il n'habite pas son corps, la maison/soi, dans ses divers étages et pièces.

Une telle vision s'apparente à celle sur laquelle repose l'acupuncture, traitement médical d'origine chinoise consistant à piquer des aiguilles à certains points du corps, selon des « lignes de force » vitales. Cette pratique a pour but de dégager symboliquement l'élan vital (*qi*) afin de lui permettre de circuler librement, sans entrave, le long de sentiers spécifiques appelés méridiens. Ainsi, d'après la médecine chinoise, la maladie surgit en raison d'un excès ou d'une insuffisance d'investissement de l'énergie dans les méridiens, en lien direct avec tout le système physiologique. Le bonheur, c'est-à-dire la santé physique et mentale, est donc tributaire de la libre circulation libidinale.

La maladie, sans évidemment nier l'impact des agents pathogènes ni l'usure physiologique naturelle, comporte, sur le plan psychologique, deux autres aspects, l'un sombre et l'autre lumineux.

Elle signale, d'un côté, que le sujet est épuisé, délibidinalisé, en détresse, et que, de l'autre, il a besoin de se reposer, de se soigner, de s'aimer. Elle lui signifie d'une part qu'il n'est pas lui-même, qu'il se sacrifie trop aux autres en dilapidant son « capital santé », et, d'autre part, qu'il devrait revenir dans sa maison/soi, réhabiter son corps et son intériorité, jusque-là désertés. Elle a pour fonction lumineuse de lui enjoindre de devenir enfin acteur de sa destinée. « Il n'est de maux, dit un proverbe espagnol, dont il ne sort un bien. »

La maladie contient donc un message, une leçon pour guérir l'âme. Elle encourage à prendre conscience de sa DIP et de sa culpabilité de victime innocente afin de cesser d'expier, de se sacrifier, de se maltraiter de façon masochiste, pour ne plus gober le malaise transgénérationnel, en devenant enfin sa « bonne mère » à soi, aimante et attentionnée.

Elle nous aide, si on la met à profit, à réfléchir sur nous, à la place aliénée qu'on a occupée, au rôle qu'on a joué, à la dureté avec laquelle on s'est traité.

Cependant, transformer le handicap de la maladie en tremplin, en l'utilisant comme un moyen de progresser pour devenir soi, n'est possible que si l'on apprend à considérer la positivité de la souffrance. Celle-ci ne devrait pas être injustement diabolisée, comme c'est le cas aujourd'hui en Occident, où l'on s'attaque à elle, de façon massive, à l'aide d'un arsenal (terme militaro-guerrier) thérapeutique. Il ne s'agit nullement de se laisser meurtrir, enfermé dans une logique de tout ou rien, en subissant passivement la souffrance, en refusant idiotement les prodigieux progrès de la médecine en matière de bien-être et de soulagement de la douleur.

Il serait néanmoins dommage de passer à côté de ses vertus et bienfaisances. Une certaine dose de souffrance nous rappelle que nous avons un corps, à certains égards fragile et nécessitant qu'on en prenne soin comme d'une fleur, sans jamais le traiter, telle une mécanique sans âme, par la brutalité ou la négligence. La souffrance de la maladie aide à fixer des limites à la toute-puissance et à la toute-jouissance, à prendre de la distance vis-à-vis de l'idéal d'une santé parfaite, d'un bonheur harmonieux, affranchis de la maladie, de la vieillesse et de la mort, inféodés à la dictature de la forme pour les besoins de la consommation.

On souffre d'ailleurs d'autant plus de quelque chose que l'on considère comme injuste et anormal et que l'on refuse de regarder en face, de prendre en charge.

Devenir soi permet en revanche de disposer au maximum de son énergie vitale en refusant de la dilapider inutilement dans les combats perdus d'avance contre sa vérité profonde. Contrairement à ce qu'affirment certains mythes, le bonheur ne s'obtient pas par l'éradication de la souffrance, de la vieillesse et de l'idée de la mort. L'homme moderne, obsédé par sa volonté de maîtrise, croit illusoirement pouvoir vivre dans la félicité et la paix en livrant la guerre à tout ce qui lui déplaît, tout ce qui le dérange, c'est-à-dire les valeurs qu'il qualifie arbitrairement de « négatives ».

Cependant, au lieu de le pacifier avec son intériorité, cette lutte l'épuise en l'empêchant de prendre conscience de ses limites et de sa petitesse, de son statut d'être humain, vulnérable et imparfait. À l'inverse, reconnaître la maladie, la vieillesse, la souffrance et la mort en acceptant simplement qu'elles existent, en les regardant comme des visages naturels de la vie, rassérène et pacifie les relations du sujet avec elles. La majorité des souffrances, notamment la dépression, la désespérance, souvent sans fondements objectifs, proviennent du déni, du refus de ces évidences, de ces vérités élémentaires, et de la lutte engagée contre elles. Disons aussi qu'une grande partie du mal-être actuel, de la difficulté à gérer son corps de manière heureuse, résulte de la disparition du tiers symbolique. Cet ensemble de règles, de mythes, de codes, de repères, de rites et de rituels servait à protéger le corps en donnant un sens et une valeur à ses diverses manifestations, certes naturelles mais nécessitant un étayage culturel : l'alimentation, la sexualité, l'enfantement, la mort, etc.

Le retrait du tiers symbolique a fait glisser le corps dans le domaine de la chose, de la chair, de l'objet, dans la sphère de la propriété privée, intime, individuelle. Le sujet croit, pour ce motif, que son corps lui appartient, et qu'il a donc le droit d'en disposer à sa guise, en le traitant librement, selon ses envies.

Aujourd'hui, hormis l'euthanasie, susceptible d'ailleurs d'être bientôt légalisée, il n'existe pratiquement plus d'interdit, de loi, de devoir transcendant la volonté individuelle et fixant un cadre à la façon de traiter son corps : suicide, avortement, pratiques sexuelles marginales, procréation médicalement assistée, don d'organe, piercing, tatouages, etc. Le sujet se trouve seul, privé du soutien sécurisant du tiers symbolique, destiné, à travers la « sacralisation » du corps, à limiter la toute-puissance de la pulsion. On pourrait se demander si, au-delà des apparences, il n'est pas finalement dépossédé de son corps, qui tombe dans la transparence, devient objet, chose, machine à consommer. À force de vivre au milieu d'un arsenal impressionnant de machines, d'appareils, d'engins, de robots et de gadgets électriques et électroniques, l'homme s'est-il transformé en machine lui-même, par un étrange phénomène de mimétisme ? Il se voit contraint, en tout cas, sous l'emprise insidieuse de la pulsion, de la publicité et de la propagande médicale, de célébrer quotidiennement le culte du corps comme seul et unique espace de plaisir et de vie. Ainsi, se croyant affranchi de toute contrainte en faisant « ce qu'il veut » de son corps, il agit exactement comme la société marchande l'a programmé pour le faire. La liberté ne produit du bonheur que si le sujet est lui-même, psychologiquement différencié et autonome grâce au respect du manque et des limites que lui propose le tiers symbolique.

Lorsqu'on est soi, on ne se voit plus poussé à dilapider son « capital santé » dans les deux excès de la surenchère et de la dépression. On refuse de se sacrifier de façon masochiste aux autres, en gobant leur malaise et leur maladie, telle une éponge ou une sangsue, sous l'emprise de l'enfant intérieur coupable et donc thérapeute.

Enfin, en se réappropriant son énergie psychique, on ne la gaspille plus dans la lutte contre la DIP. Plus celle-ci est combattue et plus elle se montre nuisible en affaiblissant le Moi. À l'inverse, si elle est écoutée et travaillée, elle devient source de confiance en soi et de sérénité. Ainsi, la libido se remet, ou se met pour la première fois, à circuler librement et de façon paisible à travers les divers étages et pièces de la maison/soi, de l'identité plurielle.

Devenir soi permet enfin de se désintoxiquer, de lâcher prise, de cesser de polluer son corps et son âme par les drogues, licites ou illicites, avec ou sans toxique. Il convient de se méfier spécialement de deux d'entre elles, les plus nocives sur le plan symbolique : la surconsommation et la pharmacopée médicale. En effet, tournant le dos au tiers symbolique, elles deviennent complices de la pulsion en poussant le sujet à nier ses limites pour s'empresser de satisfaire impulsivement tous ses caprices, avec le corps comme centre et référence uniques. Il s'agit de toute évidence d'une attitude toxicomaniaque, addictive, dans la mesure où tout objet, produit ou personne qui, sorti de sa place et de sa fonction légitimes, promet le bonheur total, le ciel azuré sans nuages, se transforme en drogue. Une « mauvaise herbe » n'est jamais « mauvaise » par essence, en soi, elle l'est simplement parce qu'elle ne se trouve pas à la place qui lui revient. Elle pourra même être très « bonne » dans le pré, servant de nourriture aux bovins, mais « mauvaise » dans le jardinet, un endroit qui n'est pas le sien !

ANGÈLE

Angèle a 53 ans. Elle est la troisième d'une famille de quatre enfants. Elle dit ne pas avoir gardé de trop bons souvenirs de son enfance, en raison essentiellement de la mésentente de ses parents, motivée par l'agressivité de son père.

« Il y a toujours eu de l'agressivité dans notre famille. Petite, je me sentais en insécurité. Mon père se montrait souvent critique et désagréable envers ma mère, lui reprochant de préférer ses enfants, de ne s'occuper que d'eux, de ne pas faire attention à lui. Cela me minait de l'intérieur. Par contre, j'étais plutôt contente en classe. Je m'amusais bien avec mes petits camarades, à l'inverse de beaucoup d'entre eux, qui rechignaient à aller à l'école. Pour moi ça compensait ce qui se passait à la maison. Je traînais avant de rentrer, surtout le vendredi soir et la veille des vacances. J'ai cru comprendre peu à peu, à travers les hurlements de mes parents, que si mon père était agressif, c'était parce que ma mère refusait de faire l'amour avec lui. Ma mère lui rétorquait que si elle ne ressentait pas de désir envers lui, c'était parce qu'il manquait de tendresse à l'égard de sa famille. Dans ce contexte, mes parents, trop occupés à régler leurs comptes entre eux, ne s'occupaient pas vraiment de nous. Il est vrai que nous n'avons matériellement souffert de rien, mais, du point de vue amour, c'était le vide. Moi, je ne savais jamais qui avait tort et qui avait raison, de quel côté je devais me mettre, qui était le gentil et qui était le méchant. »

Angèle a perdu son père, par ailleurs diabétique et insulino-dépendant depuis longtemps, à l'âge de 17 ans.

Cette enfance malheureuse ne l'a nullement empêchée d'épouser plus tard un homme violent comme son père, ainsi que cela se produit chez la grande majorité des femmes ayant souffert de maltraitances. L'enfant intérieur les pousse, d'une part, à expier leur culpabilité d'avoir été victime et, d'autre part, à réparer les méfaits dont elles s'imaginent fautives (mésentente des parents, privation d'amour, etc.).

Autre répétition saisissante : à l'image de sa mère, Angèle désinvestissait son conjoint sur le plan sexuel, progressivement, d'une grossesse à l'autre, et définitivement après la quatrième, qui fut la dernière. Elle se demandait là aussi, par référence au couple de ses parents, si c'était « de sa faute » ou de celle de son mari, si c'était elle « la mauvaise femme qui se refusait » ou si c'était son époux « méchant » qui ne méritait pas sa tendresse.

Angèle devint également boulimique, prenant plus de vingt kilos. La boulimie constitue un comportement addictif, exactement au même titre que l'alcoolisme, le tabagisme et toutes les autres toxicomanies. Elle est censée, dans une visée antidépressive et anxiolytique, remplir le vide d'amour et d'identité du sujet pour qu'il puisse lutter contre sa DIP et ses parties inanimées, dans l'espoir de se sentir vivant, plein et entier. Mais, paradoxalement, loin d'apaiser le moindre tourment, elle finit par se retourner contre lui en abîmant sa santé, certes, mais aussi en intensifiant ses sentiments de culpabilité et d'autodépréciation.

Tous ces châtiments corporels s'avérant manifestement insuffisants, Angèle développa un cancer du sein, découvert au cours d'une mammographie banale. Elle dut subir l'ablation du sein droit, remplacé par une prothèse mammaire.

Curieusement, la maladie physique, l'atteinte corporelle, s'accompagnant de la peur de mourir, ont eu sur elle un impact positif. « J'ai eu comme un électrochoc ! Au cours de ma chimiothérapie, lorsque j'avais perdu toute ma chevelure et que je devais la remplacer par une perruque, j'ai eu, d'un seul coup, un déclic. Je me suis dit : Angèle, ça suffit maintenant ! »

Elle a engagé une procédure de divorce et a décidé de dire définitivement adieu à la boulimie. « Maintenant j'ai envie de m'ouvrir les yeux et de comprendre pourquoi je me suis fait, toutes ces années, tant de mal ! »

PATRICIA

Patricia a 41 ans. Elle a déjà été opérée deux fois, d'une hernie cervicale puis d'une hernie discale. Cette seconde opération s'est très mal passée. Patricia s'est trouvée atteinte du « syndrome de la queue de cheval », qui se traduit par la paralysie brutale de la région analo-génitale et du bassin. Elle se déplace difficilement, de façon bancale, comme un canard. Elle ne ressent plus aucune sensation au niveau de son organe sexuel. Enfin, plus aucun signal ne l'avertit qu'elle doit aller à la selle. En l'absence de tout « besoin », elle se rend aux toilettes toutes les trois, quatre heures, consommant quantité de laxatifs pour stimuler le transit intestinal. Ainsi, une zone importante de son corps, extrêmement investie sur le plan affectif, se voit anesthésiée, morte.

Il n'est évidemment pas question ici de s'interroger sur les origines psychologiques de ces maux affectant la colonne vertébrale et la moelle épinière. Ce qui paraît certain, c'est que Patricia, durant des années, s'est malmenée physiquement. Elle a négligé sa santé, son bien-être physique, ne s'est pas écoutée.

« *Plus de quinze jours avant l'opération, j'éprouvais déjà des difficultés à uriner et à aller à la selle. Je ne ressentais, de même, plus aucune sensation sexuelle. J'étais gênée par des fourmillements au niveau du bassin et des cuisses. J'ai supporté tous ces malaises en me disant que ce n'était sûrement pas bien grave, que c'était dû aux médicaments que je prenais et que cela s'arrangerait tout seul. Cependant, rien n'est rentré dans l'ordre. Un matin, en me réveillant, je me suis trouvée paralysée. J'ai été transportée et opérée d'urgence par un chirurgien généraliste de garde, qui ne connaissait pas mon problème. Malheureusement, l'opération a raté. Je me dis que je me suis punie, mais je ne sais pas de quoi ! »*

Patricia est naturellement triste de ce qui lui arrive, mais, étrangement, « *encore beaucoup plus embêtée* » *pour son mari, qu'elle craint de ne plus rendre heureux sur le plan sexuel comme avant.* « *Je souffre encore plus de le voir souffrir.* » *Pourquoi cette réaction ?*

Manifestement, Patricia se châtie corporellement en raison de l'existence chez elle d'une forte culpabilité. Mais d'où vient-elle ?

« *Entre 3 et 7 ans, ma mère, je n'ai jamais pu en connaître la raison, a beaucoup fréquenté les hôpitaux. Je la voyais de temps en temps, mais elle n'a pas pu s'occuper de moi normalement. Je pleurais en m'accrochant à sa jupe à chaque fois qu'elle nous quittait pour se rendre à l'hôpital. C'est ma tante qui nous hébergeait, mon frère et moi. Elle n'était pas très tendre et chaleureuse avec nous. Elle faisait son devoir de nous garder. Mon père, représentant de commerce, ne nous rendait pas souvent visite. Durant cette période, mon oncle, c'est-à-dire le mari de ma tante, a souvent abusé de moi. Il me tripotait à travers ma culotte et je devais caresser son sexe. Je pleurais à chaque fois, mais ma tante ne comprenait pas. Quand je le lui ai dit, elle m'a giflée en me disant que je mentais.*

Des années plus tard, au moment de mon mariage, j'ai appris que mon oncle était devenu paralysé de tout le bas du dos et des jambes et qu'il ne se déplaçait qu'en fauteuil roulant. »

Il s'agit d'une série de coïncidences extraordinaires. Patricia a subi des attouchements sexuels entre 3 et 7 ans, et son agresseur se punit (quoique le pervers n'éprouve pas de culpabilité) en s'amputant de la partie de son corps impliquée dans la perversité. Quant à la victime, elle devient à son tour, des années plus tard, handicapée, sexuellement anesthésiée, inanimée dans la même région !

Patricia a été très marquée dans son corps par ces agressions s'étalant sur quatre années, d'autant plus qu'elle était séparée de sa mère, privée de sa protection et, en même temps, inquiète pour elle, tout en se croyant coupable de ce qui lui arrivait. C'est le motif pour lequel elle n'a eu de cesse de se maltraiter.

« J'ai toujours été très dynamique, sportive. Avec mon mari on adorait pratiquer le VTT, la moto, le basket et le jogging. Nous avons restauré ensemble toute une ferme pour notre résidence secondaire. La piscine a été entièrement construite par nos soins. Je n'ai jamais eu l'habitude de me plaindre, ni de paresser, ni de m'écouter. Je soulevais des sacs de ciment, tirais des brouettes de sable, comme un mec. Ah oui, je n'ai jamais accepté mon corps de petite fille et de femme. Je voulais toujours être un garçon. Après les attouchements, je n'ai plus jamais voulu jouer avec mes petites poupées. Je les ai toutes mises à la poubelle. Je m'habillais en pantalon, camouflée sous un gros pull, jamais en jupe ni en robe. Et puis, encore aujourd'hui, j'insiste pour ne me baigner dans notre piscine que lorsque je me trouve toute seule. Je déteste qu'on me regarde en maillot de bain. J'ai eu mes règles à 15 ans, beaucoup plus tard que mes copines, pour ne pas

être une femme comme les autres, pour me protéger des hommes. »

Ainsi, Patricia, ou plus exactement la petite fille en elle, coupable d'avoir souffert en raison de la séparation avec sa mère, mais surtout des abus sexuels, a cherché à se punir, à se châtier à travers son hyperactivité et sa négligence à se soigner. Elle n'a donc pu devenir sa tendre et gentille maman pour se traiter avec amour. Curieusement, c'est son handicap (qu'elle espère au moins en partie remédiable) qui va l'aider à devenir elle-même, dans la paix, en habitant son corps, pour se sentir vivante et entière, naturellement, sans rien « faire » de particulier, sans lutter, sans se crisper, tout simplement être ! « J'ai compris que je ne suis pas invulnérable, comme je le croyais. J'ai mes limites que je dois respecter. »

Chapitre deux

L'amour !

« Ils se marièrent. Ils furent heureux et ils eurent beaucoup d'enfants. »

C'est ainsi que se terminent les histoires d'amour à l'eau de rose, dans les livres ou sur les écrans de cinéma, et les contes pour enfants. Cependant, les vraies histoires de couple ne commencent qu'après le mariage, une fois passé le coup de foudre de la première rencontre et décrochés les lampions de la fête.

Mais pourquoi certains coulent-ils une vie conjugale heureuse, dans la complicité et le dialogue, alors que d'autres la passent dans l'incommunicabilité et l'insatisfaction ? Pourquoi l'union *a priori* si naturelle et si simple entre l'homme et la femme se transforme-t-elle parfois en gageure, voire en impasse ?

Ici aussi c'est l'enfant intérieur qui préside à la destinée du couple et à son bonheur. C'est lui qui décide, en ange gardien ou en démon, derrière la volonté ou le refus conscients de deux êtres, s'ils s'uniront ou se quitteront.

L'amour, au-delà de sa dimension mystérieuse, obéit néanmoins à certaines règles. Il a ses raisons que la raison n'ignore pas toujours. L'enfant intérieur se comporte en effet en ange gardien, producteur de bonheur, lorsque l'adulte est parvenu à devenir lui-même, jouissant d'une intériorité propre et d'une autonomie psychique, à distance de la culpabilité et de la DIP, consécutives à la carence narcissique enfantine.

Dans le cas contraire, il agit en démon pour contrecarrer l'épanouissement de la vie sexuelle et amoureuse de l'adulte qui en est porteur. Celui-ci ne pourra, de toute évidence, aimer l'autre sexe en étant porté par le désir d'entrer en relation avec lui que s'il s'aime et s'il accepte son corps sexué. Or cela n'est possible que s'il a été désiré dans son enfance, pour ce qu'il était, dans son corps de fille ou de garçon. L'« enfant accident », non désiré, victime de désamour, ou l'« enfant bouche-trou », conçu pour remplacer un cadet décédé, éprouveront certaines difficultés à vivre, à travers une bonne image d'eux-mêmes, des relations d'amour heureuses. Ils seront touchés par la DIP et par la culpabilité d'avoir été rejetés, négligés.

Parmi tous les traumatismes enfantins, l'inceste et les abus sexuels occupent une place tristement prépondérante. Pourquoi ?

En premier lieu, l'enfant abusé se croit fantasmatiquement fautif de ce qui lui a été imposé, d'autant plus que le contact avec ses organes génitaux, très sensibles, a pu lui procurer, par pur réflexe, un certain « plaisir ». Il est honteusement terrorisé à l'idée que l'on puisse imaginer que c'est lui qui a eu le désir et l'initiative de ces actes, et que, par conséquent, ils relèvent de son entière responsabilité.

En second lieu, l'abus sexuel l'expulse de son rôle et de sa place d'enfant, en lui faisant sauter brutalement les étapes successives et naturelles de sa croissance.

Tout se passe comme si la petite fille, dépossédée d'un seul coup de son statut, devenait précocement adulte, femme, parachutée dans un monde situé à des années-lumière, à mille lieues de son immaturité. L'abus introduit ainsi de la confusion et du désordre générationnels, puisqu'elle doit cumuler désormais en son sein les deux places d'enfant et de femme adulte, les deux fonctions opposées de progéniture et d'amante. Son père superpose, à son tour, les deux casquettes de géniteur et d'amant.

Dans ces conditions, les difficultés ultérieures à mener une vie amoureuse et sexuelle heureuse ne renvoient plus, contrairement aux croyances répandues, au manque de savoir-faire ou à l'incompatibilité des humeurs, par la faute de l'un ou de l'autre. Elles proviennent de l'interdiction inconsciente de s'épanouir dans un corps d'homme ou de femme abîmé par la violence, souillé par la perversion. La jouissance se voit ainsi prohibée, culpabilisée pour le restant de sa vie, en raison de ces premières étreintes honteuses et coupables, bien que subies, forcées, sans nulle possibilité de refus ni de défense.

Certains croient que s'ils n'aiment pas leur corps et la sexualité, s'ils ne se trouvent pas « bien dans leur peau », c'est en raison d'une disgrâce réelle – une forte corpulence, un nez tordu, une poitrine minuscule ou proéminente. Ils se laissent donc charcuter complaisamment par le bistouri du chirurgien ou s'imposent des régimes alimentaires draconiens et masochistes dans l'espoir de remodeler certaines parties de leur corps. Ils s'épuisent au fond à faire correspondre la réalité de leur corps à une norme, à une image idéale commerciale.

Cependant, un défaut physique, qu'il soit réel ou imaginaire, n'est jamais à l'origine de la mauvaise image de soi. Celle-ci provient de la DIP, consécutive à une privation narcissique subie par l'enfant intérieur, à un manque d'amour maternel. Quand on s'aime et qu'on s'accepte, on se trouve beau et bon !

Pour ces motifs, l'adulte privé de confiance en lui, doutant de sa beauté et de son intelligence, s'arrange inconsciemment pour se retrouver de façon répétée dans des contextes d'échec, de rupture sentimentale et de solitude. Il lui sera évidemment impossible de prévenir ces souffrances ou d'y remédier sur le mode réel, concret, en appliquant telle recette, ou en pratiquant telle activité sportive.

Des millions de personnes se laissent berner, depuis quelques décennies, par des illusions semblables. Ils contribuent, sans le savoir, à l'enrichissement et au bonheur des marchands de yaourts et de pommades !

L'épanouissement de la relation amoureuse, l'ingrédient essentiel du bonheur, dépend en outre de l'acceptation par chacun de la différence des sexes et des générations, mais surtout des psychismes, des personnalités, des façons d'être au monde dissemblables.

Cependant, lorsque le sujet n'est pas suffisamment individué, différencié, bien établi dans sa maison/soi, l'autre sexe se transforme à ses yeux en un être énigmatique, étrange et étranger, avec un mode d'emploi et un langage qui deviennent pour lui incompréhensibles.

L'homme et la femme diffèrent fondamentalement l'un de l'autre, dans tous les domaines de la vie. L'amour, la sexualité, le travail, la santé, la beauté, l'argent, les enfants ne signifient pas la même chose, n'éveillent pas les mêmes sentiments en eux, ne revêtent pas la même importance à leurs yeux.

La compréhension de cette différence psychologique de base s'avère productrice de bonheur, dans la mesure où les liens ne s'inscrivent plus dans le contexte d'une rivalité sexuelle, jalouse et agressive. Aucun sexe, de toute évidence, n'est supérieur ou inférieur à l'autre. Aucun n'est en droit de dominer l'autre, de le soumettre, en exigeant qu'il pense et désire comme lui, dans la mêmeté du miroir, à son image et à sa ressemblance.

À titre d'exemple, la sexualité ne recouvre absolument pas la même signification ni la même importance pour l'homme et la femme. En effet, à travers sa relation à l'homme, la femme recherche le lien sexuel, bien entendu, mais aussi l'amour, l'écoute, la tendresse, une certaine complicité, la fusion, la compréhension, l'échange et le partage d'émotions. Certaines femmes prennent des amants, nullement pour satisfaire une sexualité vicieuse ou débordante, mais pour dialoguer, exprimer leurs émois et leurs sentiments, être écoutées et écouter. C'est la raison pour laquelle, en cas de carence en amour maternel dans la petite enfance, elles espèrent trouver en leur mari une mère aimante, parfaite, attentionnée, idéale en somme, capable de leur apporter la chaleur et la tendresse qui leur ont manqué.

De plus, contrairement au mâle, dont le pénis s'érige en zone érogène prioritaire, voire exclusive, chez la femme c'est la totalité du corps et de l'âme et non pas seulement le vagin qui s'inonde en vibrant de désir. « Faire l'amour » n'est jamais pour elle synonyme de coït, de pénétration physique, mais d'interpénétration, d'osmose symbolique, de fusion émotionnelle, d'où l'importance qu'elle attache aux « préliminaires ».

La sexualité masculine, elle, se voit davantage soumise au passage à l'acte physique, dans la mesure où l'homme a besoin de se sentir fort mais surtout vivant grâce à ses sensations corporelles. La non-compréhension de cette différence peut devenir dans un couple une source de malentendus, de tensions et de conflits.

Cependant, l'homme n'éprouve pas davantage de « désir » sexuel que la femme. S'il ressent plus souvent le « besoin » de passer à l'acte, c'est qu'il espère apaiser de la sorte ses angoisses de mort. L'acte sexuel, l'érection, l'éjaculation lui prouvent qu'il est viril, vivant et qu'il se porte bien. La femme n'a pas « besoin » de l'acte sexuel pour se rassurer dans la mesure où c'est elle qui conçoit et abrite la vie dans son ventre, à l'inverse de son partenaire masculin. Elle est donc portée préférentiellement par le « désir » d'entrer en lien.

De même, la beauté ne repose pas pour elle sur la joliesse du corps, les apparences vestimentaires, ni même la jeune fraîcheur du galbe et des rondeurs physiques. Plutôt que par le corps de l'homme, elle se laisse séduire par ce qu'elle appelle le « charme », vocable indéfinissable renvoyant, pêle-mêle, à l'intelligence, à l'humour, à l'originalité, au timbre de la voix et enfin à ce je-ne-sais-quoi qu'il lui est impossible de mettre en mots !

D'ailleurs, si elle se soucie tant de la beauté de son corps, consacrant des sommes exorbitantes aux vêtements, aux produits de beauté, aux liftings et aux régimes d'amaigrissement, c'est bien par rivalité avec les autres femmes, pour séduire les hommes, fascinés, eux, par le visible, les apparences et les masques. Pour la femme, la beauté est intérieure.

Elle se situe donc face à l'amour et à la sexualité davantage dans l'ordre du désir que l'homme, qui est plutôt sous l'emprise du besoin instinctif. Elle est capable de prendre plus de distance avec la pulsion, faisant preuve de sublimation, de patience, d'autocontrôle et même parfois de renoncement, sans ressentir forcément la nécessité impérieuse de passer à l'acte, comme pour satisfaire la faim ou la soif.

Dans ces conditions, les troubles de la sexualité – la frigidité, l'impuissance, l'éjaculation précoce, etc. – ne renvoient jamais à des problèmes sexuels à proprement parler. Ils ne constituent que des symptômes reflétant la difficulté du sujet à être lui-même, à s'accepter et à s'aimer en se sentant vivant et entier, dans son corps d'homme ou de femme, dans sa génération, sa fonction et sa place. En ce sens, la sexothérapie n'a aucun fondement rigoureux en raison de la confusion entre l'origine inconsciente et le symptôme visible, forcément trompeur. L'illusion est de croire que l'on peut le résoudre sans chercher à comprendre le passé, qui contient tout son sens ainsi que la clé du changement.

BRIGITTE

Brigitte a 45 ans. Elle a divorcé après quinze ans de mariage et est mère de deux enfants. Elle dit ne s'être jamais sentie heureuse en couple, notamment sur le plan sexuel. « Quand mon mari me touchait, cela me donnait la chair de poule. J'avais honte et j'étais angoissée en même temps. La pénétration me faisait mal tellement j'étais crispée, même après avoir utilisé toutes sortes de crèmes que les médecins m'avaient conseillées. Cela m'a toujours dégoûtée. J'avais donc peur d'aller au lit. Je m'y rendais soit bien avant mon mari, en faisant semblant de dormir, soit bien après lui, quand je le sentais profondément endormi. Je me suis trouvée enceinte deux fois, pratiquement sans avoir eu de rapports, enfin pas complets, je ne m'en souviens plus ! Par contre, j'étais très heureuse pendant mes deux grossesses. C'étaient les plus beaux jours de ma vie. Je me sentais comblée aussi à m'occuper de mes deux bébés, toute seule, sans leur père. Entre son travail très absorbant et ses maîtresses, mon mari ne disposait pas de beaucoup de temps, ni d'envie sûrement, pour s'occuper de sa famille. J'ai découvert un jour qu'il me trompait depuis longtemps déjà. J'en ai beaucoup souffert, mais je réussissais à me raisonner, à me calmer, en me disant que c'était normal. C'était de ma faute. Je n'avais à en vouloir qu'à moi-même. Il cherchait dehors

ce *qui lui manquait à l'intérieur. Nous avons fini par
divorcer, après l'échec de plusieurs tentatives de thérapie
sexuelle et de couple. Toutes ces démarches n'ont fait que
me démoraliser davantage. J'étais très triste de divorcer,
bien sûr. D'un côté j'avais l'impression que j'aimais mon
mari, mais de l'autre je préférais qu'il me quitte pour qu'il
puisse trouver ailleurs et avec une autre femme son bonheur. Je ne voulais pas qu'il souffre. »*

Lorsqu'on examine le passé de Brigitte, on est surpris
de voir à quel point sa vie diffère et s'oppose même à celle
de sa mère.

« *Ma mère était une femme légère, volage. Elle avait
des amants qu'elle faisait parfois venir à la maison,
lorsque mon père s'absentait pour des raisons professionnelles. Elle nous obligeait à aller jouer dehors, ou chez des
copines du quartier quand il pleuvait ou qu'il faisait froid.
Mon père s'en doutait. Il le savait sans le savoir. Il fermait
les yeux pour ne pas voir. Il ne disait rien pour ne pas la
perdre. Il aimait trop ma mère, je crois. Il était très gentil avec elle, trop, même. Il réalisait tous ses caprices en
lui remettant sa paye tous les mois. Par contre, ma mère
ne se montrait pas maternelle du tout. Le ménage et la
cuisine ne faisaient pas partie de ses préoccupations premières. Elle nous obligeait souvent à faire la vaisselle pour
ne pas abîmer ses ongles. Elle dépensait l'argent à tort et
à travers pour s'acheter surtout des vêtements et des produits de beauté. Elle était belle et élégante, ma mère. Elle
devait donc toujours plein d'argent aux commerçants du
quartier. Elle s'occupait surtout d'elle, pas beaucoup de
nous. Elle n'attachait, par exemple, aucune importance à
notre scolarité. Elle s'en "fichait" même totalement. Elle
a toujours refusé de se rendre aux réunions de parents
d'élèves, malgré l'insistance des maîtres. Quand j'étais
petite, j'avais honte de son attitude, de ses amants, des
dettes qu'elle accumulait. Je me sentais humiliée, mais*

aussi en colère quand je devais poireauter chez mes copines parce qu'il pleuvait dehors et que ma mère était "occupée". Une fois, alors que je rentrais plus tôt qu'il ne fallait, elle s'est précipitée vers moi et m'a mise dehors en me donnant un coup de pied dans le derrière. Le soir même, je l'entendais jouir en faisant l'amour avec mon père. Ça me dégoûtait. J'avais mal pour mon père. J'avais envie de tout lui raconter. »

Brigitte, devenue adulte, a ainsi refusé de s'identifier à cette mère, de devenir comme elle. Elle a surinvesti son côté maternel (déficient chez sa mère), agissant à l'extrême opposé de l'attitude maternelle, presque exclusivement subordonnée à sa boulimie sexuelle. Brigitte n'est donc pas elle-même. Sa libido ne peut circuler librement et de façon fluide à travers les divers pans du jardin de son intériorité. Elle s'interdit de vivre la féminité et la maternité à l'unisson, en harmonie. Ces deux dimensions sont devenues opposées, incompatibles entre elles. Elle porte donc un cadavre en elle : sa féminité.

Tout se passe comme si elle vivait, pour et à la place de sa mère, la honte et la culpabilité que celle-ci n'a pu ressentir, les limites qu'elle n'a pas été capable de se donner, le frein intérieur qu'elle n'a pas actionné, en raison de son immaturité, certes, mais surtout de sa propre DIP. « Les pères ont mangé des raisins verts et leurs enfants ont eu des dents agacées », disait Ézéchiel.

Il n'est évidemment pas question de culpabiliser ici ni les mères ni les filles en appréhendant la jouissance sexuelle sous l'angle d'une morale puritaine, considérée comme désormais désuète. Il ne s'agit nullement non plus d'insinuer que le symptôme de la frigidité chez les filles s'explique par la nymphomanie de leur mère.

Il est simplement nécessaire de souligner avec force l'idée que la difficulté pour une femme de pacifier en son sein, d'une manière heureuse, sa maternité et sa féminité, dans un corps et une jouissance de femme adulte, renvoie à un interdit et contient un sens bien précis dans le passé. Il serait inconcevable de vouloir la surmonter par le recours à une quelconque stratégie sexothérapique ou comportementaliste, sans chercher à découvrir les ligatures invisibles.

La reconnaissance et le respect des différences deviennent ainsi producteurs de bonheur. Ils permettent à chaque sexe, psychologiquement différencié et autonome, d'entrer en relation d'amour et de désir avec l'autre par l'entremise du « deuxième sexe », symboliquement intériorisé. Cela signifie qu'un homme ne parviendrait à « comprendre » une femme – au double sens de concevoir et de comporter, contenir –, à imaginer ce qu'elle peut ressentir, que s'il l'inclut, la contient en lui, c'est-à-dire s'il a sauvegardé sa partie féminine, son « deuxième sexe ». Il ne sert donc à rien de s'épuiser à apprendre des techniques de communication ou de coït, totalement inefficaces par ailleurs, si le « deuxième sexe », pour des motifs divers, est mutilé, desséché, refoulé.

Cependant, la relation homme-femme ne se réduit aucunement à un rapport duel, intime, privé entre les deux êtres. Elle ne peut se fonder exclusivement sur l'émotion, l'affectivité, l'amour, l'attirance sexuelle, l'affinité, subordonnés à leur libre volonté manifeste. Elle apparaît fondamentalement triangulaire, c'est-à-dire qu'elle n'a de légitimité et de sens, n'est viable et vivable, que si le tiers symbolique, la loi, s'interpose dans l'entre-deux des sexes en tant que médiateur, pont, trait d'union, intermédiaire garantissant leur rapprochement. Il n'est possible d'être à deux que si l'on est trois !

Malheureusement, la culture moderne, au lieu de préserver et d'encourager les différences, servant de tiers symbolique, de médiation qui sépare et relie, œuvre dans la direction opposée, celle de l'indifférenciation et de l'unisexualité.

Cette abrasion des dissimilitudes ne représente qu'un cas particulier dans un mouvement d'homogénéité globale embrassant tous les domaines de la vie : l'architecture des maisons et des villes, la nourriture, les vêtements, les voitures, les générations, mais aussi les pensées et les désirs.

Cette symétrie, cette équivalence entre les sexes ne se limite plus d'ailleurs aux apparences – coiffure, habillement, bijoux, piercing, tatouage –, mais s'étend à leurs places et à leurs fonctions, à leur statut, voire à leur intimité, à leur intériorité, à leur vécu, devenus similaires.

Nombre de magazines féminins désireux de se montrer « branchés », « dans le vent », incitent leurs lectrices, comme pour les convaincre qu'elles n'ont « rien de moins que les mecs », à s'identifier aux hommes, par défi ou par dépit, en pratiquant une sexualité de type masculin. Ils légitiment le fait de parler de son intimité sans timidité ni retenue, en toute transparence, en des termes parfois crus et grossiers, empruntés aux mâles : la « drague », la « baise », le « cul », « sauter », etc. Ils tendent aussi à banaliser certaines conduites laxistes, voire perverses, axées sur le seul plaisir physique, sans implication émotionnelle, dégagées de tout romantisme : l'aventure de passage avec un inconnu rencontré dans le train, à jeter après usage, la sodomie, les expériences homosexuelles, sadomaso ou échangistes... juste pour voir, « pourquoi pas ? ».

On pourrait se demander si certains humains ne se comportent pas vis-à-vis de leurs semblables comme ils le font avec les objets sans âme, abandonnant un partenaire comme s'il s'agissait d'un mouchoir en papier, d'un rasoir jetable, ou comme s'ils zappaient entre des chaînes de télé. À l'heure actuelle, la durée moyenne d'une vie maritale n'excède pas quatre ans !

Ce processus de rabotage des dissemblances avait été introduit et applaudi au départ dans le but de soutenir l'égalité des droits, la parité entre les sexes. Il était notamment destiné à émanciper la femme de la « domination patriarcale ». Il a, malencontreusement, dérapé vers l'indifférenciation des sexes et l'équivalence des mentalités, des intériorités. Il a échoué en raison de son extrémisme, de son agressivité envers les « mâles », mais surtout de son rejet de la fonction paternelle symbolique. Au lieu de rapprocher l'homme et la femme, dans l'amour et la paix, *peace and love*, il a contribué à les éloigner l'un de l'autre en brouillant leurs particularités respectives, en accentuant leurs craintes et leurs méfiances réciproques. Le taux exagérément élevé de divorces, en constante augmentation, reflète cette guerre froide et intestine entre les sexes dans un contexte de malentendus et de mutuelle incompréhension.

La femme, à peine libérée du « despotisme patriarcal », est aujourd'hui victime de normes collectives lui inculquant, de façon insidieuse, la perfection sur les plans physique et psychologique. D'une certaine façon, elle n'a peut-être jamais été autant exploitée. La quête effrénée de la conformité, le souci exagéré de faire correspondre sa réalité aux normes, à l'image sociale idéale – celle d'une femme belle, intelligente, mince, sexy, mère, travailleuse, compréhensive, douce, indépendante, etc. –, l'épuise, la déprime. Sur le long terme, ce challenge contribue à abîmer son corps, pollué, agressé par toutes sortes de toxines, de produits chimiques, peut-être même à l'origine de certains cancers. L'utilisation banalisée, aveugle et fréquente de certaines substances dont on ignore les effets secondaires et les interactions sur la longue durée fragilise sa santé : pilule contraceptive, déodorants, crèmes « rajeu-

nissantes », produits de beauté, d'hygiène et d'amaigrissement, somnifères, antidépresseurs et anxiolytiques – dont
la femme est la première consommatrice –, sans parler de
tous les produits ménagers « magiques » qui la « libèrent »
en lui faisant « gagner du temps », des médicaments ordi-
naires ou des autres drogues, l'alcool ou le tabac.

L'émancipation économique et sociale de la femme
a cultivé, comme effet pervers, le rétrécissement du
champ de son autonomie psychique. Elle se voit de plus
exposée comme un objet, comme une proie, face aux
fantasmes sexuels et à la voracité perverse des mâles
à travers les formes modernes de prostitution et la pornographie. L'esclavage n'a peut-être pas véritablement
disparu. Oblitéré du champ visible, il est devenu psychologique, insidieux !

De surcroît, la relation déjà naturellement mystérieuse
et compliquée entre l'homme et la femme s'est vue
complexifiée, embrouillée à la suite du retrait du tiers
symbolique, c'est-à-dire de la loi qui codifie les liens,
définit les rôles et attribue les places, fixe des limites,
certains droits et devoirs. L'absence de règles, de cadres
et de repères prive les deux sexes d'un médiateur, d'un
intermédiaire, d'un étayage, d'un pont qui les séparerait
et les relierait, d'un tampon qui les protégerait de la pulsion, de systèmes de valeurs qui donneraient un sens à
leur relation. Lorsqu'on est deux, tout est en danger.

Les deux sexes se trouvent donc seuls, sans filet, abandonnés, sans soutien, face à l'ardeur pulsionnelle, à la
passion, aux affects, aux sentiments, aux émotions, à
l'embrasement des sensibilités. L'amour et la sexualité
ne suffisent pas à bâtir un couple, à produire du bonheur
dans la durée. L'amour ne se réduit point à une entreprise duelle, privée, intime, entre l'homme et la femme,
relevant du libre arbitre individuel, avec « entrée inter-
dite » pour le tiers symbolique. Lorsque c'est le cas, il

n'est plus question d'amour mais du diktat de l'instinct, d'un cannibalisme psychologique.

En effet, lorsque la pulsion se voit affranchie des limites de la loi, du tiers symbolique, elle rejette toute modération. Elle incite aux deux excès de la surenchère (« toujours plus ») et de l'extinction dépressive (« je n'en peux plus »).

La première encourage à refuser la frustration et le manque en jouissant intensément, même de façon perverse, sans culpabilité, contrôle de soi ni patience. Elle transforme la sexualité en un besoin physique urgent et incoercible, en une drogue, en une addiction. Sans la médiation du tiers symbolique, le lien entre l'homme et la femme en tant qu'êtres singuliers, Julie et François, chacun avec sa personnalité et son histoire, sa famille et sa culture ancestrale, se réduit à un accouplement, simple croisement entre pas même deux corps, mais deux organes, le pénis et le vagin. Le rapport sexuel se transforme en un coït à but crûment hygiénique. Dans cette perspective, la prolifération de toutes sortes de perversions – pédophilie, pornographie, échangisme, viol, inceste, sadomasochisme, etc. – résulte en partie de la vacance du tiers symbolique, sacralisant un tant soit peu l'amour et la sexualité. Celle-ci se voit de nos jours fortement mécanisée, médicalisée, « médicamentée » : « L'orgasme met du soleil dans votre vie, il fait baisser votre tension, et même votre taux de cholestérol, il agit comme un tranquillisant naturel », lit-on dans une certaine presse !

On voit vanter, de même, les vertus bienfaisantes de certaines activités : « Courez, marchez, sautez, l'exercice régulier constitue un Prozac naturel, il stimule la production de sérotonine et de dopamine, euphorisants et antidépresseurs. » Enfin, même l'alimentation se transforme en médicament : « Les bananes contiennent un taux important de vitamines B6, les fraises regorgent d'antioxydants, de vitamine C et de bétacarotène, antistress naturel, le chocolat est libérateur d'endomorphines... » Etc.

À l'autre extrême, l'absence du tiers symbolique dans le lien entre les deux sexes pousse au « ras-le-bol » dépressif. Celui-ci se traduit par la déception, la rupture, le divorce, la violence conjugale, la solitude, ou au mieux le « couple à la carte », « sur rendez-vous », quand on en a envie, le week-end, pendant les vacances.

Le mariage, dans son esprit, et non dans son institution, pervertie par les humains, ne se réduisait pas à une simple formalité – enregistrer de façon protocolaire l'accouplement entre l'homme et la femme. Il consistait à marier, à unir dans l'alliance, à conjuguer deux ordres cosmiques, planétaires, universels, deux puissances opposées et complémentaires, le ciel et la terre, le yin et le yang, les deux symboles du masculin et du féminin, dont Julie et François sont les incarnations, les émanations vivantes, humaines.

Le tiers symbolique a pour but d'apaiser la terreur suscitée par cette rencontre, la conjonction entre ces opposés, ces puissances, susceptibles de devenir vivifiantes ou mortifères. Il cherche à s'interposer entre les deux énergies pour les amadouer, les adoucir, exorcisant les possibles dangers pour qu'elles deviennent heureuses, fécondes, préservées des excès nuisibles, de l'extinction et de la surenchère. L'absence du sacré, nullement dans le sens du religieux mais dans celui du symbolique, a fait régresser la relation homme-femme du niveau du désir à celui du besoin physiologique. Elle sombre facilement, pour ce motif, dans les excès de la surenchère perverse et de l'extinction dépressive.

Devenir soi, psychiquement différencié et autonome grâce à l'intégration du tiers symbolique contrôlant la pulsion, conscient de son intériorité et à distance de la

DIP, apparaît donc comme le meilleur garant du bonheur au sein du couple.

En effet, lorsque le sujet devient capable de s'accepter, de s'aimer, en assumant sa fonction et en occupant sa place, il peut choisir un partenaire lui aussi adulte, acteur de son destin, vivant et entier, confiant en lui-même, non téléguidé par son enfant intérieur coupable et thérapeute. Une telle union se verra fondée dès lors sur le désir, le véritable amour, et non sur la quête de soins et de réconfort pour panser ses blessures ou sur le besoin impérieux de quelqu'un pour meubler sa solitude.

Il a été démontré que la grande majorité des jeunes filles nées de pères alcooliques épousent, à l'âge « adulte », un homme lui aussi alcoolique ou fortement susceptible de le devenir un jour. De même, on a remarqué que beaucoup de fils élevés par des mères dépressives ont également tendance à épouser plus tard des femmes déprimées ou en passe de le devenir. Enfin, nombre de victimes de violences conjugales se recrutent parmi celles qui ont subi dans leur enfance des maltraitances physiques et morales.

Tout se passe comme si l'enfant intérieur coupable et donc thérapeute que l'adulte porte en lui telle une poupée gigogne cherchait à répéter inconsciemment, à travers sa relation « amoureuse adulte », un scénario enfantin qui n'a pu être éclairci, dénoué, dépassé. Ainsi, la petite fille coupable d'avoir souffert de l'alcoolisme paternel s'épuise à guérir son père par son mari interposé, en lui prodiguant des soins pour le rendre heureux. Cela lui permet de recevoir enfin la tendresse qui lui a manqué jadis, du fait de l'inexistence psychologique paternelle, pour apaiser sa culpabilité et guérir sa DIP. De même, le petit garçon intérieur cherche, par sa femme interposée, à soigner sa mère déprimée, pour la rendre heureuse et disponible, pour qu'elle lui prodigue enfin l'amour dont il a été naguère frustré. Enfin, la femme harcelée ou battue s'arrange inconsciemment pour se mettre en position de bouc émissaire dans l'espoir d'expier sa faute imaginaire, celle d'avoir été humiliée dans son enfance ou témoin des souffrances maternelles, qu'elle porte encore aujourd'hui comme une croix, comme si c'étaient les siennes.

Dans toutes ces situations, il s'agit d'« amours » quelque part incestueux. Personne n'est lui-même psychologiquement différencié et autonome, capable de vivre dans le présent, dans le respect de ses droits et limites. Ainsi, le couple demeure prisonnier de son Ailleurs et Avant, dans des rôles aliénés de patient et de thérapeute, dans la dépendance et le besoin, mais non porté par la liberté et la gratuité du désir réciproque.

Sophie

Sophie a 52 ans. Elle a épousé en secondes noces un homme âgé aujourd'hui de 79 ans. Le mariage a eu lieu il y a seize ans. Elle sortait à cette époque d'une grave dépression, consécutive au divorce d'avec son premier mari, maltraitant et alcoolique, père de ses deux fils. Au départ, elle était employée de maison chez son conjoint actuel, qui venait de se trouver veuf.

« Je l'ai épousé parce que je me sentais seule et perdue après mon divorce et ma dépression. J'avais besoin d'affection et de sécurité. Il a voulu qu'on se marie. Je n'ai pas dit non. Lui aussi avait besoin de moi. Il venait de perdre sa femme et se sentait isolé et perdu dans sa grande maison, il faisait de la peine à voir. Au début ça n'allait pas trop mal entre nous. Cependant, deux, trois années plus tard, il est devenu nerveux, agressif et autoritaire. Je ne m'en suis pas rendu compte tout de suite. Peu à peu, je me suis

laissé dominer. Quand il m'agressait verbalement, me menaçant de me "jeter dehors", souvent pour des bagatelles, je croyais que c'était de ma faute. Je ne peux plus rien entreprendre sans son autorisation, sortir, dépenser de l'argent, voir une copine. Je dois lui rendre compte de tout ce que je fais, de tous ceux que je rencontre. Il m'écrase et m'étouffe. Il veut que je sois tout le temps au "garde-à-vous" à m'occuper de lui, du ménage et de la cuisine, sinon il m'insulte. Je me sens vraiment prisonnière. On dirait qu'il a peur que je l'abandonne ou que je le trompe. J'ai bien sûr pensé à m'en aller, mais ce n'est pas évident. Il a besoin de moi et moi de lui. Il n'a personne pour s'occuper de sa santé et moi, je ne sais où aller. »

Pourquoi Sophie est-elle si malheureuse ? Ce sombre tableau du présent s'éclaircit naturellement quand on découvre son passé, caché sous une épaisse couche de poussière. Pourtant, Sophie époussette tous les jours les meubles et les objets !

Avant sa naissance, sa mère a perdu une petite fille de 11 mois, emportée par une broncho-pneumonie. D'une certaine façon, Sophie a dû prendre la place de cette petite fille, dont elle porte d'ailleurs les trois prénoms : Sophie, Albertine, Alice.

« Cela devait être une chose terrible pour mes parents, je le comprends. En conséquence, ma mère se montrait sévère avec moi. Ayant peur de me perdre, elle m'empêchait de sortir, de jouer dehors avec mes copines, de m'éloigner. Il fallait tout le temps qu'elle sache où je me trouvais exactement, qu'elle puisse me voir ou m'entendre. Dès que je rentrais de l'école, elle voulait que je l'aide à la maison, avant même de m'occuper de mes devoirs. Adolescente, elle m'a empêchée de partir dans une autre ville pour préparer mon CAP de coiffure. Il existait beaucoup de sens interdits à la maison, beaucoup trop de règles, de tabous. De plus, elle se montrait parfois fatiguée, déprimée ou

malade. C'était encore à moi de la soigner. Je me sentais vraiment prisonnière, coincée, dans une cage, piégée. »

Sophie se trouve d'une certaine façon prisonnière d'elle-même et de son histoire. Elle a des difficultés à éprouver le bonheur parce qu'elle n'est pas elle-même, dans la liberté du désir, vivante et entière, sans prothèse.

Au fond, ce n'est pas elle, l'adulte, qui a souhaité s'unir, portée par l'amour, avec un vieil homme appartenant à une autre génération, mais la petite fille coupable qui la domine. Celle-ci a eu besoin de compenser son manque infantile d'amour, d'être aimée pour elle-même et non comme remplaçante de la petite sœur disparue. Sophie confond inconsciemment son passé et son présent, mais également sa mère et son époux. Elle s'est posée dans les deux contextes, pourtant si différents l'un de l'autre, de manière semblable, en enfant coupable et thérapeute, en raison de la DIP. Elle s'est fixé pour mission de déchagriner d'une part sa mère et de l'autre son époux, déprimé d'avoir été séparé par le destin de son premier amour. Ainsi, cherchant à donner une bonne image d'elle, gentille et serviable, voire servile, elle n'a cessé d'éponger, d'aspirer la misère des autres. Au fond, au sens propre comme au sens figuré, Sophie a toujours été la « bonne » de sa mère ou celle de son époux, jamais à son propre service. Elle se situe partout et constamment, d'une façon masochiste, dans des contextes de maltraitance, d'autopunition. Ce n'est d'ailleurs pas tout à fait par hasard si son premier mari était maltraitant et alcoolique. Détail intéressant : Sophie emploie le même vocabulaire pour exprimer ce qu'elle ressentait naguère concernant sa mère et ce qu'elle ressent aujourd'hui par rapport à son mari : elle se dit « coincée, prisonnière, piégée, privée de liberté ».

En remplaçant les deux morts, sa sœur dont elle porte le prénom et la première femme de son époux et patron, Sophie s'est trouvée prise pour une autre, dans des place *et fonction de bouche-trou qui l'ont dépossédée de son être profond. Contagiée, encombrée par ces cadavres intérieurs, elle s'est identifiée à eux. Dès lors, elle éprouve des difficultés à se sentir vivante et entière, à vivre en son propre nom et pour son propre compte. Elle ne s'autorise à survivre désormais que pour rendre service aux autres, en étant leur « bonne ». Dans ces conditions, l'essentiel consiste pour elle à retrouver d'abord une certaine autonomie psychique, à se dégager de ces fantômes pour rétablir la libre circulation de son énergie vitale. Elle a donc, au sein de son couple, bien plus intérêt, au-delà de la négativité de son vieil époux, à se libérer d'abord et surtout de sa prison intérieure, pour ne pas connaître le même destin que la petite chèvre de Monsieur Seguin. Seule cette prise de conscience arrêtera l'aveugle répétition !*

Il arrive parfois que certains couples se marient après plusieurs années de concubinage, poussés non pas par le désir amoureux, mais par le besoin de restaurer un lien devenu malade, bancal. Ils tentent ainsi de réparer, de guérir, de rafistoler un couple qui ne va plus, pour le sauver.

Curieusement, ce genre de « mariage thérapeutique » ne résiste nullement à la durée. Il se dissout assez rapidement, rongé par la déception. Plus la période de concubinage a été longue et plus la rupture interviendra tôt.

Voilà pourquoi il ne sert à rien de cravacher le Moi en lui enjoignant de prendre les choses du bon côté, de positiver, de vivre dans l'ici et le maintenant du présent si, en raison de certains nœuds inconscients, l'âme demeure clouée, otage de son passé. Les unions thérapeutiques sont dictées par le besoin de se consoler, d'apaiser sa DIP, et non par le désir, l'amour, l'échange, l'alliance, la réciprocité gratuite. Les conjoints ne se considèrent pas comme des personnes adultes, des compagnons de route, mais comme des médicaments, des remèdes, des pansements, des prothèses, des tuteurs, destinés à combler un manque à être, chez soi et chez l'autre, à compenser un besoin narcissique, d'amour et de chaleur maternelle, pour se sentir aimé, reconnu et vivant.

C'est la raison essentielle pour laquelle ces associations « entre le borgne et le paralytique » ne peuvent produire du bonheur, à cause de leur aspect infantile de compensation, de réparation. Ces relations sont d'ailleurs très imprégnées par une forte idéalisation. Chacun espère trouver enfin un éden maternel, matriciel, chaleureux, sécurisant et paisible chez l'autre, sans qu'il lui soit nécessaire de formuler une demande verbale explicite. Le conjoint se voit chargé de la deviner et de la satisfaire avant même qu'elle soit exprimée. D'ailleurs, lorsque ces couples se dissolvent, chacun, restant prisonnier de son besoin infantile de soigner et d'être soigné à son tour, se lie avec un nouvel être, s'enlise dans une nouvelle situation, répétant le même schéma relationnel ancien, jouant parfois le rôle de parent, parfois celui d'enfant, mais rarement le sien, personne adulte, vivante et autonome.

Aussi longtemps que le sujet n'a pu prendre conscience de sa DIP, il risquera de se situer indéfiniment, sous l'injonction de son enfant intérieur coupable et thérapeute, dans ce contexte de soigné-soignant, de materné-maternant.

Cette forte idéalisation du conjoint et du couple, de l'amour et de la sexualité comme panacée, engendre d'ailleurs un certain climat malsain, crispé, très chargé en attentes, en revendications, en exigences, en espérances, parfois silencieuses, souvent bruyantes. Dès lors, le moindre manque, frustration, conflit, critique, malentendu, remise en question, se transforme en drame, en tremblement de terre, en question gravissime de vie ou de mort, prenant des proportions exagérées. Cela révèle au fond l'infantilisme et la fragilité de l'édifice, à chaque instant susceptible de s'écrouler. D'ailleurs, plus le sujet a manqué d'amour dans son Ailleurs et Avant et plus, par compensation, il aura tendance à idéaliser son couple et son conjoint, décalé par rapport aux réalités, afin d'apaiser sa DIP. Il risque de devenir hyperexigeant, susceptible, allergique et intolérant à toute insuffisance, mais surtout dramatiquement possessif et jaloux, craignant de manière obsédante de perdre son conjoint/maman. La déception constitue l'envers de l'idéalisation. Dans ces unions, l'attirance ou la répulsion ne se situent pas au niveau de deux adultes, individués, autonomes, en vertu de leurs qualités ou défauts réels, mais à celui de leur enfant intérieur, coupable et thérapeute.

Le passé et le présent, le conjoint et le parent, la famille ancienne dont ils sont issus et celle, actuelle, qu'ils ont construite, tout sombre dans la plus totale confusion. Hier envahit et phagocyte aujourd'hui, l'empêchant d'être vécu tranquillement pour déboucher sur demain.

MICHEL

Michel, 46 ans, a divorcé à contrecœur il y a environ deux ans : « Ma femme a décidé de me quitter unilatéralement, sans motif réel et sérieux, mais simplement parce qu'elle ne m'aimait plus. Elle prétendait que je l'empêchais d'être différente et d'exister pour elle. Elle disait que je supportais de moins en moins qu'elle n'ait pas les mêmes goûts et les mêmes centres d'intérêt que moi. Elle me reprochait aussi de ne pouvoir la satisfaire sur le plan sexuel, en raison de mon problème d'éjaculation précoce. Les six premiers mois après la séparation, je ne souffrais pas trop. J'espérais toujours qu'elle reviendrait en se rendant compte qu'elle s'était trompée, en réalisant qu'elle n'était finalement pas si malheureuse que cela. Je lui achetais tout ce qu'elle désirait. Elle disposait de tout le confort, grand appartement en ville, maison de campagne, une voiture pour elle, argent de poche, etc. Mes deux filles ont tenté aussi de la dissuader, mais elle a refusé de revenir sur sa décision. Maintenant, plus le temps passe et plus son absence devient douloureuse. Je ne sors pratiquement plus. Pendant mes quatre semaines de vacances je n'ai eu aucune envie, pour me changer les idées, de faire un petit voyage. J'ai demandé à reprendre mon travail deux semaines plus tôt, pour cesser de broyer du noir. À l'heure actuelle, plus rien ne me fait plaisir. Je m'enferme chez moi, le téléphone débranché, attendant que le temps passe. Je n'ai envie de voir personne. Elle était tout pour moi. J'ai perdu ma moitié. Je n'ai aucun souhait de refaire ma vie avec une autre. »

Pourquoi, deux ans après le départ de sa bien-aimée, Michel se montre-t-il si malheureux et sa blessure n'est-elle toujours pas cicatrisée ?

Michel a une sœur jumelle. Ses parents sont vivants et s'entendent bien. Il était le seul garçon de la famille. Il dit avoir vécu une enfance heureuse, en compagnie de ses sœurs, notamment sa jumelle, avec qui il était « psychologiquement ressemblant et affectivement très uni, très proche, comme une âme dans deux corps ».

« J'étais surprotégé par mes parents. En tant qu'unique garçon de la famille, j'étais le porteur et le transmetteur du patronyme qui, autrement, risquait de s'éteindre. Considéré comme fragile (j'attrapais souvent des angines), toute la maisonnée, surtout ma sœur jumelle, me dorlotait, sans que personne me jalouse. Je vivais dans un cocon. Mon père aussi était très gentil. On s'accordait sur tout, comme les dix doigts de la main. Quand ma sœur a eu ses 18 ans, elle est tombée amoureuse de mon meilleur ami. Ils ont rapidement décidé de se marier. Je me suis senti drôlement, plutôt doublement abandonné par les deux personnes qui m'étaient les plus proches et les plus chères, ma sœur et mon ami ! J'étais content pour eux, mais triste pour moi-même. Je me sentais désemparé, paumé. Je ne savais plus qui j'étais.

« Lors d'une fête foraine, en visant des ballons avec une carabine, j'ai perdu un œil. La balle est partie, mais elle est revenue toucher ma rétine après avoir heurté une barre en acier. Cet incident ne m'a pas arrangé du tout. Après, je me sentais complexé. Je cachais à tout le monde ce qui m'était arrivé.

« Un peu plus tard, j'ai rencontré ma femme, une amie de ma sœur jumelle. En réalité, c'est elle qui m'a dragué. Cela m'arrangeait bien, je me suis laissé séduire et puis, peu à peu, je suis devenu amoureux d'elle. Cela m'a consolé du départ de ma sœur jumelle, ainsi que de la perte de mon œil droit. Plus le temps passait et plus je m'attachais à elle. »

Le passé de Michel éclaire singulièrement les vicissitudes de son sombre présent. Au fond, depuis toujours, dès l'instant de sa conception, Michel a vécu et grandi dans un contexte de gémellité. Il n'a finalement jamais été lui-même, séparé de sa sœur, psychologiquement autonome, différencié. Aussi longtemps qu'il se trouvait uni, collé à sa sœur jumelle, voire siamoise, tout allait bien pour lui. Il se sentait en sécurité, vivant et entier. Mais dès qu'elle a voulu s'émanciper, « divorcer », si l'on peut dire, Michel, perdant sa « moitié », s'est mis à déprimer, ne sachant plus qui il était. Il est extraordinaire de noter qu'en perdant sa sœur, sa « moitié », avec qui il se croyait « psychologiquement ressemblant et affectivement uni et très proche », il a perdu son œil droit, organe d'une importance capitale pour lui.

D'une certaine façon, il a échangé sa sœur, dont il a déjà très mal supporté la séparation, contre sa femme, objet de remplacement destiné à combler son vide, à boucher son trou identitaire. On comprend, dans ces circonstances, non seulement pourquoi il éprouve tant de difficultés à se séparer d'elle, mais aussi pour quel motif il insistait pour que son épouse soit la copie conforme de sa sœur jumelle, et donc de lui-même, en dernier ressort, son double dans le miroir. Michel a confondu le passé et le présent, sa sœur et son épouse, sa « moitié ».

Dans ce contexte de dépendance, de fusion et de confusion gémellaire, voire d'endogamie incestueuse, il n'est pas étonnant que Michel soit frappé d'éjaculation précoce, c'est-à-dire de l'interdiction inconsciente de s'unir à sa sœur/épouse. Il n'est pas davantage surprenant que celle-ci ait décidé de le quitter, pour ne plus jouer auprès de lui un rôle aliéné, ne plus occuper une place de sœur jumelle, de « moitié », qui n'était pas la sienne. Elle sentait peut-être remonter en elle le désir de devenir elle-même, en assumant enfin sa fonction de femme adulte.

Ce cas montre avec évidence que l'attachement excessif dans le couple, la difficulté de tourner la page et d'accomplir son deuil après une séparation ne signifient pas qu'on aimait trop intensément son partenaire, mais plutôt qu'on avait un besoin vital de lui comme médicament, comme oxygène, pour se sentir entier et vivant. Le véritable amour est de l'ordre du désir qui émancipe, affranchi de la hantise de la perte.

Parfois, en raison précisément de cette confusion entre hier et aujourd'hui, mais aussi entre le désir et le besoin, certains individus, vivant comme les enfants, dans l'inquiétude de se voir rejetés, à nouveau victimes du désamour, cherchent à se montrer parfaits, gentils, conciliants, irréprochables, obéissants. Renonçant ainsi à leur être profond, ils en arrivent, par crainte des conflits, à force de concessions et d'arrangements, à ne plus savoir ce qu'ils souhaitent vraiment. Ils se plient ainsi passivement au désir de l'autre, à son image et à sa ressemblance. Ils se mettent non seulement à penser et à s'exprimer comme leur conjoint, mais aussi, par mimétisme, à manger, à s'habiller, à se coiffer, à pratiquer des activités dans le but de lui plaire, de ne pas le contredire, par peur de s'affirmer, de dire non, de donner des limites risquant d'aboutir au rejet.

À l'inverse, d'autres tendent à occuper face à leur conjoint une place dominatrice de parents. Ils ont tendance à l'infantiliser, à l'hyperprotéger, comme s'il s'agissait d'un de leurs enfants. Ils n'hésitent pas à l'humilier, à le rabaisser, à diriger sa vie, à penser, à choisir et à décider à sa place, sans même le consulter.

Au fond, le « tyran » ne cherche, à travers sa volonté de maîtrise, qu'à museler ses angoisses infantiles de ne pas « compter », sa peur de ne pas exister. D'une certaine façon, il se débarrasse de sa dépression en la faisant porter par son époux. Cependant, si un jour ce dernier refuse de se laisser écraser, alors, comme dans un jeu de balançoire, le « dictateur » risque de se retrouver nez à nez avec sa propre chétivité. Ce phénomène de balancement dépressif se produit fréquemment au sein de familles où il s'avère impossible pour tous les membres de se sentir heureux ensemble et au même moment. L'un, devenu bouc émissaire, doit, en se sacrifiant, prendre sur lui tout le mal-être familial pour sauver les autres.

Une autre caractéristique des couples où l'homme et la femme se lient non par le désir et l'amour, mais par le besoin infantile de fusion et de dépendance, en occupant chacun une place d'enfant et/ou de parent, renvoie à la dimension dramatique et insupportable d'une éventuelle séparation. La découverte, par exemple, d'une infidélité conjugale, ou le décès du partenaire plongent le survivant dans une souffrance indicible, comme un enfant abandonné par sa mère, en détresse absolue et dont la vie s'éteint. Certains préfèrent se donner la mort, leur existence leur paraissant désormais inutile, vide de sens et d'intérêt. Toute rupture de fusion dans la vie amoureuse réactive en vérité une douleur ancienne, celle d'avoir été naguère rejeté, non aimé, négligé.

Cette souffrance hémorragique ne provient donc pas entièrement du choc subi dans l'ici et maintenant, mais aussi de la résurgence de la culpabilité et de la DIP refoulées, jusqu'ici tenues à distance. Il est certes on ne peut plus sain et naturel que de tels traumatismes déstabilisent fortement le psychisme de la victime. Cependant, lorsqu'il s'agit d'une relation adulte, fondée sur le désir, entre deux êtres différenciés et autonomes, l'élan vital, même sérieusement secoué, ne devrait pas s'effondrer. « La vie continue », comme on dit, après une période de cicatrisation et un certain délai nécessaire au travail de deuil. En revanche, dans un contexte de besoin, de fusion et de dépendance mutuelle, la libido se paralyse et s'écroule, la vie s'arrête, la mort apparaît comme étant la seule issue possible.

En règle générale, les séparations obéissent à deux catégories de motivations. Parfois, l'initiateur de la rupture se croit illusoirement, ou semble devenu réellement, adulte. Il ne souhaite plus confondre la relation de couple avec celle, régressive, de parent-enfant. N'ayant plus besoin de materner ni d'être materné, il désire occuper, face à son partenaire, une place et fonction d'adulte, inscrite dans l'égalité de la même génération.

Cependant, il arrive aussi que certains départs soient dictés non par la prise de conscience et la maturation, mais, à l'inverse, par le besoin répétitif accru de trouver un autre partenaire susceptible de jouer encore mieux que le précédent les rôles aliénés de soigné/soignant, de mère et d'enfant.

En résumé, le bonheur dans le couple, grâce aux joies de l'amour et de la sexualité, dépend étroitement de la capacité d'être soi de chaque partenaire. Il sourit à celui et à celle qui s'aime, dans son corps, sexe et génération, en s'acceptant tel qu'il (elle) est.

L'amour, au-delà des belles et émouvantes assertions poétiques et religieuses, n'est pas un pansement cicatrisant, un remède miracle capable de métamorphoser la vie en supprimant magiquement le manque à être et l'ennui. Il illumine, en revanche, les cœurs de ceux qui, assurés d'être vivants et entiers, émancipés du besoin de dépendre, cheminent dans la voie du devenir, portés par le désir.

Ainsi, « être soi », grâce à l'acceptation des différences de désirs, d'identités et de destins, permet à l'homme et à la femme de s'unir non seulement au niveau de l'amour et de la jouissance sexuelle, mais également à celui de leur âme tout entière, de l'ensemble des pans de leur identité plurielle. Cela signifie que la libido peut circuler désormais, de façon libre et fluide, à travers les divers étages et pièces de la maison/soi. Elle parvient ainsi à nourrir toutes les plantes du jardin de l'intériorité. L'homme réussit à se situer vis-à-vis de la femme par le biais de sa virilité, certes, mais également en tant qu'enfant, fils, frère, ami, père, gardien protecteur, amant sensuel, tour à tour, selon les moments de la journée, de la semaine et de la vie.

La femme apparaît, de même, dans ses dimensions de petite fille, de sœur, d'amie, de mère, de maîtresse et de gardienne protectrice, en fonction des émotions de l'instant. Les deux sexes ne se lient plus l'un à l'autre par leur seul corps physique, un canal unique, qu'il soit de nature sexuelle, amicale, parentale, etc., mais dans leur totalité indivise, dans la pluralité insécable des divers visages de leur identité, tel un diamant à multiples facettes. Il est évident, dans une telle perspective, que le couple de deux individus reliés l'un à l'autre par un seul aspect, surtout lorsqu'il s'agit de la sexualité, risque de souffrir, à long terme, d'une grande fragilité, contrairement à un autre où l'union se fait à travers les diverses émanations de l'identité plurielle. Une table s'écroule facilement lorsqu'il lui manque un ou deux pieds.

De plus, une relation unidimensionnelle se révèle assez rapidement plus pauvre, plus fade, plus monotone qu'une autre, plurielle, sans cesse nourrie par l'élan vital, riche, subtile et variée comme une peinture, une mélodie qu'on ne se lasse pas de contempler, d'écouter, y découvrant à chaque fois un trait original, un air singulier jamais décelés auparavant.

Disons enfin que la crise du couple et les troubles qui l'affectent contiennent, par-delà les souffrances qu'ils occasionnent, un message et un sens. Ils peuvent être mis à profit pour progresser dans la voie de devenir soi. Un vrai couple est, le plus simplement du monde, formé de deux êtres différents, d'un homme et d'une femme, chacun différencié de l'autre, psychologiquement autonome et adulte. Un vrai couple est porté par le désir, fondé sur l'alliance, et non aliéné dans le besoin régressif de la codépendance, où l'un considère l'autre comme un remède capable de compenser magiquement ses manques, subis dans l'Ailleurs et Avant, pour le guérir de la culpabilité et de la DIP.

Toute crise peut devenir salutaire dans la mesure où elle offre la possibilité de prendre conscience de son fonctionnement ainsi que de la nature et du sens de ses demandes à l'égard de l'autre, différent. À ce titre, elle permet de métamorphoser une relation infantile parent-enfant, soigné-soignant, en un lien producteur de bonheur entre des adultes unis dans la réciprocité de l'alliance.

Chapitre trois

Une famille idéale

Contrairement à l'opinion répandue, une famille heureuse n'est pas forcément celle qui jouit de la fortune et de la chance, d'un capital intellectuel et d'un savoir-faire éducatif performants, exceptionnels. Elle naît tout naturellement de l'union entre un homme et une femme, portés par le désir, chacun psychologiquement différencié et autonome, c'est-à-dire capable d'occuper sa place et d'assumer sa fonction de père ou de mère, sans avoir besoin d'utiliser le conjoint ou la famille comme remède contre sa DIP.

Les triangles

Disons d'abord qu'une famille, quelle que soit sa taille, se voit invariablement composée d'un ou de plusieurs triangles. Chacun comprend le père, la mère et un seul enfant. Aucun triangle ne peut se confondre avec les autres ni n'est identique à eux.

En effet, les membres d'une fratrie ne sont jamais issus, sur le plan de la psychologie inconsciente, des mêmes parents, abstraction faite du déterminisme des lois de la génétique. Chaque parent évolue nécessairement tout au long de sa carrière de père ou de mère, d'une conception, d'une naissance à l'autre. Nul n'investit son premier enfant de la même manière que le deuxième ou le troisième. N'ayant plus tout à fait le même corps ni le même vécu, il n'investit pas la vie, l'amour, la sexualité, la relation de couple de façon semblable. De plus, chaque enfant, d'un sexe, d'un rang, d'un caractère et surtout d'une place imaginaire différents, transforme son père et sa mère en leur imprimant sa particularité. L'aîné se voit souvent trop idéalisé, attendu comme la merveille des merveilles, dans une atmosphère fortement imprégnée d'émotions, de joies mais aussi de craintes, étranges, inconnues jusque-là. Les suivants suscitent des émois plus modérés. Ils sont moins sacralisés, certes, mais peut-être finalement mieux aimés, autrement, plus sereinement. C'est le motif pour lequel, souvent, l'aîné, objet de tant d'enthousiasme et d'appréhension, se sent étouffé. Ainsi, il cherche à se protéger des effervescences émotionnelles en se montrant plutôt distant, froid. « Trop de lumière obscurcit », disait Pascal.

Aucun enfant d'une même famille ne provient donc des mêmes parents. Nul triangle n'est identique à l'autre, chacun portant sa griffe comme les empreintes digitales. C'est bien cela qui pourrait éclairer les différences, parfois importantes, de personnalité entre les membres d'une fratrie, pourtant élevés dans les mêmes conditions, ensemble.

Indépendamment du sexe ou du rang, nul n'occupe la même place symbolique dans le cœur des parents. D'où peut-être ces éternels malentendus relatifs à la « préférence », niée énergiquement par les uns (« on les aime tous pareil ») mais fortement redoutée par les autres (« ma sœur en a toujours plus »).

Mais qu'est-ce qu'une famille heureuse ? Comment bâtir de bons triangles ? Qu'est-ce qu'une « bonne » mère, un « bon » père ?

Devenir père et mère renvoie, en premier lieu, à la façon dont chacun a été inscrit lui-même en tant que fils ou fille, dans son Ailleurs et Avant, au sein de son propre triangle. En second lieu, cela suppose la possibilité, pour l'homme et la femme, d'accéder à la maturité, à la masculinité ou à la féminité, en habitant un corps d'homme ou de femme, désirant l'autre sexe et désiré par lui. Chez les humains, la seule biologie, la rencontre féconde entre le spermatozoïde et l'ovule, ne suffit pas à fonder la parentalité.

Les conditions dans lesquelles on peut devenir père et mère, capables de fonder ensemble une famille heureuse, dépendent donc de l'histoire de chacun, de l'enfant heureux ou malheureux que l'on a été au sein du triangle, c'est-à-dire de l'état de santé psychique de l'enfant intérieur, gardien de la mémoire, décideur, en ange gardien ou au contraire en démon, du bonheur du parent qu'il deviendra plus tard.

De toute évidence, lorsque le petit a eu la chance de traverser sainement les diverses étapes de sa croissance, à l'abri de la culpabilité de l'innocent, nourri par l'amour et sécurisé par l'autorité, il pourra accéder à l'univers des adultes sans encombrement. Ce passé, solidement édifié, lui permettra de s'engager spontanément dans une relation de couple, amoureuse et sexuelle, fondée sur le désir gratuit, dans l'alliance et la réciprocité. Grâce au respect des différences, il ne sera pas ligaturé par le besoin régressif d'une codépendance fusionnelle, « thérapeutique », entre soignant et soigné.

Lorsqu'une étape de l'évolution n'a pu être pleinement et sereinement vécue, en son lieu et temps, elle ne disparaît pas magiquement. Elle reste en suspens, en attente, comme un colis à la poste, « en souffrance », dans l'espoir de se voir un jour concrétisée pour pouvoir enfin être dépassée. Cela signifie que le sujet, ayant sauté son enfance ou son adolescence en raison d'un rejet affectif ou de la mésentente des parents, restera fixé, cloué à ces étapes non vécues, « blanches ». Il cherchera donc à les vivre plus tard, d'une part par son conjoint interposé, à qui il demandera de combler ses manques, d'autre part en ayant tendance à ériger sa progéniture au rang du parent qui lui a fait défaut naguère, aimant, idéal, « thérapeute ».

La progéniture se branche d'une façon profonde et inconsciente à l'enfant intérieur de ses parents, au petit garçon et à la petite fille qu'ils furent, toujours vivants en eux, à ce qu'ils sont vraiment, bien plus qu'aux personnages adultes, à ce qu'ils disent, font ou montrent.

La communication s'avère saine, épanouissante et heureuse lorsqu'elle est portée par le « désir » d'être ensemble et d'échanger. Elle devient, à l'inverse, perturbée et nocive en cas de confusion de places et de rôles, du fait du « besoin » impérieux de se soigner l'un l'autre de sa DIP et de sa culpabilité d'avoir souffert. Dès lors, un « bon parent », c'est celui qui, capable de vivre par et pour lui-même, en son nom propre, de façon adulte, différenciée et autonome, n'a pas besoin de se sentir vivant, bon et utile par son enfant interposé.

Virginie

Virginie est une très jolie fille de 24 ans. Elle est « tombée enceinte à 18 ans, en faisant l'amour pour la première fois » avec un copain d'enfance, un jeune homme de son âge. Pendant pratiquement les cinq premiers mois, elle ne s'est pas rendu compte de sa grossesse. Elle avait certes remarqué la disparition de ses règles, mais elle n'avait pas cherché à en savoir davantage. C'est seulement un peu avant le cinquième mois, lorsque le bébé s'est mis franchement à bouger dans son ventre, que Virginie a enfin réalisé ce qui lui arrivait.

« J'ai eu peur de l'annoncer à mes parents. Je ne savais que faire, à qui demander de l'aide. J'ai donc décidé de me taire. Deux semaines plus tard, je me suis bloqué le dos à mon travail. Je ne pouvais plus bouger de douleur. Le médecin a insisté pour que je passe une radio. Alors tout le monde a découvert que j'étais enceinte. Ma mère a pleuré un peu. Mon père a claqué la porte. Mais finalement le lendemain l'orage était passé, sans plus de drame. Ils ne m'en ont pas vraiment voulu d'être enceinte, mais ils m'ont reproché de le leur avoir caché pendant cinq mois.

« Le reste de la grossesse et l'accouchement se sont bien déroulés. J'ai eu un petit garçon, Valentin. Après mon congé de maternité, je pensais reprendre le travail en mettant Valentin en nourrice. Ma mère a préféré s'en occuper elle-même. Je n'ai rien dit. Cela m'arrangeait. Je n'ai pas annoncé à mon copain que c'était lui le père de Valentin. Je n'ai pas voulu qu'il le reconnaisse en lui donnant son nom. Je ne sais pas pourquoi. Peut-être parce que je n'avais pas envie de me marier avec lui. Mes parents m'ont fait comprendre que c'était bien mieux comme cela. Je lui ai donné mon nom de jeune fille.

« Un an plus tard, j'ai rencontré un homme dans une soirée entre amis. J'ai décidé de me mettre en ménage avec lui. J'avais l'intention de reprendre Valentin mais mon compagnon s'y est opposé, en arguant qu'il ne se sentait pas encore prêt pour cela.

« Voilà ! Le temps a passé. Aujourd'hui, Valentin a 6 ans et ce n'est pas moi qui l'ai élevé. Je le prends les week-ends, parfois dans la semaine, mais je ne vis pas avec lui.

Il me demande tout le temps pourquoi il dort chez mes parents et pourquoi on ne se voit pas plus souvent. Je ne sais pas quoi lui répondre. Je trouve parfois que je suis une mauvaise mère, indigne. Je me sens coupable et j'ai honte de moi. Je me rassure, de l'autre côté, en me disant qu'il est certainement plus heureux avec mes parents qu'avec moi. Mon père est tellement content de l'avoir. Valentin a complètement transformé la vie de mes parents. Ils le prennent pour leur propre fils. C'est ridicule, mais je deviens des fois jalouse de lui. Il est gâté. On ne lui refuse rien ! »

Pourquoi Virginie éprouve-t-elle tant de difficultés à occuper sa place et sa fonction de mère ? Pourquoi ses parents se montrent-ils si complaisants, voire mous et complices ? Allons chercher des lumières dans l'Ailleurs et Avant familial.

« *Mes parents s'entendent bien, à part des petits hauts et bas. Je suis leur troisième fille sur quatre. Il leur est arrivé d'avouer qu'ils auraient souhaité avoir au moins un garçon. Je me suis toujours sentie visée par cette remarque. J'ai toujours cru qu'ils auraient préféré avoir un garçon à ma place à moi. J'en ai conclu que je les avais drôlement déçus. Pour ce motif, je me sentais parfois un peu rejetée. J'avais l'impression aussi que ma petite sœur, la "petite dernière", était "chouchoutée". Elle réussissait toujours à obtenir tout ce qu'elle voulait, à réaliser tous ses caprices. Je me sentais jalouse d'elle. Lorsque j'avais l'occasion de l'embêter pour me venger, je ne me gênais pas.*

« *Cependant, pour que mes parents, et surtout mon père, soient fiers de moi, j'aidais mon père dans ses travaux de bricolage. J'avais horreur de porter des robes ou des jupes et j'aimais pratiquer des sports de garçon, le foot et le handball.* »

On peut se demander au fond si Virginie, en abandonnant complaisamment son fils à ses parents, tel un objet, *un cadeau, une offrande, ne cherche pas inconsciemment à leur faire plaisir, à les rendre heureux, en effaçant leur déception de n'avoir eu que des filles. Tout se passe comme si elle s'était comportée en « mère porteuse » pour le compte de ses parents. Ainsi, elle n'a pas osé se montrer autonome, vraie. Elle n'a pas réussi à vivre sa maternité, par et pour elle-même, dans sa place et sa fonction, en son nom propre, mais elle l'a fait de façon clandestine, aliénée, dépossédée. Elle s'est érigée en thérapeute de la famille, par le sacrifice d'un pan essentiel de son identité plurielle : la maternité.*

« Après mon accouchement, j'avais beaucoup de mal à dire "mon bébé". Je ne réalisais pas qu'à peine une heure plus tôt il était encore dans mon ventre, faisant partie de moi. Ma mère est restée présente pendant toute la durée de l'accouchement. Quand Valentin est né, c'est elle qui s'est empressée de le prendre dans ses bras, c'est elle qui a voulu lui donner son premier bain, comme si c'était le sien. Plus tard, quand Valentin eut 3 ou 4 ans, j'ai remarqué plus d'une fois que lorsque je parlais avec lui au téléphone, le soir après mon travail, ma mère agitait un jouet sous son nez pour l'encourager à abréger la conversation et à se précipiter dans ses bras. »

D'ailleurs, Virginie succombe d'autant plus aisément à la tentation de remplir la fonction d'enfant thérapeute à l'égard de ses parents que le sexe masculin occupe, dans son héritage transgénérationnel, une place importante, en raison même de sa pénurie paradoxalement. Les parents de Virginie ont mis au monde quatre filles. Son père a eu six sœurs et pas de frère. Sa mère a eu trois sœurs et un seul frère, le troisième enfant de la fratrie, occupant donc exactement la même place que Virginie. Il est malheureusement décédé à 18 mois de mort subite. Sa mère a beaucoup souffert et culpabilisé du fait de ce décès.

Ainsi, Virginie offre en « mère porteuse » un fils à ses parents, en même temps qu'un frère à chacun d'eux, celui que son père n'a jamais eu, celui que sa mère a perdu. Elle tente de guérir l'enfant intérieur de sa mère, affecté par la DIP. Elle se donne aussi un frère à elle-même, puisque Valentin porte le même patronyme qu'elle, et que Virginie éprouve de la jalousie envers ce fils/frère comme jadis vis-à-vis de sa sœur cadette !

La prise de conscience de tous ces nœuds transgénérationnels a encouragé Virginie, à peine trois mois après le début de sa thérapie, à reprendre Valentin chez elle, évidemment contre la volonté de ses parents. Son compagnon, se trouvant cette fois face à la détermination de Virginie à s'affirmer en tant que mère, a acquiescé sans broncher. Il était enfin prêt !

Tous les dysfonctionnements familiaux entravant le bonheur proviennent de la difficulté de bâtir sainement le triangle, lorsque le parent, n'étant pas lui-même, sombre dans le désordre générationnel en confondant fantasmatiquement sa famille actuelle avec l'ancienne, son passé avec le présent. C'est bien cela qui empêche la construction d'un couple porté par le désir et non par le besoin, ainsi que celle d'un véritable triangle, chaque membre étant lui-même, dans le respect de sa différence.

Mais qu'est-ce qui prouve, dans la concrétude de la quotidienneté, que la difficulté majeure, pour la famille, de goûter au bonheur s'enracine bien dans l'histoire des parents, dans leur insuffisante autonomie psychique consécutive à la DIP, et non dans un quelconque manque réel ? Qu'est-ce qui démontre, avec évidence, que la souffrance familiale actuelle découle du désordre symbolique des places et des fonctions, contraignant inconsciemment les parents à se comporter en enfants, tout en plaçant leur progéniture dans une position parentale, thérapeute, soignante ?

L'amour et la loi

La capacité de conjuguer, dégagée de tout excès, l'amour et l'autorité constitue un excellent indicateur du caractère sain ou non du triangle.

Le triangle peut fonctionner de façon saine et heureuse si les parents réussissent à marier sans trop de difficulté ces deux principes fondamentaux que sont l'amour et l'autorité, nourrissant et structurant le psychisme enfantin. À l'inverse, le bonheur s'éclipse lorsque le subtil alliage alchimistique entre la loi et la tendresse échoue. L'insuccès découle toujours de l'excès, de l'exagération ou de l'exclusion de l'un de ces deux matériaux, aussi indispensables l'un que l'autre. L'amour sert de nourriture au psychisme et l'autorité de schéma organisateur, de limite, de repère. Le premier n'a de sens que grâce à la seconde, son complément.

Pour certains psychanalystes, l'évolution du psychisme enfantin serait tributaire des aléas du développement de sa sexualité, c'est-à-dire du fameux complexe d'Œdipe. Celui-ci a été défini, de façon crue, comme l'envie incestueuse de faire l'amour avec le parent du sexe opposé. Il s'agit là d'un fantasme pervers, d'une projection de l'adulte, de surcroît jamais exprimés en clinique au cours des psychothérapies.

Le complexe d'Œdipe représente plutôt la recherche d'une fusion symbiotique avec le parent du sexe opposé, le désir illusoire de posséder les deux sexes. Ce fantasme d'androgynie et de complétude favorise paradoxalement l'acceptation de la différence des sexes, c'est-à-dire le sacrifice symbolique de l'un et l'inscription consentie dans l'autre, sans regret.

En règle générale, les parents dominés par leur enfant intérieur déprimé se comportent à l'égard de leur descendance, en ce qui concerne la gestion de l'amour et de l'autorité, de deux manières diamétralement opposées, toutes deux caractérisées par la démesure.

Certains reproduisent inconsciemment, par mimétisme, la vie qu'ils ont subie dans leur passé, comme pour se venger sur leurs enfants, en les punissant des maltraitances que leur ont infligées leurs propres parents. Ils deviennent, à leur tour, alcooliques, incestueux, violents, etc.

D'autres, à l'inverse, mettent tout en œuvre et se sacrifient pour que leur progéniture ne connaisse pas les mêmes frustrations, les mêmes manques, les mêmes tourments qu'eux. Ils ont ainsi tendance à surprotéger leurs enfants, les écartant des réalités parfois pénibles de la vie pour qu'ils ne souffrent plus, n'éprouvent plus d'ennui, plus de manque. Cet excès de sollicitude maternante démontre, à l'évidence, la dépendance des parents ainsi que leur besoin infantile, celui de leur enfant intérieur, précisément, de se sentir aimés, bons, utiles, vivants et reconnus.

Personne dans ces situations n'est à sa place, dans sa fonction propre. Les générations se trouvent dans le mélange et l'inversion, dans la mesure où l'adulte, régressant au rang d'enfant, demande à celui-ci de désaltérer sa soif narcissique en jouant le rôle d'enfant thérapeute, de parent aimant. Cela le maintient dans un contexte d'emprise et de dépendance. Il se sentira alors coupable de voler de ses propres ailes, contraint de rester collé et dépendant, non pas forcément en raison de son immaturité à lui, mais pour rassurer l'enfant intérieur de son parent.

L'excès d'amour (trahissant au fond le besoin de se sentir aimé) empêche le parent d'exercer un tant soit peu son autorité en disant non à certains caprices, en donnant des limites. Il craint de ne plus être aimé s'il impose certaines frustrations. Il ne s'agit donc pas d'un don désintéressé, mais d'une demande infantile, d'un besoin impérieux d'amour et d'attention.

Au-delà des apparences trompeuses, ce ne sont point les parents qui se sacrifient de la sorte à leurs enfants, comme ils le prétendent, mais bien l'inverse. Les sacrifices d'enfants n'ont pas disparu. Ils ont changé de forme, devenant psychologiques, donc invisibles. Ce genre de dévouement sacrificiel constitue au fond, par-delà son masque d'altruisme et de générosité, une attitude profondément égoïste. Il contient notamment une forte charge, agressive et culpabilisante, contre l'enfant, convaincu de vivre abusivement aux dépens de ses proches qui se priveraient pour lui.

Le bonheur ne saurait se dégager d'un tel fonctionnement à l'intérieur du triangle, malgré tous les efforts déployés et les bonnes consciences, en raison de l'absence d'une parentalité authentique. Elle est ici non pas fondée sur le don gratuit, mais préoccupée par le besoin d'apaiser sa DIP, dans l'irrespect des générations, dans le désordre symbolique des identités. Ainsi, l'enfant, dépossédé de son enfance, avec tout ce que cette période comporte de légèreté et d'insouciance, se voit installé dans une fonction de thérapeute. Il devient adulte avant l'âge, chargé de compenser ce dont les parents se sont cru privés dans leur Ailleurs et Avant.

Bien entendu, cette inversion, loin de contribuer au bonheur familial, titille la culpabilité de l'enfant, persuadé que ses parents se sacrifient pour lui en se privant indûment de tout pour son bonheur à lui. La culpabilité inconsciente va l'empêcher de se différencier, de se séparer, de se construire une maison/soi, une autonomie psychique, une intériorité. Non seulement il n'osera pas

« abandonner » ses pauvres parents/enfants, mais il se verra contraint de s'ériger en leur protecteur, en leur gardien, aspirant, épongeant leur malaise et leur dépression, plus exactement celle de leur enfant intérieur. Il ne disposera donc plus de suffisamment d'énergie pour poursuivre sa maturation psychique dans la paix et la sérénité.

C'est également le motif pour lequel certains parents possessifs dépriment en trouvant la maison vide et sans âme lorsque les petits quittent le foyer. Ils se sentent seuls, abandonnés, inutiles, comme s'ils perdaient leur raison de vivre. Au fond, le départ des enfants ne constitue qu'un déclic, un déclencheur, et non pas la source de leur détresse. Celle-ci provient de leur enfance à eux, de leur DIP, longtemps consolée ou camouflée par la présence des « petits », tel l'arbre cachant l'immense forêt.

Ainsi, ce n'est point l'adulte mais bel et bien son enfant intérieur qui souffre et pleure à nouveau du fait d'un traumatisme ancien, en lien avec son passé, c'est-à-dire, en dernier ressort, sa DIP. C'est la raison pour laquelle certains couples se voient déstabilisés à ce stade de leur voyage. Le père et la mère se retrouvent là, face à face, sans plus de barrage ni d'intermédiaire, comme au début de leur mariage. Parfois ils réussissent à se « remarier », par « tacite reconduction »; parfois ils échouent et se séparent.

Il existe aussi des parents qui refusent inconsciemment cette coupure symbolique du cordon ombilical. Ils s'ingénient à faire perdurer la fusion en intervenant à distance dans la vie psychologique et affective de leurs enfants, en les téléguidant. Ils cherchent à les culpabiliser, à leur dicter ce qu'ils devraient préférer ou éviter, « pour leur bien », allant même jusqu'à leur donner des « conseils », intrusifs et manipulatoires, concernant leur attitude à l'égard de leur conjoint ou l'éducation des enfants.

En vérité, rien ne peut rendre l'enfant plus libre et plus heureux que le fait d'être témoin du bonheur de ses parents, de les sentir vivre, par et pour eux-mêmes, psychiquement autonomes, non dépendants de son affection, sans se sacrifier pour lui. Il est heureux parce qu'il n'est plus contraint de dépenser sa libido à les soigner. L'amour de soi et de l'autre, nullement antinomiques, vont de pair.

Lorsqu'un arbre « s'aime », il s'épanouit, nourri par la terre et le soleil, développant un tronc solide, de belles branches portant des fruits, ainsi qu'un feuillage magnifique. C'est alors seulement qu'il peut « aimer » les autres et se montrer utile, offrant aux voyageurs la fraîcheur de son ombrage comme refuge et étanchant leur soif avec ses fruits succulents. L'arbre qui ne « s'aime » pas, lui, anorexique et squelettique, ne pourra aimer quiconque, puisqu'il est impossible de donner ce qu'on n'a point !

Plus l'enfant est « gâté », comblé, plus il se vide, prisonnier de l'obligation coupable d'aimer ses parents, d'autant que le désir a nécessairement besoin du manque pour se maintenir en éveil, en érection, vivant. Tout ce qui s'obtient facilement sans avoir été demandé, espéré, sans effort et dans la passivité de la pensée magique, éloigne du bonheur, nourrissant le désenchantement. Il finit même par pousser la libido dans les deux excès, nuisibles l'un comme l'autre, de la surenchère, du « toujours plus », ou du « ras-le-bol », du dégoût et du manque d'envie, caractéristiques de la dépression. Bref, le triangle se voit déserté par le bonheur en raison de l'excès d'amour, ou plus exactement de l'absence de limites et de frustrations. Aucun des trois membres n'occupe sa place propre et n'assume donc sa fonction. Les parents érigent inconsciemment leur progéniture au rang de parents aimants, d'enfants thérapeutes. Ils la chargent d'apaiser leur DIP, de consoler la petite fille ou le petit garçon qu'ils furent, leur enfant intérieur.

Le bon dosage entre l'amour et l'autorité s'avère le garant du bonheur familial. Tout enfant a besoin de la présence de ses deux parents. Il ne peut croître, tel un arbre, qu'enraciné dans la terre mère et orienté vers le soleil, symbole paternel.

Ces dernières décennies, l'équilibre entre ces deux matériaux constitutifs de la psyché, l'amour et l'autorité, s'est vu rompu au détriment de l'autorité et de la loi, en raison de la désacralisation de la fonction paternelle symbolique. Celle-ci a été consécutive, dans l'idéologie contemporaine, à la mythification de la femme, devenue toute-puissante, matriarche, déséquilibrant le fonctionnement sain du triangle père-mère-enfant.

De nos jours, les symboles de la fonction paternelle – la morale, la loi, l'autorité, la fermeté, l'interdit, la limite, le cadre, l'ordre, le devoir, la patience, le contrôle – deviennent des concepts culpabilisés et négatifs... Ils se voient confondus hâtivement avec l'autoritarisme, la sévérité, la répression rigide, perverse, sadique. Ils sont accusés pour ces raisons d'empêcher l'accès au bonheur. Les modes intellectuelles envahies par les émotions au détriment de la pensée chérissent en revanche les attributs maternels, les idées de liberté, de non-culpabilité, de jouissance, de plaisir, d'indépendance, de non-contrainte, d'entente, de compréhension, de compassion, de douceur, de chaleur, de paix, d'harmonie et de pardon.

Les fonctions paternelle et maternelle, l'amour et la loi, pourtant parfaitement indispensables et complémentaires, sont ainsi dressées l'une contre l'autre, comme des opposés, des antinomies.

En vérité, l'amour, c'est comme la terre, le feu, l'eau, le vent. Pour qu'il puisse s'orienter dans le sens de la vie, et non de la mort, en produisant le maximum d'énergie et de bonheur, il est nécessaire qu'il soit limité par l'autorité. Sinon, dans son impétuosité, il engloutit comme la terre, incendie comme le feu, inonde comme l'eau et dévaste comme la tempête.

La limite est amour. Elle constitue le présent le plus précieux que l'on puisse faire, consubstantiel au bonheur. Rien ne s'avère plus important dans la voie du bonheur que l'aptitude à se donner certaines limites et à en offrir à ceux que l'on aime. La limite remplit, de toute évidence, une fonction constructive. Elle sécurise le Moi en l'inscrivant dans un cadre et en lui proposant des repères. Elle le protège face à la toute-puissance pulsionnelle enfantine qui pousse à vouloir tout être, tout devenir, tout prendre, dans l'immédiateté et l'urgence. Elle contribue à l'intégration du principe de réalité pour que le psychisme sache supporter un minimum de frustrations, de manques et de contrariétés, afin de ne pas sombrer dans la surenchère et la perversion. L'enfant empêché de souffrir un tant soit peu ne pourra plus s'ouvrir au bonheur. Il risque de s'écrouler plus tard, son système immunitaire de défense psychologique étant devenu inopérant, face au moindre désagrément, à la plus petite déception.

Ainsi, loin de jouer un rôle répressif, l'autorité œuvre à rendre l'enfant fort, dans le sens de l'autonomie psychique caractéristique de l'âge adulte.

À l'inverse, le laxisme parental, c'est-à-dire venant du représentant de l'autorité, sera vécu dans l'inquiétude et l'insécurité. D'abord parce que l'enfant et surtout l'adolescent vont se trouver nez à nez avec une puissante poussée pulsionnelle qu'ils auront du mal à comprendre et à maîtriser. Ensuite dans la mesure où toute absence de fermeté et toute indulgence excessive seront ressenties par eux non pas comme les preuves d'un supplément d'amour, de gentillesse et de liberté, mais au contraire comme les indices d'un manque d'intérêt et d'attention, d'indifférence, de faiblesse et de démission.

La vulgarisation des esprits

Le laxisme, au-delà de toutes ses pseudo-justifications politico-éducatives, provient invariablement du besoin du parent, de son enfant intérieur, de se sentir aimé et reconnu. Il cherche à paraître comme un être bon, gentil, « chouette », « sympa », par peur de perdre l'amour de l'enfant, érigé ainsi au rang de thérapeute, de soignant.

Le culte de l'enfant roi s'est vu, ces dernières décennies, fortement encouragé par la vulgarisation de la psychologie ainsi que par l'effervescence de la consommation. La presse publie régulièrement des dossiers à l'usage des parents pour les aider à comprendre la psychologie des petits, pour favoriser leur épanouissement à l'abri des erreurs éducatives et des souffrances.

Il s'agit là, cependant, d'une entreprise dommageable. Elle risque, en psychologisant à l'excès les liens enfants-parents, de déposséder ces derniers de leur parentalité en leur ôtant la confiance en eux-mêmes, leur spontanéité et leur naturel. Elle transforme les relations filiales en une affaire technicienne de recettes.

D'une certaine façon, la vulgarisation vient occuper la place laissée vacante par le tiers symbolique, le système de valeurs, de codes, d'interdits, de rites et de rituels ponctuant les moments clés de l'évolution et étayant les processus de séparation-individuation. Privés de ce secours, seuls et inquiets, les parents espèrent puiser dans la vulgarisation psychologique, entre une idée de bricolage et une recette de taboulé, des conseils faciles à appliquer, et susceptibles de donner magiquement des fruits.

Cependant, il est bien évident que ce psychologisme ne saurait remplacer le tiers symbolique, ni surtout supplanter la prise en charge éducative quotidienne.

Les enfants et les adolescents se voient en effet de nos jours privés de l'aide précieuse des rituels d'initiation et d'étayage lors de ces étapes si riches et si fragiles de leur évolution : mourir à l'enfance, accomplir le deuil de la matrice maternelle pour renaître à soi, adulte, différencié, psychiquement autonome.

De leur côté, le marketing et la publicité parviennent également à titiller l'obsession parentale du « bonheur des enfants » en érigeant ceux-ci au rang de décideurs tout-puissants en matière de consommation familiale. L'enfant, doublement roi parce que client, se voit encouragé à choisir les plats cuisinés, les bonbons et les fromages, mais aussi la marque du 4 x 4 et le prochain lieu de vacances.

Pour un parent qui caresse l'unique dessein de rendre son enfant heureux, il est très pénible de le frustrer en refusant de lui acheter telle marque de biscuits ou de baskets. Il est bien plus commode de dire oui que de dire non en fixant des limites, par paresse certes, mais surtout par crainte de le rendre « malheureux », de perdre, par ricochet, son amour. Le bonheur ne peut s'épanouir au sein d'un triangle où, les générations étant inversées, personne n'assume son rôle ni ne siège à sa place.

D'ailleurs, il sera d'autant plus difficile aux parents de dire non à leurs enfants que la société de consommation, ayant supplanté le tiers symbolique et étant devenue l'écho et la complice de la pulsion, ne cesse d'attiser leur « fièvre acheteuse », la consommation/drogue.

Les jeunes préfèrent, et de loin, « satisfaire leurs envies » tout de suite, en vivant intensément, comme les y encouragent les messages publicitaires, subliminaux ou directs, plutôt que de supporter la frustration, le contrôle de soi et la patience. Leurs aînés risquent de rencontrer, de même, de sérieuses difficultés pour leur interdire de se droguer. Ils se trouvent face à un paradoxe intenable :

d'un point de vue symbolique et non juridique, les « don-
neurs de leçons » peuvent être qualifiés eux-mêmes de
« drogués », eu égard à leur propre mode existentiel
addictif. Celui-ci semble préférentiellement orienté vers
la surconsommation de toutes sortes d'objets, de produits et même de personnes (cannibalisme psychique),
dans un but toxicomaniaque, anxiolytique et antidépresseur, sans parler de la ruée vers le bonheur chimique,
destiné à anesthésier les cœurs et les consciences, avec
la bénédiction de la médecine. Le corps est devenu
aujourd'hui pratiquement la seule source de bien-être,
confondu avec le bonheur. La cocaïne a été remplacée
par le Prozac, opium du peuple, pris en charge, de surcroît, par la Sécurité sociale !

Quant à l'enfant roi, malgré les apparences, son statut n'apparaît pas si enviable. Rien n'est jamais offert
gratuitement. Ses prérogatives se paient au prix fort.
Ses parents réclament en effet qu'il soit parfait, heureux, brillant, excellent, performant, partout, à l'école,
au piano, au sport. Tous les droits lui sont accordés, sans
discussion, avec néanmoins un unique devoir, le plus terrible de tous, celui de les aimer, de ne jamais les décevoir,
en se conformant à l'idéal narcissique familial.

Les triangles boiteux

Cette quête obsessionnelle de l'enfant parfait camoufle
un malaise parental. Elle comporte invariablement la tentation silencieuse de réécrire, en mieux et par procuration, son histoire. Ainsi, devenu objet de fierté, fétiche,
idéalisé, ne manquant plus de rien que du manque, l'enfant se voit inconsciemment chargé de vivre, en n'étant
pas lui-même, la vie que ses parents n'ont pas vécue,
qu'ils ont laissée inachevée, en suspens. Il a pour mission de concrétiser leur idéal grandiose raté, de ranimer des pans de leur vie avortés, dévitalisés. Il se voit

donc utilisé comme remède pour guérir une dépression familiale masquée, parentale ou transgénérationnelle. Cependant, tous ces efforts déployés sont incapables de pacifier le parent avec son passé et son enfant intérieur. Ils échouent à corriger l'image négative et coupable de « mauvais parent » qu'il a de lui-même.

L'exemple du malheureux enfant roi, « ayant tout pour être heureux » mais n'étant rien, démontre clairement que le bonheur n'est pas tributaire de la santé, de la fortune ni de la doctrine pédagogique familiale, mais principalement de l'état de santé du triangle père-mère-enfant. Le bonheur se répand spontanément, sans nulle nécessité de « faire » ou de « dire » quoi que ce soit, lorsque chacun des membres, étant lui-même, occupe sa place légitime et assume sa fonction spécifique dans le respect de la différence des sexes et des générations. À l'inverse, il déserte automatiquement le triangle, même si tout semble parfait et si personne ne manque de rien, en cas de mélange et de confusion des psychismes, installant l'enfant dans une position de thérapeute, avec la régression du désir au niveau du besoin vital.

Parfois, certaines mères, qualifiées de « phalliques », de « possessives » ou d'« intrusives », encagent inconsciemment leur petit, en apparence par inquiétude pour sa santé et son bonheur, mais au fond par crainte de se sentir inutiles et seules. Elles entravent ainsi la construction et le bon fonctionnement du triangle, éjectant le père, lui interdisant d'exercer sa fonction tierce de séparation. De plus, cette captation cannibalique les enferme dans une position exclusive de mère au détriment de leur vie féminine et sexuelle, fortement rétrécie.

Ce genre de situations risque de déstabiliser psychologiquement certains pères immatures, plus exactement le petit garçon en eux. Ils se trouvent confrontés à de vieilles angoisses d'abandon, se sentent en insécurité, non aimés, négligés, « mis de côté » par leur épouse, sur laquelle ils projetaient une image de mère. Ils ont également tendance à entrer en relation agressive de jalousie et de rivalité avec le « petit bout de chou », comme naguère avec une petite sœur ou un petit frère accusé d'avoir monopolisé toutes les attentions.

Pour certaines femmes, la féminité et la maternité apparaissent comme antinomiques, contradictoires. Elles sont convaincues qu'une « bonne et vraie mère », parfaite, se doit de mettre la totalité de son énergie psychique au service de son bébé en sacrifiant le reste. Tout se passe comme si la sexualité, fortement culpabilisée, les rendait impures. En vérité, une femme ne peut s'accomplir en tant que mère que si elle s'autorise à vivre pleinement une relation d'amour et de sexualité. C'est ainsi qu'elle pourra véritablement éprouver du bonheur dans la mesure où sa libido parviendra à circuler librement, en elle et au sein du triangle, sans entrave, à travers la totalité des pièces de son identité plurielle. Le bonheur sera là parce que toutes les plantes du jardin intérieur se verront arrosées, irriguées. Aucune ne sera morte, desséchée ! Elle se sentira vivante et entière dans un corps habité, sans avoir « besoin » de son petit comme remède, pour se sentir en sécurité, bonne et utile, dans le but d'apaiser sa DIP, son côté inanimé, quelque chose de dévitalisé en elle.

Ce phénomène de régression du triangle vers le duo mère-enfant semble malheureusement se répandre depuis quelques décennies en raison de la prolifération des familles monoparentales. Beaucoup de femmes se retrouvent seules pour élever leur enfant, quelquefois par choix, mais très souvent par contrainte à la suite d'un divorce ou de la démission de leur conjoint. L'enfant, tout en subissant ces désordres, se croit coupable aussi bien de la solitude de sa mère que de l'absence de son père, comme si c'était lui qui l'avait chassé. Il s'ingénie alors à réparer les dégâts qu'il est certain d'avoir causés. Il remplace son père d'une manière incestueuse, c'est-à-dire dans le déni de la différence des générations, afin de délivrer sa mère de la dépression. Ainsi, il s'épuise à lutter contre la mort, en quelque sorte, en réincarnant son père parti/mort/absent et en ranimant sa mère déprimée, éprouvée par le drame. Ce contexte fusionnel l'empêchera, de toute évidence, de se différencier, de devenir autonome, lui-même. Il remplit désormais une mission de thérapeute, dans une place aliénée qui n'est pas la sienne.

Tous ces bouleversements imposés au triangle ont contribué à l'instauration d'une culture matriarcale non limitée, non encadrée par le patriarcat, la fonction paternelle se trouvant de plus en plus désacralisée, au détriment du triangle. Il existe en effet au sein de celui-ci une solidarité naturelle souterraine reliant les trois membres, le père, la mère et l'enfant. Aucun ne pourrait prétendre au bonheur en l'absence de celui des autres. Ils se trouvent tous épanouis ou malheureux conjointement. Une mère qui sacrifie un pan essentiel de son identité plurielle en étouffant sa féminité à la suite de l'éjection du père ne pourra ni goûter elle-même au bonheur, ni en offrir aux autres. À l'inverse, lorsqu'elle s'aime en se laissant vibrer et désirer par l'homme, lorsqu'elle est vivante dans son cœur et dans son corps, elle illumine le triangle comme un soleil. C'est aussi vrai, évidemment, en ce qui concerne l'homme et son aptitude à conjuguer en lui la masculinité et la paternité, ses dimensions d'homme et de père.

De même, le bonheur risque de déserter le triangle dans toutes les autres circonstances où celui-ci se voit régresser au rang d'un duo, d'un huis clos. Ainsi, il existe des « pères poules » qui cherchent à s'ériger en père et mère à la fois, parfaits, irréprochables. Ils dénigrent la vraie mère, qu'ils ont tendance à exclure du triangle en la présentant comme inutile ou méchante. On trouve également des parents « copains » ou incestueux, manquant de distance, pataugeant avec leurs enfants dans le bourbier de l'équivalence des générations en les situant au rang de confidents, de juges (« tu préfères ton papa ou ta maman ? »), en leur révélant leur intimité ou, pire encore, en les prenant pour des objets sexuels.

N'oublions pas non plus d'évoquer les parents trop sévères, « fouettards », autoritaristes, violents et maltraitants qui transforment la vie de famille en un lieu de tourments et de souffrances. La maltraitance, nous l'avons dit, embrase surtout la culpabilité de la victime innocente. Si ses motifs sont nombreux, elle provient cependant toujours d'un manque d'être soi parental, d'une difficulté à distinguer les places, les fonctions et les responsabilités.

Il peut arriver à une mère de haïr son enfant si, par exemple, elle a été contrainte d'épouser le père de celui-ci en raison de la survenue d'une grossesse non désirée, ou si elle a dû sacrifier son avenir professionnel et ses rêves pour pouvoir se consacrer à lui. Dès lors, il devient « bouc émissaire », fautif des insuccès et des déceptions maternels.

Il existe enfin des couples en fusion, en symbiose, des conjoints pratiquement collés l'un à l'autre, éjectant cette fois l'enfant du triangle. Ceux-là éprouvent, malgré de nombreuses années de vie commune et la naissance de plusieurs enfants, de sérieuses difficultés à s'accepter comme père et mère, à intégrer leur identité de parents. Coincés dans une position d'éternels adolescents, ils font preuve d'une profonde immaturité, d'un désintérêt, voire d'une indifférence à l'égard de leur progéniture. Tout se passe comme s'il n'existait dans ce genre de couples aucun espace psychologique symbolique pour les enfants, considérés comme des trouble-fête ou des gêneurs, orphelins de père et de mère, menant une existence fantomatique à côté de celle des parents. Dans ce cas aussi, le bonheur, en raison de l'infantilisme des géniteurs, incapables d'assumer leur personnalité d'adultes, aura du mal à se faire jour, empêché par les défectuosités du triangle.

Précisément, comme tout autre symptôme, celles-ci remplissent une double fonction. Elles signalent, en premier lieu, la difficulté rencontrée par les trois membres à se situer l'un vis-à-vis de l'autre, en tant qu'êtres vivants entiers séparés, différents, bien que profondément liés. Elles révèlent le mélange et la confusion des désirs, des destins et des générations. Elles expriment, enfin et surtout, le dysfonctionnement du triangle du fait du primat du besoin d'utiliser l'autre comme remède, comme fournisseur, ravitailleur d'amour et non porté par le désir gratuit, nourricier et émancipateur d'être et d'échanger ensemble.

En second lieu, du côté positif, la découverte des dysfonctionnements permet à chacun de réfléchir, de chercher à se connaître et à se comprendre, d'éclaircir son histoire, personnelle et transgénérationnelle, en se branchant sur son intériorité. Elle aide notamment à prendre conscience de la culpabilité de l'innocent et de la DIP, parfois héritées, que l'on s'est épuisé, des années durant, à nier, à refouler, c'est-à-dire, en fin de compte, à « refiler comme une patate chaude » à son enfant, porteur du symptôme.

Un enfant énurétique ou en échec scolaire, une adolescente anorexique, un adolescent toxicomane ou délinquant expriment d'une façon maladroite une souffrance qui n'est pas exclusivement la leur propre, mais bien celle de l'ensemble du triangle. Ils cherchent, en offrant leur corps et leur âme en objets de sacrifice expiatoire, à éponger, à aspirer le malaise, soucieux de ne pas troubler la quiétude familiale. Ils paient ainsi pour des pots qu'ils n'ont jamais cassés, remboursent des dettes qu'ils n'ont pas contractées.

La crise, malgré la souffrance qu'elle occasionne, peut servir de tremplin, à condition qu'elle soit accueillie, écoutée et comprise. Elle aide les membres du triangle à progresser dans la voie de devenir soi, différencié du psychisme familial. Chacun, retrouvant désormais son territoire, assuré d'être vivant et entier, pourra entrer en relation saine avec l'autre. Chacun acceptera de porter sa croix, de ne pas s'en décharger sur les autres ni de prendre la leur sur ses épaules.

Il n'est nullement question ici de culpabiliser quiconque, notamment les parents... Mais il est essentiel de prendre conscience de la nocivité de la culpabilité et de la DIP qui, lorsqu'elles sont refoulées et inconscientes, sont transmises d'un membre du triangle à l'autre et léguées d'une génération à la suivante, dressant d'invisibles barrages sur la route du bonheur.

ARNAUD

Arnaud est un homosexuel de 35 ans. Il prétend assumer totalement son homosexualité, ne pas ressentir de honte ni de fierté. À l'heure actuelle, il souffre de deux séries de problèmes, sentimentaux et professionnels.

« Mon patron me sous-estime. Il me dénigre en me reprochant certaines fautes, totalement infondées : manque de respect des horaires, abus du téléphone à usage privé, etc. Je suis convaincu qu'il invente des prétextes pour pouvoir me licencier. Cela dure depuis plusieurs mois. Je commence à en avoir marre. Au début ça allait bien. Il se trouvait dans une mauvaise passe. Je l'ai énormément aidé à redresser la barre. Il m'a d'abord un peu écouté, mais, par la suite, tenant de moins en moins compte de mes conseils, il semble qu'il ait vu ses affaires péricliter. Je n'en suis pas responsable, bien au contraire.

« Sur le plan sentimental, j'éprouve beaucoup de mal à combler le vide de ma vie. Entre 24 et 32 ans, j'ai vécu avec un homme de sept ans plus vieux que moi. Je cherchais un père en lui. J'ai toujours été très attiré par les hommes plus âgés, plus mûrs, plus sécurisants. Quand je l'ai connu, il buvait seulement les week-ends. Il n'était donc pas vraiment alcoolique. Il venait de divorcer de sa femme. Il s'était marié, en cachant son homosexualité, pour faire plaisir à son père. J'ai voulu le quitter, en étant toujours amoureux de lui, après huit ans de vie commune, parce qu'il n'arrêtait pas de boire. Tous mes efforts et mon insistance pour qu'il accepte de se faire soigner n'ont abouti à aucun résultat. Il m'a fait atrocement souffrir. Après m'être battu pendant des années, j'ai échoué. Cependant, depuis que je l'ai quitté, je n'arrive pas à faire le deuil de notre histoire. J'ai du mal à trouver quelqu'un d'autre. Moi, j'ai une vision hétérosexuelle de l'homosexualité, c'est-à-dire que je voudrais pouvoir aimer un homme à vie, former un couple avec lui, en jurant la fidélité absolue. Je n'apprécie pas l'instabilité de certains homosexuels, bien plus préoccupés par la sexualité que par les sentiments romantiques. Je crains de ne jamais trouver l'homme qui me convient.

« Avec mon "ex" et mon patron, je me suis comporté pendant longtemps comme une femme battue qui s'obstine à rester, malgré toute la souffrance qu'elle endure, sans réagir. »

Arnaud semble donc très affecté par ces contrariétés et frustrations relatives à l'échec de sa volonté thérapeu-

tique avec son patron et son ex-amant, deux hommes importants dans sa vie.

Mais pourquoi éprouve-t-il au fond si fortement le besoin de les aider ? Pourquoi recherche-t-il si avidement la reconnaissance ? Pourquoi n'a-t-il pas encore accompli le deuil de son ex-amant, après trois années de séparation ? Pourquoi craint-il tant de se voir licencier, rejeter par son patron ? Enfin, pourquoi a-t-il tendance à parler de lui-même comme s'il était une femme ? Écoutons son histoire :

« Quand j'étais petit, ma mère m'aimait beaucoup. Elle était très proche de moi. Elle avait embauché une nounou pour s'occuper de moi en son absence, en raison de son travail. Elle ne faisait pas trop confiance à mon père. La nounou m'emmenait à l'école maternelle et s'occupait de ma toilette et de mes repas jusqu'au retour de ma mère de son travail. Je l'aimais beaucoup. J'étais très attaché à elle. J'avais, en quelque sorte, deux mères. Malheureusement, quand je suis entré à la grande école, je ne l'ai plus revue. Elle avait disparu. On m'a expliqué timidement qu'elle était morte. J'étais bouleversé, très triste. Je ne comprenais pas vraiment. Cependant, j'ai appris des années plus tard qu'en fait elle s'était suicidée parce que ma mère l'avait licenciée, je ne sais pour quelles raisons. Ainsi, je perdais l'une de mes deux mères, d'autant plus que, d'une certaine façon, je n'avais pas de père. Celui-ci était là physiquement, mais psychologiquement il n'était pas présent. Il était dépressif. Je n'avais pas vraiment de contacts avec lui. Je pensais qu'il était indifférent à mon égard, ou pire encore qu'il ne m'aimait pas, par jalousie de voir que j'avais deux mères si proches de moi, comme si j'avais volé les siennes. Je me disais que c'était sûrement cela qui l'avait rendu malade. Il ne parlait pas beaucoup, il était taciturne. Le haut du réfrigérateur était toujours encombré par plein de boîtes de médicaments. Il som-

nolait toute la journée. Je le voyais triste, malheureux, mais sans comprendre pourquoi. Quand ma nounou a disparu, son état s'est aggravé. Ma mère m'a expliqué que la nounou faisait l'éponge avec mon père. Quand il allait mal, elle le rassurait. Je le détestais, mon père, à l'adolescence. J'avais honte de lui, mais en même temps je souffrais qu'il ne me voie pas. Je voulais qu'il fasse attention à moi, qu'il me reconnaisse, qu'il me parle. Une fois, j'ai abîmé sa voiture pour le provoquer, pour qu'il sache que j'étais là ! J'ai beaucoup souffert de ce manque de dialogue avec lui. Quand j'avais 8 ou 9 ans, il m'a emmené avec lui une semaine en vacances en Normandie dans sa famille. Je me suis demandé à une époque s'il n'avait pas abusé de moi dans le train. Je pense maintenant qu'il s'agissait de ma part d'un fantasme. »

Cependant, un tel « fantasme » peut nous éclairer sur la signification profonde du malaise d'Arnaud, ainsi que sur son homosexualité.

Arnaud dit avoir eu « deux mères » dans son enfance, tout en étant privé de père, physiquement présent, mais absent psychologiquement. À travers ce fantasme, le père et le fils se retrouvent enfin, existent l'un pour l'autre, se reconnaissent, dans un lien affectif, en se donnant mutuellement de l'amour.

Arnaud, plus exactement son enfant intérieur coupable et thérapeute, s'évertue à guérir son père, ou plutôt l'enfant intérieur de celui-ci, malheureux, déprimé. Il remplace ainsi sa nounou qui faisait l'« éponge », remplissant la même fonction.

« J'ai toujours l'habitude de prendre les sentiments de la personne de qui je me sens proche, notamment ses mauvaises émotions, son énergie négative. Quand quelqu'un est énervé, angoissé, stressé, je me sens contaminé, comme s'il n'existait pas de barrière, de porte ou de fenêtre entre nous. » C'est bien le souci de rétablir *le circuit libidinal avec le père, d'éponger son malaise, de lui donner de l'amour et d'en recevoir de lui, qui se trouve à l'origine de l'homosexualité. Autrement dit, le fils, convaincu que l'absence psychologique, la faiblesse, le manque de personnalité, la démission, l'effacement, bref, la dépression du père est entièrement de sa faute, entreprend de le soigner, de le guérir, de le déchagriner, de le rendre heureux par le biais du corps à corps amoureux. Cela lui permet de se déculpabiliser en s'assurant de l'absence de toute agressivité, de tout grief ou de tout contentieux entre les deux hommes.*

Dans ce contexte, la relation homosexuelle lui procure une double certitude, une double assurance. En premier lieu, le père est vivant et heureux grâce à lui et à son amour, et donc non déprimé, non mort, « privé des deux mères » par sa faute. En second lieu, le père ainsi rendu vivant et heureux peut désormais aimer très fort son fils, le reconnaître, l'apprécier, sans cultiver contre lui nulle animosité, nulle adversité. Ici comme ailleurs, les vrais liens ne se situent pas entre les deux adultes, mais entre les deux enfants intérieurs.

Ainsi, Arnaud a dû répéter avec les deux autres hommes affectivement importants dans sa vie, son patron et son amant, occupant l'un et l'autre une place de père et de malheureux, le même schéma infantile de relations. Il s'est situé face à eux en tant qu'enfant coupable et thérapeute en cherchant à guérir son ex-amant de l'alcoolisme et à sauver son patron de la faillite. Dans les deux situations, il n'a pas été lui-même, dans une place et fonction d'homme. Il était contraint de paraître constamment, à ses propres yeux et à ceux des autres, comme un être bon et bienfaisant et non comme un propagateur de désastres, coupable de la dépression paternelle.

« J'ai toujours besoin qu'on m'aime et qu'on me le dise, qu'on fasse attention à moi et qu'on me reconnaisse. C'est comme cela que je me sens exister. »

Arnaud cherche donc à guérir, en aimant corps et âme les hommes malheureux sur lesquels il projette la figure du père. Cependant, dès qu'il se rend compte de son impuissance, il rompt la relation, prenant acte de la sorte de l'impossibilité de rétablir le circuit des échanges libidinaux – recevoir et donner de l'amour.

Ainsi, Arnaud est malheureux parce qu'il n'est pas lui-même, dans son corps et son sexe, dans sa fonction et sa place de fils et d'homme adulte au sein du triangle. Il s'est vu d'une part cannibalisé, castré par ses « deux mères », tout en échouant d'autre part à s'identifier à l'image de son père, qui lui apparaissait comme négative, castrée, dépréciée, déprimée.

Grâce à ce travail en profondeur sur lui-même, Arnaud a enfin réussi à accomplir le deuil de la disparition de sa nounou, et surtout à se réconcilier avec son père, apparaissant cette fois d'une façon plus lumineuse. « J'ai compris qu'il m'aimait, même s'il ne trouvait pas toujours les mots pour l'exprimer. »

Chapitre quatre

La réussite sociale

Dans l'esprit du public, la réussite sociale et la fortune sont deux autres ingrédients cardinaux du bonheur. Terminer ses études avec succès, occuper un emploi valorisant, gagner beaucoup d'argent, tout cela garantirait l'accès au bonheur, croit-on, en faisant correspondre la réalité à son idéal, et rendrait possible la réalisation de toute une série de rêves : acquérir une belle maison, de beaux vêtements, une résidence secondaire à la campagne, une superbe voiture, s'offrir des vacances magiques, entouré de ses meilleurs amis.

L'essentiel étant toujours le grain et non la paille, tout cela ne pourra contribuer au bonheur que si le sujet se l'autorise, s'il se trouve hors de l'emprise de la culpabilité inconsciente et de la DIP.

Mais pourquoi, comme en ce qui concerne la santé, l'amour et la famille, certains réussissent-ils socialement alors que d'autres échouent ? Où réside le secret ? Existerait-il des êtres surdoués, chanceux, d'une vitalité exceptionnelle, bref, une race de « gagneurs » qui triomphent de toutes les barrières ?

Là encore, la clé du succès de l'adulte est détenue par son enfant intérieur. C'est lui qui le propulse vers la réussite et non pas la chance ou la position de son signe zodiacal dans le ballet des astres.

S'il a vécu dans son Ailleurs et Avant au sein d'un triangle sain, composé de parents adultes et psychologiquement autonomes, c'est-à-dire non dépendants de lui, il pourra goûter au bonheur à l'âge adulte même s'il rencontre certaines difficultés matérielles.

À l'inverse, s'il est envahi par la culpabilité et la DIP, s'il a été placé dans une fonction d'enfant thérapeute, contraint de gaspiller une partie importante de sa libido à soigner les autres, il risque de manquer son rendez-vous avec le bonheur, indépendamment de ses capacités intellectuelles, de sa jeunesse et de sa santé.

Le déprimé se sent malheureux, en effet, non pas parce qu'il lui manque réellement quelque chose ou quelqu'un, mais parce que, n'étant pas lui-même, dans un contexte d'hémorragie narcissique, il n'est plus assuré d'être vivant et entier, dans un corps réel. De même, la jeune fille anorexique se trouve malheureuse, « grosse et moche », quels que soient sa beauté et son poids réels. Elle perd non seulement la sensation de la faim, mais l'appétit de vivre et d'aimer, dans un corps de femme vivant et porté par le désir.

En revanche, le bonheur rayonne lorsque la libido circule librement et de façon fluide, à travers les divers pans de l'identité plurielle, sans blocage et sans fixation dans les excès, trop ou trop peu !

Cependant, la réussite sociale n'est pas exclusivement déterminée par les capacités réelles et les particularités psychologiques du sujet. Le climat socioculturel joue également un rôle parfois considérable. Il est essentiel dans cette optique de ne pas ignorer ou sous-estimer l'existence et l'importance du système des castes dans les sociétés occidentales, fières d'exhiber par ailleurs les principes d'égalité des chances, de tolérance et d'ouverture. Certes, il n'existe pas, comme dans les sociétés hindoues, des castes de brahmanes, de guerriers, de négociants ou d'intouchables. Cependant, cela ne signifie pas qu'il n'en existe aucune. En effet, dans certains milieux, classes, confréries, tribus, réseaux, cercles, groupes, familles, lobbies, à caractère politique, idéologique, scientifique, économique, artistique ou intellectuel, les membres s'agglutinent et se soutiennent pour protéger jalousement le monopole de leurs privilèges. Malgré leur apparence faussement accueillante, ces systèmes fonctionnent de façon cloisonnée et hermétique, refoulant tout « étranger » qui ne partage pas leurs valeurs. La mère corbeau ne laisse jamais un moineau pénétrer dans le nid pour se mêler aux siens !

Officiellement, chacun est dit libre de réussir en fonction de ses mérites propres, en disposant des mêmes droits que les autres, quelles que soient par ailleurs la classe sociale dont il est issu, sa religion ou sa « race ». Au fond, cette propagande tapageuse louant l'existence et la légitimité de l'égalité des chances et des droits est destinée à camoufler l'exact inverse, autrement dit la prépondérance occulte des clans, des « nomenklaturas ».

Mais pourquoi donc, face aux mêmes réalités sociales et culturelles, certains parviennent-ils, grâce à leur volonté et à leur ambition, à dépasser ces obstacles alors que d'autres échouent ?

L'exemple des enfants en échec scolaire s'avère très instructif à ce propos. Ceux-ci ne présentent en effet, dans la majeure partie des situations, aucun déficit intellectuel, mais plutôt des blocages affectifs les empêchant d'être psychologiquement vivants et présents en classe, d'avoir le goût et la curiosité d'apprendre, de se concentrer sur des tâches précises. Il s'agit au fond d'enfants déprimés, en souffrance. Certains ont été personnellement victimes de maltraitance (rejet affectif, abus sexuels...), d'autres se sont trouvés les témoins impuissants de violences (parents alcooliques, divorcés, décès d'un proche...). Ils ont dû, érigés en thérapeutes, éponger la dépression et le malaise familiaux. Dès lors, en raison de l'existence de la DIP et de la culpabilité, une partie importante de leur énergie vitale se voit gaspillée dans les deux mécanismes de la quête de l'innocence et de l'expiation.

Ainsi, croyant que tout ce qui arrive est de leur faute, ils se placent répétitivement dans des situations d'échec, d'autopunition et d'humiliation. Ils attirent inconsciemment l'agressivité vers eux, en ne travaillant pas bien à l'école, en ramenant de mauvaises notes ou en commettant des « bêtises » pour se faire punir par l'autorité.

L'échec social de l'adulte, ou à l'inverse son succès, s'éclaire par ces mêmes mécanismes inconscients. Il s'autorise le bonheur lorsque, étant lui-même, vivant et entier, il n'est plus inféodé à son enfant coupable intérieur. Par conséquent, non envahi par la DIP, il ne s'autopunit pas sans cesse pour expier ses fautes imaginaires de façon masochiste. À l'inverse, des blocages inconscients peuvent entraver sa réussite professionnelle. Ils se manifestent de façons très diverses. Beaucoup de personnes présentent, sur le plan de la scolarité et de la formation professionnelle, des parcours plutôt ternes et chaotiques, nullement en raison de troubles ou de déficits intellectuels, mais d'un manque d'ambition et de volonté, d'un doute sur leurs capacités. Tous ces symptômes sont révélateurs d'un état dépressif. Ils trahissent l'existence d'un interdit inconscient de réussir, de percer, de briller, de gagner. C'est le motif pour lequel ces individus se contentent d'emplois plus ou moins subalternes, peu rémunérés, sans promesse d'avenir, en menant une vie étriquée. Ils se trouvent souvent frappés par le chômage, victimes d'accidents de travail, ce qui contribue à grignoter le peu de confiance qu'ils conservaient en eux-mêmes, ainsi que leur combativité, déjà bien entamée. Les échecs accentuent, de même, leurs blessures narcissiques en titillant à nouveau leur culpabilité sans faute de victimes.

Ce climat dépressif, ces barrières intérieures dressées contre l'épanouissement libidinal sont d'ailleurs nourris, comme dans un cercle vicieux, par des mesures d'assistance collective. Celles-ci se transforment parfois en « assistanat » en raison de leur aspect subi, passif, impersonnel et chronique. Elles accentuent la mauvaise image que la société inculque aux secourus et qu'ils ont déjà d'eux-mêmes : « ratés », « incapables », « parasites » et « bons à rien ». Le sujet, dépossédé de lui-même et sans avenir, se voit empêché de développer ses propres ressources internes. Coupable de recevoir passivement, sans rien donner en échange, il s'interdit de s'extraire du statut d'assisté où on l'a placé. Le motif essentiel de l'échec est relatif à la culpabilité, à l'interdiction de s'épanouir, au refus inconscient du bonheur.

Cependant, il est des démunis qui croient que s'ils ne jouissent pas, ou peu, c'est par la faute de ceux qui jouissent trop, les empêchant délibérément de réussir et d'être heureux. Ce discours « paranoïaque », simpliste, de victime persécutée est récupéré et encouragé par quelques politiciens manipulateurs. Ceux-ci l'utilisent habilement en promettant la justice et la fortune à tous les « pauvres », qui, finalement, d'une campagne électorale à l'autre, se trouvent encore plus dépouillés qu'auparavant.

À l'inverse de cette catégorie de « perdants », certains réussissent correctement sur le plan professionnel mais sans que cela s'accompagne pour eux d'un gain de bonheur, de paix, dans le moment présent. Pourquoi ? Parce qu'il existe, au fond, deux manières différentes de se situer face à la réussite professionnelle, même pour celui qui se trouve au sommet de la pyramide.

Dans le premier cas, le sujet considère son travail avec intérêt, certes, mais néanmoins, grâce à un minimum de sérénité et de distance, comme une tâche, une profession, une occupation, une activité, un métier, un emploi. Cela lui permet principalement de gagner sa vie, tout en se sentant un tant soit peu utile aux autres et à la société. En réalité, contrairement à l'idée répandue, ce n'est pas vraiment le travail en tant que tel qui peut devenir source de joie, mais la façon dont il se voit investi, regardé, le sens affectif qu'il comporte. Il peut s'accompagner de vives satisfactions lorsque le sujet, psychologiquement autonome, est capable de pacifier en lui les deux principes de plaisir et de réalité en distinguant ce qu'il est de ce qu'il fait, c'est-à-dire sans s'identifier à son métier, à son masque social. À l'inverse, lorsqu'il n'est pas lui-même, il a fortement tendance à confondre inconsciemment sa personne et sa fonction. Il lui sera difficile, par conséquent, d'exister, de se sentir vivant en ayant une image saine de lui, de ses défauts et qualités. Dans ce contexte de mélange, la réussite au travail ne garantit nullement le bonheur dans la sérénité.

La seconde manière de se situer face au travail, quel qu'il soit, au-delà de ses caractéristiques réelles de fatigue et de pénibilité, ou au contraire d'agrément et de commodité, est profondément affective, émotionnelle, imaginaire, sensitive. Lorsqu'il n'est plus considéré comme une tâche, comme un gagne-pain, il risque de ne pas contribuer au bonheur. Certains avouent détester leur métier parce qu'il leur a été dicté autoritairement par l'idéal de réussite et de brillance familial, sans qu'ils aient pu exprimer, affirmer leur choix. Ce n'est alors pas vraiment le travail en tant que tel qui est visé, mais à travers lui l'influence parentale. La preuve en est que François est persuadé qu'il serait parfaitement heureux s'il pouvait exercer le métier de Jacques, alors même que celui-ci envie secrètement la situation de François !

Dans un tel climat émotionnel, la réussite sur le plan professionnel se voit utilisée comme moyen de « devenir quelqu'un », d'exister, de plaire, d'attirer l'attention, de briller, pour se sentir vivant, reconnu, considéré. Il s'agit là du travail-médicament-pansement thérapeutique, destiné à colmater une faille identitaire, à compenser une carence narcissique afin d'apaiser la DIP : « J'existe, je suis vivant et utile parce que je travaille et je réussis. »

Nous retrouvons ici l'attitude compensatoire déjà repérée dans les domaines de la santé, du couple et de la famille. Le sujet est privé de bonheur parce que, n'étant pas lui-même, il « utilise » les choses et les êtres, poussé par le besoin de se sentir vivant et reconnu, et non porté par le désir gratuit. Dans cette optique, certains souffrant au fond d'une mauvaise image d'eux-mêmes, d'un « complexe d'infériorité », s'acharnent à briller en étalant d'une façon exhibitionniste, donc maladroite et indiscrète, leurs signes extérieurs de richesse et de réussite, dans le but d'attirer le regard, l'attention et la reconnaissance d'autrui. Ils deviennent ainsi vantards et prétentieux, poussés par leur insatiable soif narcissique d'amour et de considération. « Pompants » et « bouffeurs d'énergie », ils épuisent leur entourage, chargé de leur prodiguer éloges et compliments dans un contexte de faux self et de mondanités. Moins il y a de confiture et plus on l'étale ! Et le tambour résonne très fort parce que, tout simplement, il est creux !

De toute évidence, ce besoin de se sentir en sécurité dans son statut d'être vivant grâce à son travail et à sa réussite sociale, loin de protéger le sujet, ne peut que le rendre de plus en plus chétif et vulnérable. En effet, dès qu'il rencontre un obstacle, une contrariété dans son intégration ou son ascension (licenciement, faillite), étant indistinct de son masque, il risque de voir sa maison/soi s'écrouler.

Certains, confondant l'être et le paraître, l'âme et la façade, la personne et la fonction sociale, choisissent de se donner la mort sous le choc d'un échec, d'une perte professionnelle, voire à la suite d'une mise à la retraite ordinaire. Ce sont des cas où le sujet, n'étant pas lui-même, cesse de se sentir vivant et entier et ne peut plus puiser dans son intériorité des raisons ni un sens pour continuer à vivre et à espérer. Cependant, cela démontre surtout que l'espace psychique adulte a été totalement envahi par l'enfant intérieur en détresse, affecté par la culpabilité et la DIP, que le traumatisme vient titiller.

Lorsque le succès professionnel et la réussite sociale se voient utilisés dans un but thérapeutique et antidé-presseur contre la DIP, le sujet ne peut se sentir heureux que d'une façon fugitive, provisoire, comme après avoir fait l'amour, ou bu un verre de whisky, ou avalé une tablette de chocolat ! Ensuite, pris dans la surenchère du « toujours plus », incapable de profiter sereinement du moment présent, il a rapidement tendance à oublier ce qu'il possède pour se mettre à pourchasser, l'un après l'autre, de nouveaux mirages.

De même, le surinvestissement professionnel séquestrant toute l'énergie vitale finit, à la longue, par phagocyter tous les autres pans de son identité : famille, sexualité, amis, enfants, spiritualité, etc. Il s'agit véritablement d'un cercle vicieux. D'un côté, le sujet, surenchérissant dans le travail, la réussite sociale et le conformisme excessif, s'efforce d'apaiser sa DIP dans l'espoir de se sentir vivant et en sécurité. Mais, d'un autre côté, cette quête s'effectue à ses dépens, se retourne finalement contre lui-même, puisqu'il se voit contraint de se sacrifier pour « parvenir », en négligeant ses vrais désirs et son intériorité.

Il est certain que l'idéalisation de la réussite sociale comme remède contre la DIP et, par conséquent, comme garant du bonheur est partagée depuis quelques décennies par un nombre croissant de personnes, notamment les femmes, en raison de l'évanescence du tiers symbolique. La réussite est investie, au même titre que la consommation addictive et la médecine, du pouvoir magique de remédier au manque à être et au malaise intérieur, contre l'angoisse diffuse et ineffable de ne pas exister et de ne pas vraiment compter pour les autres.

Un individu ne peut se sentir vivant et heureux que si sa libido, son énergie vitale, parvient à circuler librement, sans encombre et avec fluidité à travers les divers pans de son identité plurielle. Il en va exactement de même d'une société. Il ne lui est en effet possible de fonctionner d'une manière saine, en contribuant à l'épanouissement de ses membres, que si elle reconnaît et cultive, non pas une seule facette de la vie, axée vers l'extériorité matérielle, mais d'autres valeurs tout aussi légitimes dans leur diversité. L'idéalisation unidimensionnelle de la réussite sociale comme garant du bonheur se traduit, comme dans un jeu de balançoire, par la négligence, voire la déconsidération pour d'autres aspirations, orientées vers l'intériorité. Le nécessaire équilibre entre le dehors et le dedans, le corps et l'esprit, le collectif et l'intime, l'objectif et le subjectif, se voit ainsi rompu par l'absence du tiers symbolique, régulant les excès et empêchant la domination des seconds par les premiers.

C'est le motif essentiel pour lequel nous avons assisté ces dernières années à la prolifération des sectes de tout bord, se substituant au tiers symbolique absent et prétendant chacune incarner seule la « spiritualité », par ailleurs dépréciée, dégommée dans la culture de consommation, refoulée. Le phénomène des sectes, bien que d'essence perverse et dangereuse, fait néanmoins passer le message de l'insuffisance du sacré et de son indispensabilité dans le monde moderne pour l'équilibre individuel.

De même, beaucoup d'hommes et de femmes hésitent à s'impliquer dans une relation de couple adulte en construisant un foyer et en mettant des enfants au monde. Ils préfèrent « profiter de la vie avant », comme ils disent, s'amuser, sortir, se sentir libres et notamment réussir leur carrière professionnelle. La famille, les enfants, « la popote, les couches », symbolisent pour eux des contraintes, des responsabilités, des devoirs, le sacrifice de soi. Pour ces raisons, l'âge de l'engagement durable dans une vie de couple ainsi que celui de la première grossesse, considérés l'un et l'autre comme sonnant le glas des libertés individuelles, reculent de façon significative. Il ne s'agit évidemment pas de la part des futurs pères et mères de choix réfléchis et raisonnés.

Chacun se laisse influencer, sans s'en rendre compte, par une culture et une idéologie festives, incitant sournoisement à vivre intensément, affranchi des limites, dans l'urgence. Cela implique le refus des contraintes et des frustrations, dans une ambiance générale d'excitation érigeant le corps au rang de source privilégiée, voire unique, de satisfactions.

Ce bonheur dionysiaque camoufle évidemment, en raison de son outrance, la préoccupation de fuir l'ennui et la dépression masquée. Cependant, on retrouve toujours le même paradoxe : plus le sujet cherche à lutter contre sa DIP en voulant trop vivre, afin de compenser un pan inanimé en lui, et plus il gaspille son énergie vitale dans l'agitation, laissant filer toutes les autres possibilités d'être dans la paix.

Tout à fait à l'inverse de ceux qui voient dans le travail et la réussite un aspect antidépresseur et les « consomment » sans modération, d'autres se rendent au boulot comme si on les traînait à l'abattoir. (D'ailleurs, le mot « travail » ne vient-il pas du latin *trepalium*, qui désigne un instrument de torture ?) Ils caressent dès le lundi matin l'heureuse perspective de se retrouver au vendredi soir. Tout au long de l'année, ils ne pensent qu'aux congés, à la retraite et aux vacances, et ne parlent que de cela.

Ces individus ne souffrent pas vraiment de leur travail en tant que tâche – pas forcément pénible ni ingrate d'ailleurs. Leur attitude trahit au fond une quête de fusion, de passivité matricielle, béate et heureuse, dans un contexte exagérément émotionnel, comme antidote contre la DIP. Il s'agit, en général, de sujets immatures, issus des triangles où la mère, en rivalité avec le père, s'appropriait l'enfant, le privant ainsi de la fonction paternelle. Cette dernière n'a donc pas été en mesure d'éduquer le petit en lui faisant intégrer les principes de l'effort, de la persévérance, de l'adaptation à la réalité, du contrôle de soi et de la patience. C'est pourquoi ils ont tendance à décrire le « travail idéal » en termes extrêmement affectifs, volitifs, ludiques, récréatifs : ils « aimeraient » un « job » qui leur « plaise », qui les « intéresse », dont ils auraient « envie », dans une ambiance « cool », « zen », « sympa », entourés de collègues/amis avec qui ils « s'entendraient bien ».

Ils sont ainsi amenés à confondre, en raison d'une forte idéalisation affective et d'un manque de distance, les fonctions et les personnes, le milieu professionnel avec leur famille, les patrons avec leurs parents, les collègues avec leurs frères et sœurs. Le vrai travail en tant que production, œuvre, ouvrage ou tâche tend à s'estomper au bénéfice d'un contexte émotionnel, affectif, sensitif qualifié d'« extra » ou d'« infernal » !

Beaucoup d'entreprises sont considérées par les personnes qui y « travaillent » comme des lieux de vie affectivisés : embrassades, tutoiements, anniversaires, confidences, mais aussi, forcément, susceptibilités idiotes et harcèlements divers, en augmentation constante.

L'entreprise vient peut-être se substituer aux vraies familles traditionnelles, aujourd'hui sinistrées, éclatées en raison de divers bouleversements socioculturels. Elle s'érige en la « bonne famille » idéalisée permettant l'expression et l'écoute émotionnelles, en créant un espace où il serait enfin possible de s'épanouir, de plaire, de se sentir aimé, vivant, valorisé, reconnu, materné. Elle est appelée à compenser le manque narcissique subi jadis au sein de son triangle d'origine. Il s'agit là aussi, en fin de compte, d'une vision thérapeutique du travail, consistant à guérir la DIP en sécurisant l'enfant intérieur en détresse.

MARIE

Marie a 50 ans. Elle s'est mise en arrêt maladie depuis plusieurs mois. Elle se dit victime de harcèlement dans son entreprise.

« *Cela fait plus de vingt ans que je suis vendeuse dans une boutique de prêt-à-porter. Elle a été rachetée il y a dix ans par un nouveau propriétaire. Depuis, rien ne va plus, alors qu'auparavant tout se passait normalement. Le patron actuel me contraint à exécuter des tâches dégradantes. De plus, il me manque de respect en faisant des réflexions déplacées sur ma personne, sans parler des heures supplémentaires qu'il refuse de payer. Je me suis toujours donnée à fond dans mon travail. J'ai tout encaissé pendant dix ans sans protester. Là, j'ai craqué parce que je n'en pouvais plus. Deux de mes collègues ont préféré démissionner. Moi j'ai eu tort de continuer. Ces derniers mois, je me sentais très nerveuse, susceptible, à fleur de peau. Je prenais tout à cœur. Ma vie familiale était complètement gâchée.* »

Pourquoi – sans chercher à juger cette affaire d'un point de vue légal ni moral – Marie a-t-elle accepté de se laisser agresser, a-t-elle tout encaissé, pendant dix ans, sans protester, tout en assistant au départ de deux collègues ? D'où vient cette force occulte qui la contraint à se laisser maltraiter ?

« *Je me suis mariée une première fois à 19 ans. J'ai eu un garçon. J'ai dû divorcer trois ans plus tard parce que mon mari, un militaire de carrière, devenait de plus en plus agressif. Il m'a battue, même pendant ma grossesse. Je n'ai pas voulu partir tout de suite pour ne pas priver mon fils de son père. Malgré tout, je me suis sentie coupable de le quitter. J'ai accepté, comme pour me faire pardonner, de payer ses dettes pendant plus de quatre ans.*

« Ensuite, j'ai connu mon mari actuel, de douze ans plus vieux que moi. Il venait, lui aussi, de divorcer parce que sa femme le trompait. Il avait une fille adultérine qui portait son nom mais qui n'était pas de lui. À l'époque, mon mari vivait chez sa mère. J'ai dû accepter, à contre-cœur, de partager la maison pendant vingt-cinq années avec ma belle-mère, femme égoïste, exigeante et forte de caractère. Je ne voulais pas déplaire à mon mari, le perdre. J'ai subi des offenses, sans plier l'échine. Toute-fois, après le décès de ma belle-mère, mon mari, au lieu de se rapprocher de moi, s'est encore un peu plus éloigné. Il est devenu aussi égoïste, préférant, comme s'il avait retrouvé une nouvelle jeunesse, sortir et s'amuser sans moi avec ses copains. J'avais l'impression de devenir plu-tôt sa copine ou sa locataire que son épouse légitime. »

Le harcèlement professionnel dont Marie est victime ne constitue donc pas l'unique épisode de ce genre dans sa vie. Auparavant, elle s'était laissé brutaliser par son pre-mier mari, violent, ensuite par sa belle-mère, acariâtre, enfin par son mari actuel, décrit comme avare d'amour et de tendresse.

Mais que se reproche-t-elle ? Quelle est l'origine de sa culpabilité et de sa DIP, qui la poussent dans le cul-de-sac de l'expiation et de la quête de l'innocence ?

« J'ai subi des attouchements sexuels par mon père à 5 ans. Tous les soirs, venant me faire lu bise pour me dire "bonne nuit", il en profitait pour me caresser le corps. Au début, je croyais que c'était normal et affectueux. Après, j'ai pensé que c'était un jeu. Ça a duré longtemps. Je n'ai rien osé dire à personne. À 9 ans, un ami de mon père (j'ai découvert qu'il était l'amant de ma mère) m'a caressé le sexe en m'obligeant à toucher le sien. Je l'ai tout de suite raconté à mon père. Il m'a dit, au lieu de me protéger : "Ce n'est pas bien grave." J'en ai beaucoup voulu à mon père, mais je n'ai pas osé lui parler. Avec ma mère, mes rapports étaient compliqués. Elle me prenait parfois dans ses bras en me chantant des petites chansons, mais à d'autres moments je prenais des volées parce que j'avais fait pipi dans mon lit.

« En outre, ma sœur, pourtant ma cadette, n'était pas non plus toujours très tendre avec moi. Elle me griffait sans raison, ou me coupait mes nattes. Elle prétextait que j'étais plus jolie qu'elle et que les parents m'achetaient de beaux habits neufs à moi, alors qu'elle devait attendre pour porter mes vieilles affaires. J'étais plus forte qu'elle physiquement, bien sûr, mais je ne voulais pas me venger. Ça me coûtait énormément de lui faire de la peine, même si elle le méritait. »

En fait, il s'agit d'une petite sœur adultérine, fruit de la double vie de sa mère avec l'homme qui avait pratiqué des attouchements déplacés sur Marie. Fait absolument extraordinaire, cette sœur cadette s'est mariée plus tard avec un homme bien sous tous rapports mais ignorant ses origines biologiques car ayant été placé très jeune dans une famille d'accueil. Après son mariage, au bout de longues recherches, il réussit à découvrir qu'il avait été confié à la DDASS à sa naissance par sa mère, à l'époque prostituée ! Ainsi, le destin avait encore une fois réuni, sans qu'ils s'en doutent, un homme et une femme à la filiation brouillée par la légèreté des mœurs de leur mère.

Évidemment, il ne s'agit nullement ici de destin mais de la rencontre inconsciente entre deux enfants intérieurs blessés, donc coupables et thérapeutes, qui s'attirent, par-delà la volonté consciente des adultes, en cherchant à apaiser leur DIP, à se guérir l'un l'autre, saignant au même endroit, de la même blessure.

Un autre fait troublant est apparu à l'examen du génogramme de Marie, reflet de l'héritage trans-générationnel et de ses avatars : son grand-père paternel avait un frère géant, jumeau à sa naissance avec une petite sœur morte de méningite à 3 ans. Cet homme mesurait 2,28 mètres et pesait 168 kilos. Ses gants étaient de taille 15, sa bague de 35 millimètres de diamètre, l'envergure de ses bras atteignait 2,37 mètres et il chaussait du 65. Il gagnait sa vie en posant pour des affiches publicitaires ainsi qu'en se produisant aux grandes foires d'automne et de Pentecôte. Peut-être lui aussi se voyait-il affecté par la culpabilité sans faute d'avoir survécu à sa jumelle. Peut-être avait-il cherché, par conséquent, à vivre pour deux, pour lui-même et pour sa petite sœur disparue, dans l'espoir de nier la perte, pour apaiser sa DIP ainsi que la douleur de ses parents en réincarnant, dans sa chair, leur petite fille !

Marie était donc prise dans une histoire personnelle et transgénérationnelle tissée par la culpabilité sans faute de l'innocent. Elle ne pouvait, aussi longtemps qu'elle ne prenait pas conscience de ses nœuds, que répéter inlassablement le même schéma, en se maintenant dans des situations expiatoires et masochistes afin d'éponger la culpabilité ancestrale et d'accomplir les deuils restés inachevés.

Par conséquent, ce n'était pas seulement ni surtout son patron qui la harcelait depuis dix ans mais son enfant intérieur coupable, « encaissant sans protester », « subissant sans plier l'échine ». Peut-être même attirait-elle, comme un aimant, la violence et le sadisme des autres, tel un chevreau blessé dans le bois s'offrant comme une proie à ses prédateurs.

Grâce à cette prise de conscience, Marie put faire des « pas de géant » dans la compréhension de ce qui freinait, de l'intérieur, son aspiration à vivre en paix, en la coinçant répétitivement dans des situations de souffre-douleur et de bouc émissaire.

Un tel climat de confusion entre le public et le privé se traduit curieusement, dans nombre d'entreprises, par l'architecture spécifique de leurs locaux. Ceux-ci, à la fois reflet et moyen de réalisation des exigences de l'homme moderne, se conçoivent, s'agencent et s'aménagent de façon « conviviale » : grands espaces collectifs subdivisés en « box » dépourvus de cloisons et de portes, où nul ne peut disposer d'aucune intimité, étant agressé au contraire par toutes sortes d'indiscrétions et d'intrusions.

Curieusement, cette affectivisation excessive risque d'amplifier les maux qu'elle était censée éradiquer. Alors que les conditions de travail ont été considérablement améliorées et sécurisées dans bon nombre de secteurs professionnels, la pénibilité n'a pas disparu magiquement pour autant. Elle est devenue invisible, psychologique, se déplaçant au niveau des relations interpersonnelles, en raison précisément de cette affectivisation : conflits, jalousies, rivalités, rumeurs, lâchetés, malentendus, séductions, exploitations abusives, tout cela étant à l'origine d'un accroissement considérable des arrêts de travail pour cause de dépressions et de maladies psychosomatiques, en particulier des tendinites. Autre symptôme alarmant : la multiplication des phénomènes de bouc émissaire et de harcèlement.

Les victimes de ces calamités modernes se recrutent majoritairement parmi les personnes qui, en raison de leur gentillesse et de leur souci de ne pas déplaire, évitent, comme Marie, de s'engager dans des relations conflictuelles. Ainsi, elles sont incapables de fixer à temps des limites à l'agressivité de certains collègues, camouflée derrière les apparences perverses de la serviabilité.

La réussite professionnelle peut donc contribuer grandement au bonheur lorsque le sujet, étant lui-même, adulte, dans sa fonction et sa place, ne sacrifie pas toute sa libido pour « y arriver », c'est-à-dire lorsqu'il n'a pas besoin de son travail comme remède, comme pansement, pour se sentir aimé, reconnu, utile, vivant et entier dans un corps réel. D'ailleurs, il brillera d'autant mieux qu'il ne se trouvera pas inféodé au besoin.

« Qui exige trop n'obtiendra rien ! »

Chapitre cinq

La richesse

La sagesse populaire déclare à juste titre que si l'argent ne fait pas le bonheur, il y contribue néanmoins.

De tout temps, il a été approché avec une profonde ambivalence. Il continue d'être l'objet d'une adulation honteuse, d'une idolâtrie coupable. D'une part, il est fortement investi, idéalisé par tout un chacun, hommes et femmes, petits et grands, riches et pauvres, tout en se trouvant, d'autre part, dénigré, déprécié, méprisé même. Il attire et fait peur à la fois. Curieusement, ce n'est jamais ceux qui le décrient le plus ou qui n'en parlent pas qui en sont le plus détachés, de façon sincère et paisible. Bien au contraire, ils en rêvent, le fantasment et le convoitent encore davantage.

En revanche, la reconnaissance saine et consciente de l'intérêt pour l'argent, ainsi que la capacité d'en parler normalement, loin de la cachotterie hypocrite et de la transparence exhibitionniste, traduisent une certaine sérénité et un certain recul face à ce métal sonnant et trébuchant.

L'ambivalence à l'égard de l'argent rejoint la tartufferie pudibonde et moralisatrice qui touche la chose sexuelle. Ces domaines ont ceci en commun qu'ils représentent les deux visages du désir, de la libido, de l'Éros, de l'énergie psychique, porteurs l'un et l'autre de vertus magiques et revitalisantes pour sauvegarder de la mort. L'argent symbolise en effet la vie, l'énergie vitale, l'amour. En posséder, en perdre, en rêver, en gagner, en épargner, en donner, en recevoir, en voler, en manquer, en refuser, en mourir... renvoie, en dernière analyse, au négoce, aux mille et une manières de communiquer, d'échanger avec l'autre. Il sert de miroir à l'amour que le sujet s'autorise ou se refuse. Il reflète la libre circulation de la libido ou, à l'inverse, les obstacles qu'elle rencontre dans la maison/soi. À ce titre, c'est un indicateur du sentiment de sécurité ou de doute d'être vivant et entier. Le besoin de thésauriser à l'excès révèle l'existence d'une DIP liée à de sérieuses angoisses de mort, face auxquelles l'argent sert de contrepoison.

Certains psychanalystes ont interprété l'argent comme l'équivalent symbolique des produits de défécation. Il est vrai que l'enfant sur le pot transforme ses matières fécales en un moyen d'obtenir de ses parents ce qu'il veut ou de les frustrer. Il s'en sert donc comme d'une monnaie d'échange pour les « acheter », donner de l'amour et en recevoir !

Mais pourquoi et comment l'argent est-il susceptible de contribuer au bonheur ? Est-il vraiment indispensable ?

Disons que, là encore, il existe fondamentalement deux manières différentes de l'aborder. Certains sont capables de le manipuler avec décontraction et aisance, de façon saine et adulte, en le mettant au service de la réalisation de leurs désirs et besoins, dans la fluidité du don et de la réception, à distance de la diarrhée et de la constipation. D'autres, à l'inverse, se voient utilisés par lui, ou plutôt possédés, d'une façon dépendante et infantile, en raison de la culpabilité et de la DIP.

Il est des personnes, souffrant d'une mauvaise image d'elles-mêmes, qui se sentent coupables d'en gagner, d'en posséder, comme si elles ne le méritaient pas, ou n'y avaient pas droit, ou en étaient indignes. Elles éprouvent d'ailleurs exactement les mêmes émois lorsqu'on leur manifeste de l'affection en leur offrant des cadeaux. Il s'agit là d'un refus inconscient, contrastant douloureusement avec leur quête, ainsi qu'avec tous leurs efforts conscients pour s'enrichir et pour plaire. Cela prouve l'existence d'un fond dépressif, avec son cortège de sentiments d'infériorité, d'indignité et de non-mérite.

Des millions d'autres souhaitent, et l'avouent ouvertement, embrasser la fortune, qui constitue à leurs yeux la condition première du bonheur. Beaucoup s'adonnent aux jeux de hasard, lesquels se transforment progressivement en une drogue dure, au même titre que le tabac et l'alcool. Ainsi espèrent-ils consciemment gagner un maximum, sans effort, sans travail, magiquement, en misant sur le bon cheval ou en trouvant les six bons numéros – c'est « facile », « pas cher » et « ça peut rapporter gros » !

Les sociétés productrices de tels jeux apparaissent finalement comme étant les vraies bénéficiaires de ce marché de dupes. Les Français ont dépensé en 2003 pour ce poste 7,8 milliards d'euros, l'équivalent de 130 euros par habitant, soit deux fois plus qu'il y a vingt-cinq ans. Ces jeux de « mal-chance » contribuent ainsi à appauvrir chaque jour davantage les chercheurs de la caverne d'Ali Baba. Les joueurs croient surtout naïvement que la richesse leur permettra de devenir enfin heureux en mariant, grâce à la consommation, la réalité à leur idéal. Ce mariage/mirage est destiné au fond à concrétiser leur rêve d'enfant. La quête d'argent symbolise la recherche

de l'amour de la mère dont le sujet s'est vu privé dans
son Ailleurs et Avant. L'envie d'en posséder sert à apaiser la DIP, consécutive à cette privation, en assurant au
sujet qu'il est aimé, reconnu, et surtout entier et vivant.
Mais l'argent utilisé à des fins thérapeutiques, comme
anxiolytique et antidépresseur, est impuissant à « faire
son bonheur ». Le sujet s'interdit inconsciemment d'en
gagner et/ou d'en jouir. Pourquoi ? Parce que la DIP et
la culpabilité empêchent la libre circulation libidinale à
travers les divers pans de son identité plurielle, faisant
régresser le désir au niveau du besoin.

Or c'est le désir qui favorise le gain d'argent et non
pas le « besoin », qui crispe le sujet en le rendant mala-
droit. La gestion heureuse de cette « matière fécale » sans
odeur, hautement idéalisée, exige en effet une certaine
distance et un certain détachement. D'après la sagesse
populaire toujours, l'argent est un bon serviteur mais
un mauvais maître. Cela signifie qu'il contribue au bonheur lorsqu'on sait l'employer, sans y être assujetti, en
« étant soi », sans en avoir besoin pour se sentir reconnu
et vivant, exister et « compter ». Le désir rend libre et
permet d'en gagner.

L'argent précipite en revanche le malheur de celui qui
se laisse dominer par lui. Devenu raison de vie ou de
mort, objet de culte, le veau d'or idolâtré, il se dérobe
au sujet, ou alors celui-ci, affecté par la cupidité, l'avarice ou la prodigalité excessive, s'interdit d'en profiter.
C'est le motif essentiel pour lequel les « pauvres », en
raison d'un interdit intérieur, rencontrent de sérieuses
difficultés dans la réalité pour s'enrichir. Ils se situent
face à l'argent dans une telle relation de dépendance
et de besoin vital que cela les empêche de prospérer, de
sortir de leur caste pour s'introduire dans une autre plus
riche et plus élevée. À l'inverse, ceux qui en possèdent
déjà se permettent, s'autorisent, se croient dignes d'en

acquérir davantage. Ils se situent donc dans l'ordre du désir et ne sont pas inféodés au besoin, qui rend gauche et qui éloigne.

Ainsi, « l'argent va à l'argent » et « on ne prête qu'aux riches ! ». De toute évidence, ce qui empêche fondamentalement le sujet de s'enrichir est rarement relatif à un manque de capacité, de volonté ou de talent. Cela renvoie principalement à la culpabilité, à l'indignité, à l'interdiction inconsciente de réussir et de jouir. Il se trouve ainsi face à son ambivalence. D'un côté, il cherche à apaiser sa DIP, à compenser par l'argent le manque d'amour maternel dont il a souffert dans son enfance. D'un autre côté, convaincu que ce manque était de sa faute, puisque étant « mauvais » il ne méritait pas l'amour, il s'arrange inconsciemment pour échouer ou refuser d'en jouir par le dénuement, l'avarice ou la dilapidation.

En résumé, l'argent contribue au bonheur lorsqu'il est recherché, amassé et utilisé dans la non-dépendance du besoin vital de se sentir vivant, dans la liberté du désir non destiné, comme un médicament, à guérir la DIP. (Il est intéressant à ce sujet de remarquer que le terme « traitement » désigne la paye, le salaire, la rémunération, mais aussi la cure, la médication, le remède.)

Cette culpabilité inconsciente, expiatoire, face à l'argent/amour de soi apparaît également chez ceux – en nombre croissant dans nos sociétés de gaspillage – qui, malgré des revenus convenables, se trouvent régulièrement « dans le rouge » à la banque dès le 15 du mois faute d'une gestion minimale. Fonctionnant sous l'égide du principe de plaisir, ils répondent spontanément oui à leurs envies, sans pouvoir s'imposer de limites. L'argent est d'autant plus facilement dépensé à tort et à travers, « filant entre les doigts », dans la ruée illusoire vers le bonheur dionysiaque, qu'il est devenu progressivement de plus en plus abstrait, virtuel, irréel, dématérialisé. On voit bien que la manipulation de l'argent « liquide », des billets et des pièces visibles et tangibles, permet de mieux prendre conscience de sa valeur, incitant à réguler son impulsivité, à se contrôler, à patienter. Dans les temps anciens, être riche, c'était posséder des métaux précieux. Les échanges consistaient dans le troc. Plus tard, les billets et les pièces sont apparus. Ceux-ci tendent à leur tour à disparaître au profit des chèques, mais surtout des cartes de paiement : l'argent se résume alors à de simples chiffres abstraits. Ce qui a toujours servi d'étalon et de référence pour matérialiser et mesurer les réalités les plus concrètes se voit lui-même progressivement désincarné, dématérialisé.

De toute évidence, l'utilisation impulsive, voire addictive de l'argent comme médicament, par le biais de la surconsommation boulimique, toxicomaniaque, ne suffit pas à créer le bonheur, loin de là. Tout ce qui est destiné non pas à satisfaire légitimement les désirs et les besoins, dans le respect des limites et des cadres, mais à combler, dans la surenchère, les manques narcissiques afin d'apaiser la DIP rate son but en aggravant le mal-être. Au lieu de guérir la dépression, l'argent s'avère, comme la totalité des drogues, avec ou sans toxique, dépressogène. Il ne peut contribuer au bonheur que de celui qui échappe à son idéalisation, à l'exagération de son importance, le considérant et l'appréciant pour ce qu'il est vraiment capable de procurer.

Habiter une belle maison, dotée de tout le confort et de la sécurité, s'offrir de beaux habits, des chaussures confortables et de bonne qualité : ces plaisirs de la vie légitimes et normaux ne peuvent être confondus avec le plaisir de vivre, l'aptitude intérieure au bonheur, cette ineffable sensation d'exister, par et pour soi, parmi les vivants, dans un corps réel.

L'idéalisation de l'argent, son surinvestissement comme solution à tous les problèmes, son culte empêchent finalement beaucoup d'humains de goûter simplement au bonheur par la jouissance paisible de ce dont ils disposent dans l'ici et maintenant. La surenchère accentue l'insatiabilité en creusant de plus en plus le fossé existant entre l'idéal et la réalité. Celle-ci finit par paraître chaque jour plus vilaine et médiocre comparée aux images de vies somptueuses et opulentes étalées à la télévision, dans les magazines et au cinéma.

La mythification de l'argent s'est de toute évidence étendue en raison de l'évanescence du tiers symbolique, de l'ensemble des valeurs, des repères, des symboles immatériels, incorporels, spirituels, philosophiques, sacrés donnant un sens à la vie en fixant un cadre et des limites à la toute-puissance et à la toute-jouissance pulsionnelle. Pour ce motif, le bonheur est devenu crûment synonyme de confort matériel, de bien-être physique, voire de réplétion et de satiété. De son côté, le corps a été érigé en la seule source et en l'unique espace de satisfaction, d'enchantement et de félicité. Les temples de tout bord se sont ainsi vus progressivement boudés et désertés. Ils ont été supplantés par des super/hypermarchés géants où des prêtres d'un genre nouveau psalmodient le credo de la religion de la consommation, incitant à profiter rapidement des rabais, soldes et promotions, payables en trois fois, à zéro pour cent, grâce à la carte de fidélité !

PATRICE

Patrice a 41 ans. Son histoire illustre bien cette quête du bonheur, déçue et décevante, fondée sur la consommation et l'argent.

« J'ai été élevé par ma mère seule, sans mon père, chez
ses parents, une famille riche et connue à l'époque. Ma
mère avait rencontré mon père, "un jeune homme beau
et intelligent" mais appartenant à une famille ouvrière
très modeste, alors qu'ils encadraient tous deux de jeunes
enfants dans un camp de scoutisme. Ils sont tombés amoureux l'un de l'autre, mais mes grands-parents maternels
se sont fortement opposés à leur union, en raison principalement d'une différence importante de classe sociale,
ma mère étant "bourgeoise" et mon père "prolétaire". Mes
grands-parents craignaient aussi que mon père veuille
épouser leur fille non pas vraiment par amour pour elle
mais par intérêt, pour profiter de sa fortune. Ma mère a eu
alors l'idée de leur forcer la main en les mettant devant le
fait accompli. Elle a décidé de tomber enceinte sans même
demander l'avis de mon père. Elle avait 18 ans, mais l'âge
de la majorité était encore à 21 ans à cette époque. Cependant, contrairement à ses calculs et à ses espérances, sa
manœuvre n'a nullement suffi à attendrir le cœur de ses
parents. Ceux-ci l'ont au contraire contrainte à ne plus
revoir mon père, à rompre tout contact avec lui. Mon père
a décidé, de son côté, pour essayer d'oublier, de s'éloigner
en allant vivre et travailler dans une autre ville. Quatre
ans plus tard, à la suite de la mort de mon grand-père
maternel, qui avait entre-temps perdu le plus gros de sa
fortune en Bourse, mes parents ont pu se retrouver. J'avais
3 ans. J'ai assisté à leur mariage ! »

Il est intéressant de souligner que le père de Patrice
avait connu lui-même, enfant, une histoire assez simi-
laire. Lorsque sa mère s'était trouvée enceinte de lui de
sept mois, elle avait perdu son mari dans un accident de
travail, à l'usine. Devenue veuve, elle avait donc dû élever
l'enfant seule chez ses parents. Lorsque celui-ci avait eu
4 ans, sa mère s'était remariée avec un homme assumant
pour lui un rôle de père « bon et affectueux ». Le père de

Patrice avait donc été lui aussi témoin du mariage de ses parents !

Patrice a vécu une enfance paisible, « normale, rien d'extraordinaire ». Il a passé son bac avec succès et s'est inscrit pour le concours d'entrée dans une grande école de commerce à Paris. Curieusement, le jour où il devait prendre le train pour le passer, son père, n'ayant pas entendu sonner le réveil, a omis de le réveiller. Patrice fut naturellement très affecté par ce contretemps. Il disait avoir raté son avenir. Il en voulait énormément à son père, mais il était aussi très en colère contre lui-même d'avoir commis l'« énorme bêtise » de ne s'être pas rendu à Paris la veille du concours. Pourquoi le père avait-il empêché son fils de réussir ? Ce malencontreux incident eut au moins deux séries de conséquences importantes.

En premier lieu, la petite amie de Patrice, étudiante dans une grande ville, rencontra un autre homme, ce qui le rendit très malheureux. Il décida, en second lieu, d'enterrer ses rêves de grandeur et de se contenter, après avoir réussi un concours administratif, d'un simple poste de fonctionnaire.

Patrice a épousé à 25 ans une femme de 30 ans, divorcée avec un petit garçon, « par amour, certes, mais aussi pour fonder une famille et ne plus vivre seul. Ma femme et moi, nous avions envie d'avoir d'autres enfants. Mais, plus de deux ans après notre mariage, elle ne se trouvait toujours pas enceinte. À la suite de nombreux examens, les médecins ont conclu que mes spermatozoïdes étaient bien vivants tout de suite après l'éjaculation, mais qu'ils mouraient au moment de rencontrer l'ovule en raison d'une malformation génétique ».

Il est intéressant de souligner ici la fréquence et l'importance occulte de la répétition de certains thèmes inconscients. Le premier est celui de la place occupée, ou plus exactement laissée vacante, par les pères. La paternité paraît souvent fragile, interrompue, pourfendue par la mort ou impossible. Patrice perd son grand-père paternel quand sa grand-mère est enceinte de son père. Lui-même est privé de son propre père pendant trois ans en raison du refus de sa famille maternelle de « donner leur fille à un ouvrier ». Il n'a pu connaître son vrai père qu'après la mort de son grand-père maternel, ruiné. Il se marie ensuite avec une femme élevant seule son fils, séparée de son mari. Enfin, Patrice doit enterrer à jamais son rêve de devenir père lui-même.

Le second thème renvoie à la difficulté de réussir, de s'enrichir, de se séparer de sa tribu d'origine pour pénétrer dans une nouvelle caste, socialement plus élevée. La mère de Patrice se voit refuser le droit d'épouser l'homme qu'elle aime sous prétexte qu'il n'appartient pas à la même classe qu'elle. Patrice rate on ne peut plus bêtement le train qui devait l'emmener vers une grande école de commerce, ce qui le contraint à renoncer à son idéal professionnel. Étrange !

Patrice continue néanmoins sa vie avec Élodie, sa femme, « une existence normale, un peu monotone parfois, mais normale ! ».

Et voilà que le miracle que des millions de personnes espèrent quotidiennement se produit au moment où il s'y attend le moins : il gagne plusieurs millions de francs au Loto, à 35 ans.

« J'ai reçu un choc terrible. J'avais peur de devenir fou. Je ne comprenais pas ce qui m'arrivait, ni si j'étais en train de rêver. Je me trouvais dans un état d'intense excitation et d'euphorie, entrecoupé de moments d'épuisement. J'avais peur que tout cela ne soit qu'une mauvaise farce, ou que les bandits m'attaquent pour me dépouiller, enfin n'importe quoi ! J'avais perdu le sommeil. Je me réveillais brusquement au milieu de la nuit, sans pouvoir me rendormir. Les choses sont peu à peu rentrées dans l'ordre, mais plus rien n'était comme avant. Je me croyais tout-puissant. J'avais le sentiment de pouvoir réaliser tous mes caprices. Je me sentais important. Je ne passais plus inaperçu. J'existais ! Je sortais souvent, au début avec ma femme mais peu à peu sans elle, en compagnie de vieux copains, mais aussi de nombreux nouveaux, dans des soirées ou en week-end. C'était la belle vie, les grands hôtels, les restaurants, etc.

« Je suis tombé amoureux d'une femme que je croyais sincèrement amoureuse de moi, sans réaliser qu'au fond elle n'était attirée que par mon argent. Elle m'a pas mal escroqué avant de disparaître. Ma femme, de son côté, a connu un autre homme au cours de toutes nos sorties mondaines. Nous avons décidé d'un commun accord de nous quitter. Je n'ai pas souffert de cette séparation. Je n'étais plus amoureux d'elle. Avant de partir, elle a détourné de grosses sommes sur son compte. Je n'ai pas voulu l'attaquer en justice. La première année après avoir gagné, j'ai distribué une partie de l'argent à ma famille et à mes amis proches. J'ai fait refaire la toiture de la maison de ma grand-mère maternelle, où j'avais passé les premières années de ma vie. J'ai acheté un appartement pour mes parents, une voiture pour mon filleul, etc.

« Cependant, j'avais de plus en plus la certitude que les gens faisaient semblant de m'aimer et d'être gentils avec moi, que ce n'était pas pour moi-même, mais pour mon argent. Je trouvais mes proches moins sincères qu'avant, moins naturels. Je me suis pas mal fâché avec eux et j'ai perdu beaucoup d'amis.

« D'un autre côté, je me suis mis à boire et à prendre du poids. Au début, je ne voulais pas accepter que j'étais devenu un alcoolique. Une fois, je me suis fait arrêter par les gendarmes à 3 heures du matin, au volant de ma voiture, en état d'ébriété. Ils m'ont retiré mon permis. Là, j'ai réalisé que j'étais devenu un alcoolique, mais je n'avais *pas la force de m'arrêter. Quand je bois, cela m'enlève ma timidité. Je me sens gai. J'ai confiance en moi. Je danse. Je discute. Je drague sans problème. Mais le lendemain je deviens paranoïaque, croyant que tout le monde veut me dépouiller et que personne ne m'aime pour moi-même. Je me méfie de tout le monde. »*

On voit apparaître ici un troisième thème récurrent dans ce roman familial : la conviction d'être aimé pour son argent. Naguère, le grand-père maternel de Patrice soupçonnait justement un « ouvrier » de vouloir abuser de sa fille « bourgeoise ».

Cette richesse magique, tombée en quelque sorte du ciel, n'a donc pas réussi à rendre Patrice heureux en transformant son intériorité. Bien au contraire, elle a contribué à faire apparaître au grand jour toutes les failles narcissiques et identitaires, ses doutes, ses craintes, mais aussi ses culpabilités, celle d'avoir été privé de père, celle d'avoir échoué à devenir père lui-même, celle de dépasser son père, celle enfin d'avoir voulu changer de caste pour s'inscrire dans une autre, supérieure.

Mais cet échec se présente pour lui, à l'heure actuelle, comme une chance inespérée, l'invitant à devenir enfin lui-même, sans fard, sans la béquille de l'argent, qui le possédait complètement !

La richesse est donc incapable de métamorphoser l'intériorité du sujet en le guérissant définitivement et d'une façon magique de sa DIP, en lui offrant une image parfaite de lui-même, des autres et de la vie. Elle est impuissante à réécrire rétrospectivement l'histoire, à faire en sorte que les événements se soient déroulés autrement, conformément à l'idéal, conscient ou inconscient.

Cette difficulté intérieure à s'autoriser le bonheur en raison de la DIP se traduit de deux autres manières :

la prodigalité excessive et l'avarice, quelle que soit par ailleurs l'étendue de la richesse.

Ainsi, l'avare représente le plus pauvre de tous les pauvres de la terre. Le vrai riche n'est évidemment jamais celui qui possède – il est plutôt possédé –, mais celui qui se permet de jouir de ce dont la vie l'a gratifié dans l'ici et maintenant. Il s'épuise au fond à combler un manque à être par l'accroissement de sa richesse. Cependant, sans cesse insatisfait, il ne se contente jamais de ce qui lui reste, devenant désespérément, jour après jour, plus avide et avare. Selon un dicton persan, « plus la poule grossit et plus son cloaque rétrécit ».

L'avare confond l'être et l'avoir, s'identifiant à ce qu'il a, s'épuisant à exister, à « compter » pour quelqu'un. La richesse symbolise pour lui l'amour et la considération dont il a été privé dans son enfance. Il espère trouver dans la thésaurisation une protection contre sa détresse et ses angoisses de mort imminente découlant de la DIP. Toute dépense devient pour lui synonyme de la perte d'une partie de son corps, de sa vie, de la dislocation de son intégrité. Il s'agit là d'une quête désespérée. D'un côté, l'accumulation de l'argent traduit la recherche d'un amour frustré, mais, de l'autre, cette passion obsédante, au lieu de le combler, rate son but en éloignant de lui tous ceux qui auraient pu l'aimer, mais qui finissent par le fuir et le détester. L'argent, censé lui assurer qu'il est vivant, accentue ses angoisses de manque et l'empêche paradoxalement de vivre et de profiter du moment présent.

À l'opposé de l'avare, le prodigue dépensier cherche pourtant également à se faire aimer et reconnaître. Il dépense et gaspille à l'excès puisque, croit-il, sa valeur est fonction de l'argent qu'il possède ou distribue. L'avare souffre de constipation, d'occlusion, le prodigue de diarrhée, de débauche, dépensant sans compter pour se sentir reconnu, aimé, vivant.

Cependant, le prodigue, exactement comme l'avare, échoue à trouver le bonheur, à panser la blessure narcissique de son enfant intérieur, à le guérir de la DIP. D'abord, plus il gagne et dépense, plus son manque s'amplifie et devient abyssal, insatisfait et déçu de lui-même. Conjointement, le décalage entre sa réalité et son idéal s'accentue. Au fond, ce n'est pas vraiment l'argent qui l'intéresse, mais la considération, l'amour maternel qu'il grappille chez les uns et les autres.

En second lieu, son entreprise consistant à acheter, à monnayer cet amour (« je te paie pour que tu m'aimes ») le rend de plus en plus méfiant. Il devient progressivement convaincu, comme Patrice, que personne, pas même son conjoint ou ses enfants, ne l'aime sincèrement pour lui-même, pour ce qu'il est, de manière gratuite, mais que tous en veulent à son argent, telles les guêpes autour d'un pot de miel ! Il s'agit là d'un doute, voire d'une certitude déchirants, déprimants, ternissant le ciel du bonheur qu'il espérait continuellement bleu azur grâce à la magie de son argent.

Enfin, sa passion obsédante ne sera pas productrice de bonheur puisque, en investissant la quasi-totalité de son énergie vitale dans la boulimie d'argent ainsi que dans son éjection vomitive, il se voit contraint de négliger les autres pans de son identité plurielle, laissant son intériorité en jachère. Ainsi, son adulation idolâtre, son inféodation au besoin de s'assurer d'être aimé, loin du désir et de la création, l'appauvrit psychologiquement, l'enchaîne au lieu de le libérer et de l'enrichir.

Le tiers symbolique avait précisément pour fonction, en prônant les valeurs spirituelles, symboliques et l'idée du sacré, de contrebalancer, de relativiser le culte de l'argent afin de préserver le sujet de la tentation de se confondre avec ce qu'il possède. De même, en l'exhortant à sacrifier une partie de sa richesse, directement à travers des dons ou indirectement par le biais de certaines offrandes – le blé, l'agneau, le coq, l'huile, etc. –, il l'exerçait à se séparer de son argent sans se sentir mutilé, à perdre sans se perdre pour autant.

Tous ces sacrifices, en faisant payer l'individu, l'incitaient au fond à s'acquitter d'une dette symbolique, quoique foncièrement insolvable, celle liée au fait d'avoir reçu la vie, pour pouvoir habiter sa maison/soi, vivant et entier, digne et méritant.

Disons en passant que ces deux modèles opposés de relations à l'argent, l'avarice et la prodigalité, avec toutes les nuances et tous les degrés intermédiaires possibles, se retrouvent au niveau de la personnalité tout entière. Cela signifie que chacun a tendance à gérer ses « sous » de la même façon que ses émotions, ses idées, son temps et l'ensemble de sa vie matérielle et quotidienne.

L'« avare » se montre en effet économe, rigide, fermé, anxieux, discret, introverti, froid et organisé dans tous les domaines, alors que le « prodigue » apparaît comme dépensier, généreux, souple, ouvert, expressif, extraverti, décontracté, chaleureux, bref, un peu partout « bordélique » !

Par ailleurs, l'homme et la femme ne se situent pas face à l'argent de manière semblable. Les filles d'Ève en ont bien moins « besoin » que les fils d'Adam. Elles ne l'utilisent pas comme médicament, pour se procurer l'amour et l'assurance d'être vivantes. Elles existent spontanément sans ressentir la nécessité de recourir à ce genre de béquille. Le privilège de porter la vie dans leur ventre suffit à les vivifier en les protégeant efficacement contre les angoisses de vide, d'inutilité et de mort. En revanche, pour les hommes, l'argent représente symboli-

quement leur impossible gestation, la vie qu'ils ne pour-
ront pas concevoir, quoi qu'ils fassent, dans leur ventre.
On retrouve d'ailleurs exactement la même distinction en
ce qui concerne la vie sexuelle. À travers son « besoin »
fréquent de passage à l'acte, sexuel, corporel, l'homme
cherche à s'assurer d'être aimé et vivant pour réussir à
apaiser son inquiétude relative face à la mort, au vide
intérieur. La femme, elle, se situe face à la sexualité dans
un contexte de « désir » et d'échange émotionnel, sans
forcément ressentir le besoin urgent et incoercible de le
concrétiser physiquement.

En général, les femmes ne s'intéressent pas à l'argent
pour lui-même, en tant que tel, dans le dessein de le
thésauriser pour en jouir de façon masturbatoire et solitaire. Elles adorent certes en posséder et en recevoir,
mais c'est surtout pour le dépenser, le « claquer », égoïstement pour elles ou pour ceux qu'elles aiment. Cela leur
procure un plaisir indubitable proche de la jouissance
sexuelle. Les hommes et les publicistes ont d'ailleurs sub-
tilement repéré cette attitude féminine, empreinte d'une
intense sensualité ! Si les premiers s'épuisent à gagner de
l'argent par tous les moyens, au prix de leur vie parfois,
c'est bien pour le donner à leur mère et à leur femme,
par amour pour elles mais surtout pour que celles-ci les
aiment. Les seconds quant à eux s'ingénient à flatter les
femmes pour qu'elles le dépensent impulsivement, en le
« jetant par les fenêtres », de préférence sans trop réfléchir ni compter.

L'idée selon laquelle l'argent symbolise l'amour, la
reconnaissance et l'énergie vitale se voit confirmée par
la manière dont il est abordé à travers les âges de la
vie. Plus le sujet est jeune et plus il « se fout du fric »,
comme il dit, dans la mesure où il dispose de toute la vie
en lui, devant lui. Mais plus il avance en âge, assistant
à la diminution progressive de son énergie vitale, plus il

s'agrippe à l'argent, devenant parcimonieux, radin, mesquin. L'argent se transforme alors, pour compenser la vie qui diminue, en antidote de la mort. L'approche de celle-ci réveille et amplifie chez certains sujets âgés leur DIP jusque-là restée latente.

En résumé, l'argent peut devenir source de bonheur lorsque le sujet, devenu lui-même, dispose d'une autonomie psychique, qu'il n'est pas envahi par l'enfant intérieur coupable et la DIP. Il ne cherche plus à l'utiliser dans une optique antidépressive, thérapeutique, tel un remède miracle.

De même, ne confondant pas son être profond avec sa possession, il se montre capable d'accepter des limites et de la distance, n'abandonnant pas son intériorité ainsi que les divers pans de son identité plurielle dans le délabrement pour ne s'occuper que du veau d'or. Autrement dit, il ne se prostitue pas, il ne vend pas son âme au diable pour quatre sous en agissant n'importe comment, de façon dangereuse ou immorale, pour s'enrichir. Il est ainsi capable d'investir une partie de sa libido dans d'autres sphères de la vie, en ne négligeant aucune plante de son jardin intérieur. L'attitude saine et heureuse consiste à mettre l'argent à son service et non l'inverse. Cela signifie s'autoriser sans culpabilité à s'y intéresser, en désirer sans hypocrisie, en gagner, en recevoir, en donner aux autres, en dépenser pour soi, même dans certaines futilités, en économiser, en manquer, en perdre aussi parfois, sans pour autant se perdre. L'argent, « ça va et ça vient, quand ça vient, ça va », mais la vie ne s'arrête pas là !

À l'inverse, lorsque le sujet est privé de l'autonomie psychique, qu'il n'a pas accès à son intériorité, qu'il est miné par les parties inanimées, mortes en lui en raison de la DIP et de la culpabilité, il se situe en général face à l'argent, ainsi que dans les autres domaines de sa vie, dans le contexte non pas du désir libérateur mais du besoin vital rendant dépendant, dans l'outrance et l'excessivité. Il devient tendu et crispé, comme s'il s'agissait à chaque fois de sa vie et de sa mort, de son sang, des parties de son corps, craignant de devenir morcelé et exsangue.

Certains s'interdisent ainsi de gagner plus d'argent, alors même qu'ils en seraient capables, d'autres en possèdent trop, bien plus qu'il ne leur en faudrait, mais en deviennent plutôt possédés, esclaves, enlisés dans la surenchère de la prodigalité ou la dépression auxquelles renvoie l'avarice.

De plus, ils l'utilisent, les uns et les autres, dans une optique thérapeutique, compensatoire, voire addictive, pour lutter contre la DIP, se sentir en sécurité, vivant, reconnu et enfin aimé par leur mère.

L'argent devient alors l'objet d'une idéalisation excessive, s'emparant de toute l'énergie psychique au détriment des autres pans de l'identité plurielle. Le bonheur ne pourra être au rendez-vous que lorsque la libido circulera librement à travers tous les niveaux et toutes les pièces de la maison/soi, sans entrave et de manière fluide.

Conclusion

Le coq et le chien[1]

Un riche fermier vient rendre visite un jour au prophète Moïse, lui demandant avec insistance de lui accorder la compréhension du langage des animaux pour qu'il puisse en tirer profit et expérience.

Le prophète refuse d'abord ; il l'encourage à s'instruire de préférence auprès des humains, des maîtres et des amis. Il l'incite également à lire des livres et à méditer sur la sagesse des ancêtres.

Il conclut en déclarant : « Il n'est déjà nullement évident de comprendre la parole des humains. Pourquoi cherches-tu à devenir celui que tu n'es pas ? Si, plus tard, tu dois rendre compte de tes pensées et actes, je t'aurai prévenu, tu n'auras pas d'excuse, tu seras le seul responsable. »

Le fermier insiste, présentant sa requête comme une noble aspiration : celle de vouloir entrer en lien avec son coq et son chien qu'il chérit mais sans pouvoir les comprendre, pour satisfaire leurs besoins et demandes.

---

1. Conte philosophique inspiré de *Mathnawi*, œuvre majeure du grand mystique musulman du XIIIe siècle Djalâl Al-Dîn Al-Rûmi.

De guerre lasse, le prophète, excédé par la supplique du fermier, qui reste sourd à toute mise en garde contre les risques d'une telle transparence, prie Dieu de lui accorder la compréhension du langage des animaux. Le fermier rentre chez lui enchanté !

Le lendemain, après une nuit paisible de sommeil, il apporte à manger à son chien. Étrangement, c'est le coq qui se précipite pour extorquer indûment son petit déjeuner au chien. Celui-ci proteste : « Ton attitude ne me paraît pas bien amicale. Toi, tu peux te nourrir de nombreux autres aliments, du blé, de l'orge, des mouches, des vers et même des lézards. Cependant, tu oses me dérober sans vergogne le seul morceau de pain dont je dispose en attendant mon repas du soir. »

Le coq rétorque, impassible : « Ne t'inquiète pas, demain le cheval du maître mourra et tu pourras t'en régaler jusqu'à n'en plus pouvoir ! »

Le fermier, ravi de comprendre ce langage, saisit son cheval et se rend précipitamment au marché pour le vendre.

Le lendemain, il apporte de nouveau à manger à son chien. Le coq s'empare derechef du repas, sans états d'âme, tout en réussissant de surcroît à apaiser la colère du chien avec une nouvelle promesse : « Demain, l'âne du maître disparaîtra, ainsi tu pourras en manger autant que tu voudras. »

Le fermier, ravi de saisir ce dialogue, porte aussitôt son âne au marché et le vend au premier demandeur.

Le troisième jour, il se produit exactement la même scène : le coq se jette sans retenue sur le petit déjeuner du chien ; celui-ci s'indigne vigoureusement, qualifiant le coq de voleur et de menteur l'ayant trompé à deux reprises en abusant de sa confiance.

Le coq cherche à l'apaiser en lui promettant avec la même assurance : « Demain, les quatre moutons noirs du

maître s'arrêteront de respirer et leurs cadavres seront
ton festin ! »

Le fermier s'empresse à nouveau, se félicitant de posséder la compréhension du langage animal, de se débarrasser au marché de ses moutons noirs, avant qu'il ne
soit trop tard !

Enfin, dernière séquence, le fermier apporte une quatrième fois le repas du chien, détourné comme d'habitude par le coq indélicat. Le chien, las et agacé, proteste
de toutes ses forces. Le coq réussit néanmoins à le ras-
séréner en lui annonçant, plus persuasif que jamais,
un horrible présage : « Crois-moi, demain, ce sera le
maître lui-même, en personne, qui rendra l'âme. Toute
la famille se réunira la semaine entière pour invoquer la
miséricorde divine et lui aménager une place au paradis.
Ainsi, toi, mon ami le chien, tu pourras te régaler comme
jamais de ta vie avec les restes des mets mortuaires. »

L'homme comprenant le langage des animaux est saisi
soudain, à l'inverse des autres fois, d'un terrible effroi.
N'étant plus capable d'avaler ne fût-ce qu'une gorgée
d'eau ni le moindre morceau de pain, il s'élance telle une
flèche vers la résidence du prophète. Il le conjure de lui
épargner cette funeste condamnation tout en lui enlevant à jamais la compréhension du langage animal. Le
prophète lui rappelle ses vains efforts pour le dissuader
de réaliser un tel caprice en lui vantant les bienfaits du
secret et le respect des limites nécessaires à la connaissance.

Il accepte, cependant, d'invoquer la grâce d'Allah
afin qu'il gracie, dans son infinie miséricorde, le fermier repenti, mais à une seule condition : celui-ci doit
d'urgence, selon l'ordre divin, dédommager tous ceux
qu'il a, malhonnêtement, lésés ces jours derniers en
leur vendant des bêtes qu'il savait mourantes. L'homme

réussit à trouver, après moult recherches, la personne à laquelle il avait cédé ses moutons.

Elle répondit : « Ah oui, c'est vrai, je t'avais acheté quatre moutons noirs ; ils sont morts le jour de leur acquisition. J'en fus attristé sur le moment, mais on ne peut plus heureux avec du recul. J'avais l'intention de les offrir en bakchich au juge de la ville afin qu'il me porte un jugement favorable dans une affaire qui m'oppose depuis longtemps à mon voisin.

« Or, lorsque j'allais lui porter les cadeaux, le gouverneur fit clamer partout dans les rues de la ville que désormais quiconque tentera de corrompre un fonctionnaire sera pendu à la potence.

« J'étais donc chanceux que les quatre moutons noirs soient morts. Je te remercie infiniment car leur perte m'a sauvé la vie ! C'est pourquoi je refuse tout dédommagement. L'expérience que je viens de réaliser vaut davantage que 1 000 pièces d'or ou 1 000 moutons, noirs ou blancs ! »

Le fermier, désespéré, se hâte alors de retrouver l'homme à qui il a vendu son âne. Celui-ci lui répond : « Oui, je t'avais bien acheté un âne au marché cette semaine : il est mort le jour même ! Tout compte fait, j'en suis enchanté ; j'avais projeté depuis longtemps de partir en voyage avec mon meilleur ami, mais je ne possédais pas d'âne. Je me suis résolu à acheter le tien. J'ai aussitôt proposé à mon ami de nous mettre en route à l'aube le lendemain. La bête étant décédée, mon compagnon, très déçu et même un peu vexé, décida de partir sans moi. J'ai appris, il y a quelques heures, qu'il a été férocement attaqué par des loups dans le désert. Je suis donc on ne peut plus ravi que la perte de l'âne m'ait sauvé la vie. Je refuse évidemment tout dédommagement. Je suis prêt à te récompenser pour la protection dont tu m'as, quoique involontairement, fait bénéficier. »

Le fermier rencontre enfin l'homme à qui il avait vendu son cheval. Celui-ci déclare : « Oui, c'est exact ; tu m'as bien vendu un cheval au marché l'autre jour. Il est mort dans la nuit. Je remercie le ciel de m'avoir accordé cette grâce. J'avais décidé, en effet, de partir en tournée d'affaires avec ce cheval, en compagnie d'un vieux collègue, pour vendre et acheter des marchandises. Lorsque j'ai ramené la bête à la maison, elle s'est mise à s'agiter et à haleter fortement et a rendu l'âme au bout de quelques minutes. Contraint de renoncer à mon projet, mon collègue s'est résolu à partir seul ; il s'est fait molester par des voleurs qui l'ont dépouillé de tous ses biens. Grâce à la perte de ce pauvre cheval, me voilà donc sain et sauf et en possession de toute ma marchandise. »

Le fermier insiste pour le dédommager : « Il s'agit là d'une affaire vitale pour moi. Je savais que le cheval que je te vendais allait bientôt mourir. Je risque d'être puni de la même peine que lui si tu refuses toute indemnisation. »

Le commerçant rétorque : « Qu'est-ce qui me prouve que tu dis la vérité maintenant si tu m'as menti la fois précédente ? »

Le fermier, ayant perdu désormais tout espoir de se racheter, regrettant amèrement d'avoir tant insisté pour comprendre la langue des animaux, retourne vers le prophète pour lui rendre compte de l'insuccès de ses démarches. Celui-ci lui répond : « Il n'y a plus rien à tenter désormais. L'ange de la mort te rendra visite incessamment. Je t'avais bien prévenu des méfaits de ton entreprise ; vois-tu, ton âne devait mourir pour que tu restes en vie, pour purifier, grâce à son sacrifice, ton âme.

« Tu as empêché cela. La mort a cherché à t'atteindre une seconde fois, par procuration, à travers tes moutons noirs. Tu as également entravé cela. Une dernière fois, c'est le cheval qui devait servir d'écran de protection afin de détourner la mort de toi : tu as encore contrarié ce projet. Maintenant, le sommeil éternel va s'emparer de toi directement puisque tu as supprimé l'un après l'autre tous les boucliers de protection destinés à prolonger tes jours ! »

Le malheureux fermier rentre chez lui, résigné à se soumettre à son destin. Il aperçoit de loin, perché sur un muret en partie effondré, le coq en aparté avec le chien. Il détourne aussitôt le regard, sans nulle envie de comprendre leurs confidences. Il meurt le lendemain, conformément à la prédiction du coq, visionnaire, devin, et le chien réussit enfin à manger à sa faim !

Que signifie ce conte, agencé telle une pièce de théâtre riche en surprises et en rebondissements ?

Quel message le coq et le chien cherchent-ils à transmettre à travers leurs querelles matinales et leurs marchandages autour d'un morceau de pain ?

Enfin, quel enseignement, quelle sagesse les hommes et les femmes d'aujourd'hui pourront-ils tirer de cette fable venue d'un autre temps et d'un lieu lointain ?

Évidemment, ces deux leitmotive, la vie et la mort, ne doivent pas être pris à la lettre : ils constituent des thèmes symboliques, psychologiques.

Ainsi, la vraie différence entre le fermier malheureux et les acquéreurs chanceux de l'âne, du cheval et des quatre moutons noirs renvoie à la gestion de la limite, du manque et de l'imperfection, appelée castration en psychanalyse.

Le refus de celle-ci par le fermier, se voulant tout-puissant, à l'égal de Dieu, cherchant à tout avoir, maîtriser et comprendre, le conduit inexorablement à la perte. Il était auparavant protégé par le rideau des mystères et de l'inconnaissance. En revanche, la sagesse tranquille des autres, consentant à la perte de leurs animaux, les préserve, tel un sacrifice apotropaïque et régénérateur.

C'est peut-être cela, le principal secret du bonheur !

Devenir soi rend le sujet heureux s'il parvient à accepter ses limites propres sans dilapider vainement sa libido à lutter contre elles. Cette acceptation lui permet de s'aimer grâce à une image, certes imparfaite, mais plus juste de lui, confiant dans ses capacités et conscient de sa fragilité.

Dès lors, moins exigeant et plus souple, il n'est plus contraint de se sacrifier pour le bonheur des autres, tel un sauveur ou un héros invulnérable. Il ne s'autorise pas non plus à agir ses fantasmes en s'octroyant tous les droits.

De même, la reconnaissance des limites, liées à la vie et aux autres, protège le sujet contre la tentation d'idéaliser, de surinvestir certains domaines ou personnes dans le contexte d'une codépendance régressive, addictive.

Ériger le corps en l'espace unique et illimité du bonheur, réclamer à la sexualité, au couple, au conjoint, à l'enfant, au travail, à l'argent, à la médecine ou à la consommation de rendre heureux en comblant les manques d'une façon concrète expose aux désenchantements et à la peur de les perdre.

Enfin, l'intégration de la castration évite de s'exiler « hors de soi », en fixant des limites aux autres, à son conjoint, à son enfant, sans la culpabilité de les rendre malheureux ni la crainte de perdre en représailles leur amour.

La limite se révèle donc comme étant le cadeau le plus précieux que l'on puisse s'accorder et offrir à ceux que l'on chérit. Il s'agit, à l'heure actuelle, d'une démarche d'autant plus méritoire qu'en raison de l'évanescence du tiers symbolique la religion moderne de la surconsommation incite sournoisement à la contourner, à la refuser, à la nier, à la braver.

En dépit de certaines appréhensions, l'acceptation de la limite ne contraint pas forcément à mener une existence passive, rétrécie et résignée. Elle permet au contraire à l'énergie vitale de s'épanouir sans se dilapider dans les excès nuisibles : la toute-jouissance et l'extinction dépressive.

« Longtemps je t'ai cherché, mais partout où j'allais, tu n'y étais pas : dans les étoiles, au fond des mers et jusqu'au sommet des montagnes. Je n'ai pu te rencontrer, ni dans les harems, ni dans le scintillement de l'or, ni même dans la splendeur des temples. Dès que je t'attrapais, tu glissais de mes mains tel un papillon, telle la truite sauvage. Te voilà enfin, maintenant que j'ai renoncé à toi, te voilà enfin dans l'infinité de ces petites choses de la vie : le parfum des roses, le chant du rossignol et le sourire de l'enfant. »

Table des matières

DEUXIÈME PARTIE

LES CINQ VŒUX DE BONHEUR

DU MÊME AUTEUR

Devenir femme au sein du triangle familial, Dervy, 2014.

« Comme un vide en moi » : habiter son présent, Fayard, 2012 ; Le Livre de Poche, 2014.

La Bible, une parole moderne pour se reconstuire, Dervy, 2011.

Vivre une solitude heureuse (en collaboration avec Marie Borrel), Hachette Pratique, 2010.

Le Fils et son père, Les liens qui libèrent, 2009 ; Le Livre de Poche, 2011.

Guérir son enfant intérieur, Fayard 2008, Le Livre de Poche, 2009.

Ces interdits qui nous libèrent : la Bible sur le divan, Dervy, 2007.

La Dépression : une maladie ou une chance ?, Fayard, 2005 ; Le Livre de Poche, 2010.

L'Humour-thérapie, Bernet-Danilo, 2002 ; Le Livre de Poche, 2010.

La Dépression, Bernet-Danilo, 2002.

Le père, à quoi ça sert ? La valeur du triangle père-mère-enfant, Jouvence, 1994.

Pour être informé du programme des séminaires de Moussa Nabati, vous pouvez lui écrire à l'adresse suivante : moussa.nabati927@orange.fr

Le Livre de Poche s'engage pour
l'environnement en réduisant
l'empreinte carbone de ses livres.
Celle de cet exemplaire est de :
700 g éq. CO$_2$ Rendez-vous sur

PAPIER À BASE DE   Rendez-vous sur
FIBRES CERTIFIÉES   www.livredepoche-durable.fr

Composition réalisée par Belle Page

───────────────────

Achevé d'imprimer en mars 2015 en Espagne par
BLACK PRINT CPI IBERICA, S.L.
Sant Andreu de la Barca (08740)
Dépôt légal 1re publication : avril 2008
Édition 15 : mars 2015
LIBRAIRIE GÉNÉRALE FRANÇAISE – 31, rue de Fleurus – 75278 Paris Cedex 06